꾸들꾸들 물고기 씨, 어딜 가시나

성석제 에세이

# 꾸들꾸들 물고기 씨, 어딜 가시나

한겨레출판

1부

세상에 이런 맛이

2부 ―

오, 육체는 기뻐라

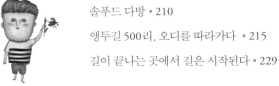

1부

세상에

이런 맛이

# 봄의 화인

　서른 살 이후 매년 3월 첫 번째 일요일은 안성에 있는 친우 기형도의 묘지를 찾아가는 날로 정해졌다. 벌써 스물다섯 번 다녀왔다. 그날 결혼한 걸로 치면 은혼식을 넘겼다.

　그러지 않을 수도 있었다. 그가 1980년 어느 봄날, 교정의 잔디밭 위에서 졸고 있던 나를 깨우지 않고 그냥 지나쳤더라면. 하필 내가 자빠져 있던, 금빛 햇볕이 내리쬐던 잔디밭이 국문과가 있는 문과대 앞이었다. 대학 신입생이던 전해 가을, 같은 계열에 속해 있다는 인연으로 알게 됐고 그가 잡아끄는 대로 문학회에 들어가 잘 놀고 있긴 했지만 나는 스스로를 문학청년으로 여겨본 적이 없었다. 나에게 문학은 너무나 순정하고 고고하되 농부의 피가 흐르는 내 삶과는 무관한 '예술'이었다. 여학생에게 편지를 쓸 때 빼고는 진지하게 글을 써본 적조차 없었다. 눈치 빠른 기형도는 그런 나를 잘 알고 있었다. 그럼에도 불구하고 그는 비루먹은 개처럼 누워 있는 나를 젊은 알렉산드로스처럼 굽어보며 물었다.

"야, 너 시 써둔 거 있냐? 나 지금 박두진 선생님한테 가는데 같이 갈래?"

"박두진이라면《청구영언》에 나오는 그 유명한 시인을 말함인가? 예전에 백골이 진토가 되지 않으셨나?"

"《청구영언》이 아니라《청록집》이지. 돌아가시다니 무슨 소릴. 지금 우리 학교 국문과 교수로 계신데."

"나한테는 그거나 그거나지. 하여간 나는 시를 쓰지 않는다네. 무협지 식으로 말하자면 무초식의 초식을 구사한다고나 할까."

"나 지금 선생님한테 내가 이때까지 쓴 시 중에 제일 좋은 걸로 세 편 보여드리려고 왔는데, 막상 혼자 가려고 하니까 무서워서 도저히 발이 안 움직인다. 같이 좀 가줘라."

"어, 가능하지. 오징어 땅콩에 생맥주를 한 조끼 사준다면."

그러니까 기형도는 무림에서 막 세상에 나온 청년 고수가 은거한 고수들을 찾아가 기량을 겨루듯이, 젊은 선승이 고승을 찾아가 법거량을 하듯이 문학의 고수나 고승을 찾아가려고 하는데 혼자 가기가 두렵다는 것이었다. 나는 무림에도 선가(禪家)에도 속하지 않았기 때문에 같이 가서 몇 방 맞는다 한들 전혀 아프지 않을 거라는 확신이 있었다. 그 당시 내가 한 방 맞았을 때 정말로 아플 만한 관심 분야를 굳이 말하란다면 '소개팅'이었다. 어쨌든 고학생이자 장학생, 시인 지망생인 그가 내 제안을 받아들였기 때문에 나는 그 자리에서 시를 한 편 써야 했다. 시간이 없어 깔고 앉았던 대학 노트 맨 뒷장에 두 줄짜리 시를 1분 만에 썼다. 그 대학 노트를 손에 쥔 내가 앞장서고 기형도가 도살장 가는 소처럼 고개를 숙인 채 내 뒤를 따라왔다.

문과대학 건물 1층 복도를 따라가니 검은 나무 문에 '박두진 교수'라는 명패와 '재실'이라는 문구에 화살표가 맞춰진 안내판이 걸려 있었다. 나는 노크를 하고 대답도 듣기 전에 문을 열고 안으로 들어갔다. 연구실 안쪽 어두컴컴한 곳에 시계 수리공처럼 주황색 등을 켜놓고 앉아 있는 문학의 절대 고수인지 고승인지가 보였다. 검은 뿔테 안경을 끼고 있었지만 눈매가 맹금류처럼 날카로웠고 눈빛 또한 웬만한 철판을 투철할 듯 형형했다. 그러거나 말거나 잡아먹힐 건 내가 아니니까 상관없었다.

"무슨 일인가?"

"저는 법학과 2학년 학생입니다. 제가 어젯밤에 평생 처음으로 시를 썼습니다. 선생님께 한번 보여드리고 말씀을 들을까 싶어서 왔습니다."

"그래? 그럼 이리 가져와보게."

나는 그에게 다가가 대학 노트를 펼쳐 면전에 내밀었다. 그는 생각보다 작고 말라 보였다. 하긴 무림에서는 나이가 들수록 내공이 높아지는 대신 그것이 잘 갈무리되어 일반 사람들은 알 수 없는 드높은 경지에 이른다. 무림 최고수를 형용하는 출신입화, 초범입성, 노화순청, 삼화취정, 오기조원, 등봉조극 등등 어릴 적 읽었던 무협지의 용어들을 골똘히 떠올리고 있는데 그가 물었다.

"이게 뭔가?"

"제가 지금까지 살아온 20년 세월이 단 한 편으로 응축된 시입니다."

"이게 시라고? 그럼 자네 입으로 한번 읽어보게."

"아, 예. 제목 〈봄밤〉. 봄이다. 그런데 웬 달빛이야?"

"이 두 줄짜리 낙서가 시라고 생각하나?"

"그럼요. 어젯밤에 보름달이 떴거든요. 달은 원래 한가위나 대보름처럼 깊은 가을이나 한겨울에 어울리는 건데 봄에 웬 보름달이 떴느냐, 하고 묻는 건 고정관념에 대한 파격이자 반역인 것입니다. 물음표로 끝난 것도 기존의 고답적인 운문 형식에 대한 파괴라는 취지죠."

"그렇게 생각한다면 내가 해줄 말은 없네. 가보게. 서로 시간 낭비할 것 없으니."

나는 꾸벅 인사를 하고 뒤로 물러났다. 그가 기형도에게 손짓을 했다. 서로 엇갈리면서 보니 기형도는 사시나무처럼 떨고 있었다. 기형도는 그의 앞에서 검은 비닐 가방을 열고 정성스럽게 원고지에 한 자한 자 연필로 눌러쓴 시를 세 편 꺼냈다. 은거한 고수인지 고승인지는 나를 대할 때와는 태도가 사뭇 달랐다. 그는 원고지를 천천히 넘겨가

며 시를 읽고 나서 뭔가를 이야기하기 시작했다. 무슨 말인지 들으려고 나도 모르게 몸이 살짝 기울어졌는데 그걸 눈치챈 그는 더욱 목소리를 낮추고 두 사람 사이의 거리를 서로 맞닿을 듯 좁혔다. 기분이 상쾌하지는 않았다. 어느 문파의 사제가 비밀스러운 절기를 전수하는 자리에 본의 아니게 있게 된 것 같았다. 나는 상상 속 맥주잔의 크기를 1,000시시짜리로 바꾸고 넘쳐흐르는 거품으로 장식했다. 한 잔을 세 잔까지 늘리고 나서야 두 사람의 대화는 끝났다. 이야기를 마치고 나온 기형도의 얼굴은 술 취한 사람처럼 붉었고 입에서는 단내가 풀풀 났다. 그는 술을 한 잔도 못 마시는 체질이었음에도.

바로 그날이 내 존재의 등짝에 문학의 화인火印이 찍힌 날로 정해졌다. 면전에서 절정 고수의 무심한 무시를 받으니 내상이 깊지 않을 수 없었다. 내상을 치료하는 데는 좋은 문학작품 같은 명약, 수련과 정양이 필요했다. 나 자신에게 자질이 있다고 한다면 그건 백지 같은 무지였다. 그러면서도 나는 샘이 많고 귀가 얇았다. 지루함과 반복을 한시도 견뎌내지 못했다.

'친구 따라 강남 간다'는 말이 맞는다고 해도 따라간 친구가 욕을 먹지 않으려면 그 '강남'은 정말 멋진 곳이어야 한다. 기형도가 아니었더라면 난 혼자서 꽤나 심심하고 외로웠을 것이다. 진정한 친구는 죽을 때까지 친구를 외롭고 심심하지 않게 하는 친구다.

해마다 3월 첫 번째 일요일 점심때쯤 안성의 천주교 공원묘지로 간다. 처음 가기 시작했을 때는 3월임에도 몸서리치게 추웠다. 몇 번은 큰 눈이 내려 발이 푹푹 빠졌고 서 있기도 힘들 정도로 바람이 거세게 불었다. 근래에는 대체로 푸근하고 온화하다. 오래전 그의 묘지 근처에서 쓴 시가 있다. 제목은 기억이 잘 나지 않는다. 〈묘지송〉은 아니다.

배 새로 오고 까치가 울고
비행기 소리 나고
꽃이 피네 꽃이 피었네
거꾸로 받쳐 든 우산 같으며
밤새 애인 그린 처녀 눈처럼 붉나니
어지렁싸 꽃잎은
바람에 지네
바람에 지네
비 내려오고 비 내려오고
그 봄이 사랑이다
사랑이었구나

# 휴게소에서 생긴 일

때는 늦가을이었고 단풍이 절정을 이뤘다는 뉴스가 지나간 지 열흘쯤 되어 낙엽이 흩날리기 시작했다. 사람 많은 건 싫고 사람들이 좋아하는 건 보고 싶은 게 인지상정이라, 혼자 설악산에 다녀오던 참이었다. 숙박업소도 한산했고 관광지 주차장도 거의 비어 있었다. 철 지난 노래를 빌리자면 철 지난 바닷가를 홀로 걷는 기분이랄까. 그게 괜찮았다. 조금 더 노래를 따라가자면 '달빛은 모래 위에 싱그러운데 아, 소리치며 우는 저 파도와 같이 무척이나 당신을 그리워했지'에 어울릴 날씨였다. 누릴 것을 다 누렸으니 이제 돌아갈 시간이었다.

장기에 불순물이 많이 쌓였다, 쓸모를 다한 짐을 바깥으로 배출하라는 신호를 계속 내부에서 보내오고 있었지만 나는 마음에 드는 '철 지난 바닷가' 같은 풍경의 휴게소가 없다는 이유로 내면의 요구를 계속 흘려보내고 있었다. 내 차의 연료 통에서는 언제부터인가 배출에 반대되는 투입을 요구하고 있었다. 연료 단가가 주유소마다 달랐고 마음에 드는 단가가 나오지 않았으므로 그 또한 내가 신체의 절박한 요구를 계속 무시하는 이유가 되었다.

마침내 더 이상은 무도한 주인의 전횡적인 무시를 참지 못하겠다는 신체 최말단 기관의 요구, 그리고 최저는 아니지만 차차차최저가는 되는 연료 단가가 맞아떨어져서 나는 차를 끌고 어느 휴게소에 들어갔다. 일단 화장실 가까이에 차를 대고 사방을 둘러보니 나 말고는 여행객 차로 보이는 건 하나도 없었다. 주유기 앞에서 아르바이트를 하는 젊은이가 눈이 빠져라 스마트폰을 들여다보고 있을 뿐 사방은 적막했다. 나는 지체 없이 화장실 안으로 들어가 모두 문이 열려 있는 다섯 개의 칸에서 가장 가까운 칸으로 들어갔다. 공중화장실의 경우, 출입문에서 가장 가까운 칸을 사용하는 비율은 전체의 20퍼센트도 되지 않는다는 말을 어디서 들었기 때문이다.

화장실 내부는 비교적 깨끗했고 휴지도 충분했다. '선주민'의 흔적은 시각적, 후각적으로 거의 느껴지지 않았다. 이웃의 칸에도 사람이 있다는 신호는 없었다. 나는 최대한 느긋하게 앉아서 최근의 일 가운데 가장 기억해둘 만한 것을 떠올리려 했다. 또한 앞으로 가장 기대되는 만남에 대해서도 상상하려고 애썼다. 시간이 남아서 우주가 앞으로 언제까지 더 팽창할 것이며 언제 수축을 시작할 것인지 계산했다. 화장실에서 하는 일이 대개 그런 일이니까. 당신들은…… 아닌가?

그런데 갑자기 나의 엄숙한 명상을 깨뜨리며 왁자지껄 떠들어대는 것이 존재의 속성이 된 듯한 사람들이 화장실 안으로 밀어닥쳤다. 그들은 짐작하건대 40대 중반에서 80대 초반 사이의 여성들이었으며 두 대의 관광버스에 나누어 타고 설악산으로 단풍 관광을 다녀오는 사람들이었다.

아니, 동방예의지국에서 남녀가 유별한 법이거늘. 아무리 화장실이 갑자기 들이닥친 손님 때문에 부족하기로서니 어찌 여자가 남자 화장실에 들어와서 제집인 양 활개를 치며 쓸 수가 있단 말인가?

그거야 내 마음속 어떤 고리타분한 캐릭터의 소리고 실제로 발음은 되지 않았다. 오히려 여자들이 내 얼굴을 보고 자신들의 몰염치한 행동에 대해 부끄러워할 것이 걱정되기도 했다.

고속도로 휴게소를 비롯한 공공장소의 화장실은 칸수로 보면 남녀가 비슷한데, 남성은 대소변 변기가 구분되어 있고 시간적으로 여성이 남성보다 더 오래 사용한다는 점에서 보면 비민주적이거나 불평등하다는 논리가 설득력을 얻은 지 오래되었다. 새로 생기는 화장실들은 그런 점에 유의해서 여성 화장실의 칸수를 더 늘리는 방향으로 설계되고 있다. 그런데 내가 있던 휴게소하고도 화장실은 지은 지 20년은 된 곳으로 그런 배려는 눈곱만큼도 하지 않고 있었다. 아무튼 사람 없는 휴게소의 사람 없는 남자 화장실에 들어왔다가 갑자기 많은 여성 사용자를 만나고 그들 때문에 화장실에 관한 갖가지 사고를 하게 된 상황이었다.

"아까부터 이 앞 칸에 들어앉아 있는 문디 가시나는 누고? 누길래 아까부터 이래 안 나오고 안에서 끽소리도 안 내고 앉아만 있나? 혹시 담배 피우는 거 아이가? 공공장소에서 담배 피우마 벌금이 얼만지 아나?"

거센 경상도 사투리로 나를 질타하며 심지어 발로 문을 걷어차는 여자가 나타났다. 화가 났지만 그렇다고 문을 열고 맞서볼 생각은 하지 못했다. 적어도 10 대 1은 될 상황에서 상대는 사정이 급하고 나는 볼일을 다 보았으니 전의에서 상대가 되지 않았다.

"야야, 담배 다 피았으마 좀 나와라카이! 여 기다리는 사람이 및인데, 니는 미안토 안 하나? 신고해서 벌금 안 물리꾸마 후딱 나오기나 해라."

어떤 여자는 아예 나를 공중화장실에서 담배나 피우는 파렴치한 인간으로 몰아붙이고 있었다. 정말 홧김에 나가버릴 뻔했다.

"언니야, 일로 와라. 여기 자리 빘다. 그 칸은 아까부터 암 소리도 안 나는 기 문이 고장 난 거 겉다."

다행히 어떤 자비로운 여성이 나를 구원했다. 나는 다시 자리에 주저앉았다. 옆 칸, 아니 화장실 전체적으로 특정한 향기를 품은 기체, 액체, 고형물을 신체 밖으로 배출하는 인간들의 생리 현상에 수반되는 각종 음향이 끊임없이 들려왔고 물 내리는 소리, 물이 다시 고이는

소리 등으로 내 한숨 소리는 들리지도 않았다.

"그런데 이 녀리 공무원 자슥들은 세금 받아가 다 어데다 쓰길래 여자 변소를 이래 좁아터지기 만들고 기다리다가 오줌을 다 싸게 만드는가 모르겠다."

"그랜께 이럴 때는 옆에 남자 변소 같은 데라도 개방해서 쓰기 해줘야 한다 칸께네. 아까도 보이 버스 기사 혼자 들어가서 1분도 안 걸리가 나오더라. 지금도 저쪽은 텅텅 비아 있다."

내 머리가 하얘졌다. 머리카락이 아니라 내부가, 과도한 조명이 비친 무대처럼.

"버스는 언제 간다 카더노?"

"아직 한 5분은 남았어예."

"한 칸은 고장까지 난 변소를 기다리는 사람들이 다 쓸 수나 있을랑가 모르겄다."

"암만 급해도 똥 누는 사람 놔두고 가기야 할라꼬."

"나는 일주일째 변비라카이. 클 났어."

여자들이 단 한 사람이라도 남아 있는 한 나는 밖으로 나갈 수 없었다. 허벅지가 저려왔고 쥐가 내렸지만 찍소리조차 내지 못했다.

"이 칸은 끝까지 속 씩인다."

마지막 여자가 내가 들어 있는 칸의 문을 부서져라 걸어차는 바람에 문짝이 떨어져나가는 줄 알았다. 나는 온몸으로 문짝을 붙들고 버텼다.

화장실에 들어가고 나서 20여 분이 흐른 뒤 밖으로 나와보니 주차장에 서 있는 버스에 단풍에 질세라 알록달록하게 옷을 차려입은 손님들이 올라타고 있는 게 보였다. 그들은 손에 김이 오르는 종이컵이며 크고 맛있어 보이는 지역 특산 과일을 들고 있었다. 멍청하게 서 있는 내 머리 위의 화장실 표지에는 치마를 입은 사람 모양이 있었지만 누구도 그에 대해 신경을 쓰는 것 같지 않았다.

나는 버스에 가까이 다가갔다. 거의 아무런 소리도 들려오지 않았다. 그들은 어두워지기 시작한 늦은 가을날의 황홀한 저녁놀, 부드러운 바람에 대해 조용조용 담소를 나누고 있을 뿐이었다.

# 사나이 마음이 동하다

30대 초반, 그러니까 직장에서 예비군 훈련을 받을 때의 일이다. 그때 나는 시를 쓰고 있었다. 시에 대한 열정과 사모하는 마음이 하늘에 닿아 시신詩神의 회신을 받을 만큼은 아니었으나 머릿속에서는 자나 깨나 시의 물레방아가 쿵덕쿵덕 돌아가고 있던 터라 비슷한 또래, 비슷하게 허기진 눈빛을 한 시인들과 이따금 만나고 있었다.

오후 6시 정시 퇴근 뒤 직장 예비군 훈련까지 네 시간이 비어 있었다. 둔중한 군홧발로 걸어가도 10여 분이면 닿는 인사동의 어느 식당에 몇몇 시인이 모였다. 누구에게나 평생 한 번뿐인 첫 시집 출간을 축하하기 위한 조촐한 자리였다. 언어의 수도사 같은 시인들끼리의 정결하고 조용한 자리가 파하고 나서 시간이 남아 예비군에게 조금 더 어울리는 편한 자리를 찾아 이동했다. 비슷한 또래의 시인, 소설가, 평론가, 출판사 편집자, 교사, 교수, 기자, 직장인 등과 그중 한두 가지 직업을 겸한 사람들이 자주 모이는 술집으로 갔다. 거기서 난생처음으로 돌발적인 언동과 욕설로 유명한 C를 보았다.

그날 그곳에서도 어떤 사람이 첫 시집을 낸 걸 축하하는 자리가 있었는데 자리가 파하기 직전 다른 사람들과 휩쓸리게 된 모양이었다. 그 어떤 사람은 여자였고 이름도 얼굴도 전혀 모르는 사람이었다. 그녀의 시집이 어떤 유명 출판사에서 출간되었는데 그녀의 작품을 추천해준 유명한 시인은 그 자리에 보이지 않았다.

그녀는 외로워 보였다. 값비싼 옷차림이었고 미용실에라도 다녀온 듯 외모가 화려하고 아름다웠다. 평소에 그리스 신화에 나오는 페넬로페처럼 갖은 찬사를 다 받아가며 추종자들에게 둘러싸여 있을 인상이었으나 그 자리에는 그럴 사람이 단 하나도 없었다. 대부분이 문학과 관련이 있는 사람이었고 그들은 마음에 없는 공치사를 하는 데는 자린고비처럼 인색했다.

몇 다리 건너서 내게까지 전해져온 정보에 의하면 그녀는 무슨 문화센터인가에서 유명 시인에게 시를 배웠고 유명 시인과 친한 출판사 사장을 소개받아 시집을 출간하게 되었다고 했다. 그렇게 되는 데는 그녀의 남편이 가진 사회적 지위가 결정적으로 작용했다는 것이었다. 그게 뭔지는 몰라도. 쉽게 말해 '작품보다는 연줄 덕에 시집을 출간한 여자'였다.

그런데 좌중에 있는 시인 가운데 그 출판사에서 시집을 출간한 사람이 몇 있었고 시에 목숨을 걸겠다던 사람도 더러 있었다. 그들이 그녀를 자신들과 같은 시인이라고 여기지 않는 건 분명했다. 그녀의 정면에 앉아 있던 C는 마치 그들을 대변하듯 그녀에게 야유와 비난을 퍼붓기 시작했다. 그건 곧 자신의 주특기인 욕설로 변했다.

그의 고막은 세포막처럼 반투막半透膜이어서 남의 욕은 전혀 들리지 않는 듯했다. 그가 욕을 하는 이유, 곧 짧고 단순한 문장으로 단단히 뭉쳐진 '욕 세포'의 핵은 주변에 자유전자처럼 갖가지 욕의 음소와 의미소를 거느리고 회전운동을 하고 있었다. 시간이 지날수록 그의 욕은 주변을 안개상자처럼 과포화 상태로 만들었고 욕의 전하가 생긴 단어들 때문에 문학이나 시에 관한 어떤 진지한 논쟁도 무의미하게 변했다. 나중에 온 사람들은 C가 왜 그녀에게 욕을 하는지 영문조차 몰랐다. 바로 내가 그랬다.

좁은 자리에 사람들이 빽빽하게 모여 앉아 있어서 그녀는 쉽게 곤경에서 빠져나갈 수 없었다. 그렇다고 C에게 맞서거나 외면을 할 형편도 되지 않았다. 그녀는 로프에 등을 기댄 채 수비를 포기한 권투 선수처럼 일방적으로 공격을 당하고 있었다.

처음 얼마간은 나 역시 그녀가 불공정한 방식으로 시집을 출간한 대가를 치르고 있나 보다 했다. 하지만 계속되는 C의 욕설과 가녀리고 무방비한 그녀의 모습에 예비군, 아니 30대 초반 사내의 마음속에서 무엇인가가 쿵덕쿵덕 움직이기 시작했다.

20여 분간 곤욕을 당하던 그녀는 마침내 핸드백을 들고 자리에서 일어섰다. 어렵게 사람들을 비집고 출구로 다가가는 그녀를 따라가며 C는 계속해서 문장으로 옮길 수도 없는 욕을 퍼부었다. 그녀가 내 앞까지 왔을 때 나는 아름다운 여성이라면 사족을 못 쓰는 본능에 따라 몸을 비켜서 빠져나가기 쉽게 해주었다. 그리고 화장실에 가는 척 비틀거리며 C의 앞을 가로막았다.

C는 입으로는 계속 욕을 퍼붓고 있었지만 자신의 길을 막은 예비군복 차림의 남자가 누구인지 당혹스러워하는 눈치였다. 그가 여자를 쫓아가려고 할 때마다 나는 이리 비틀 저리 비틀 하며 계속 그의 앞을 막았다. 마침내 C는 내 의도를 눈치채고 "넌 누구냐?" 하고 물었다. 나는 예비군복에 박힌 명찰과 모자의 계급장을 손가락으로 가리켰다.

"네가 뭔데 길을 막아? 비켜!"

나는 향토예비군의 초능력으로 그녀가 그 집을 빠져나갈 때까지 몇 분 동안만 버티려고 했다. 그런데 그 시간이 지나자 문간에서 못으로 유리를 긋는 듯한 날카로운 여자의 목소리가 터져 나왔다. "야!" 하고. 내가 돌아보자 아랑처럼 한 서린 표정의 그녀가 서 있었다.

"이 개 같은 놈아!"

그녀가 고른 용어는 너무나 추상적이고 음전했다. 그러나 욕이 아닌 일상어였으므로 C의 반투과성 고막을 넘어 제대로 의미가 삼투되었다. C가 마사이족 전사처럼 길길이 뛰기 시작해서 나는 그를 붙잡아야 했다. 그녀는 그 한마디 말을 던지고 나서 또각거리는 구두 소리와 함께 달아나버렸다.

남은 C와 나는 별 이유도 없이 두 팔을 마주 잡고 밀었다 당겼다 하며 힘을 겨뤘다. 그는 덩치가 나보다 컸음에도 취한 까닭에 힘이 없어 쉽게 딸려오고 밀려났다. 그는 힘겨루기를 포기하고 내게 욕을 퍼붓기 시작했다. 한국의 예비군 역시 욕설 공방전에서는 세계 어느 나라 현역, 용병에도 뒤지지 않는다. 슬슬 총열을 가열하려고 할 때쯤 사람들이 때맞춰 우리를 뜯어말렸다.

그는 사람들에게 끌려가면서도 내게 계속 욕을 해댔다. 선사 시대부터 인류가 길들인 수많은 종류의 가축이 내 조상이 되어 등장했고 내가 내 신체 기관의 일부와 크기가 비슷하거나 같거나 작다는 추측도 곁들여졌다. 마지막 말은 "너는 이제 평생 나한테 욕을 먹으면서 오늘의 일을 후회하게 될 것"이라는 거였다. 내 대꾸는 기껏 "응, 그러자"였다.

다음 날 저녁 퇴근을 하고 나서 전날 밤 자정이 다 되어 어떤 남자에게서 나를 찾는 전화가 걸려왔다는 말을 들었다. 남자는 이름을 말하지 않았다고 했다. 그다음 날 나는 자정이 막 넘어 귀가해서 방금 그 남자의 전화가 걸려왔다는 말을 다시 들었다. 다음 날 역시 자정이 넘어 퇴근했더니 전화 대신 C의 시집이 한 권 우송돼 있었다.

다음 날은 토요일이어서 마침내 그의 전화를 받을 수 있었다. 그는 시집에 쓴 것처럼 내 이름 뒤에 정중하게 '형'이라는 단어를 붙였고 자신의 '졸시집'을 읽어봤느냐고 물었다. 나는 아직 못 읽었다고 대답했다. 그는 자신의 시집을 읽고 나서 꼭 독후감을 말해달라고 했다.

그 뒤로 나는 그를 대여섯 차례 만났다. 욕설은 물론 반말조차 들은 적이 없었다. 그는 예의를 갖춰 존댓말로 내게 인사를 하고는 빠르게 시비 상대를 찾아 나섰다. 독후감을 말해줄 겨를이 없었지만 그 또한 궁금해하지 않는 듯했다.

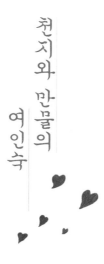

천지와 만물의 여인숙

10여 년 전, 세 시인이 한차를 타고 함께 여행을 하는 중에 그들 각자에게 가장 오래도록 기억에 남아 있는 여관의 이름을 돌아가며 말하게 되었다. 시인처럼 고유명사와 우리말에 예민한 직업인은 없는 까닭에 돌림 노래하듯 웬만큼 유명하고 특이한 이름은 다 나왔다. 결국 모든 사람이 만장일치로 최고라 동의한 이름이 등장하고 말았으니…… 그건 바로 경남 어느 도시에 있다는 '꿀맛장'이었다.

시인들은 침묵하고 있었겠지만 사족을 달아보자. 단맛 가운데 가장 달콤한 꿀과 사랑하는 사람들끼리의 밀월이 겹치는 데다 별장別莊의 그 장莊, 익숙하지 않은 잠자리가 주는 긴장감이 결합돼

실로 절묘한 작명이라는 느낌을 준다. 어느 시인에게서 그 흥미로운 일화를 전해 듣고 나서 내가 본 가장 재미있었던 여관의 이름을 이야기해주었다. 그건 '장급여관'이었다.

한때 여관의 이름에 유행처럼 '장'이라는 낱말이 붙은 적이 있었다. 일반 여관보다는 고급스럽고 호화로운 시설을 하고 있다는 의미일 테지만, 장이라는 말이 유행하기 전에 이미 영업을 시작한 여관의 경우에는 그 이름을 달 수 없어 애가 닳았던 모양이다. 숙박비는 '장'이라는 이름을 단 신축 여관에 비해 싸지만 시설은 그에 못지않다는 주장을 담고 있는 게 '장급여관'으로 경북 내륙 지역에 있었다.

1970, 80년대에는 모텔, 호텔 같은 외래어를 가지고 이름을 지은 여관을 제외하면 '장급' 여관이 여관 가운데 최상급이었다. 그 아래에 일반 여관이 있고 여인숙이 있었다. 최하위 등급이 하숙이었다. 개인적으로는 여인숙이라는 명칭이 가장 시적이고 마음에 든다.

하숙이라 하면 하숙생을 받아서 숙식을 하게 해주는 하숙집이 주종을 이루었지만 숙박 시설도 더러 있었다. 내 기억이 맞는다면 1986년 12월경, 내 고향 읍내 거리에 있던 하숙의 하룻밤 숙박료는 1,500원이었다. 두 사람이 함께 갔는데 숙박료를 반분하기가 번거로웠다. 같이 간 친구는 집이 멀지 않았음에도 나와의 의리 때문에 같이 가준 것이라서 50원을 내가 더 부담해 800원을 낸 기억이 난다.

왜 그런지 이유는 모르지만 그때는 동사, 객사, 아사의 위험성이 높은 추운 계절이 돌아오기만 하면 방랑벽이 도졌다. 마치 김장을 하는 주부처럼 기온이 일정 온도 이하로 내려가면 가출할 궁리를 시작했다. 누가 봐도 겨울이다 싶은 때가 되면 출발을 알리는 총소리를 들은 단거리 주자처럼(내가 총을 쏘는 심판이 아니라 선수였기 때문에 시기를 조절할 수 없었다) 배낭을 둘러메고 떠나고 보는 것이었다. 20대 초반에는 고향 언저리인 경북 내륙을 맴돌았지만 20대 중·후반에는 바다 건너에 있는 섬을 포함해서, 하삼도下三道를 비롯한 팔도로 범위가 넓어졌다. 암행어사도 아니면서.

　전국 각지의 절을 돌며 요사채에 하숙생처럼 일반인을 받아서 일정 금액의 시주를 받고 숙식을 제공하는 제도를 여러 차례 활용했다. 요사채에 있는 사람들 사이에서 고시생도 아니고 수험생도 아니고 출가를 할 것도 아니고 하다못해 절이 있는 산의 정기를 받을 것도 아니면서 빈둥거리는 게 퍽이나 주의를 끌었던 것 같다. 그래서 대학 노트를 사다가 무슨 말인지 모를 이야기를 긁적이기도 하고 평소에는 쉽게 읽지 않는 난해한 책도 읽는 척했다. 그게 지금 생업을 유지하는 데 가장 긴요한 기초 자산이 될 줄 알았다면 조금 더 오래, 질기게 버틸걸 하고 가끔 후회를 하곤 한다.

　산중 한적한 절에 오래 파묻혀 있다 보면 이미 방랑 중인데도 다시 방랑벽이 도지는 희한한 경우를 경험하게 된다. 가출 중의 가출, 출가 중의 출가에 해당한다. 해남의 땅끝 마을 가까운 절에 있던 어느 날 점심 공양을 마치고 마루에 앉아 있는데 강력한 방랑벽이 용암처럼 부글부글 끓어오르는 것을 느꼈다. 나는 가지고 있던 돈을 모두 주머니에 넣고 절에서 내려와 젖과 꿀이 흐르고 있을 세속 도시인 해남 읍내로 가는 버스를 탔다. 버스비를 내고 나니 다시 절로 돌아올 차비 말고는 겨우 하룻밤을 보낼 돈밖에 남지 않았다.

오후 늦게 읍내에 도착하자마자 우체국에 가서 당시로서는 유일하게 실시간 자금 이체가 되는 전자 통장의 잔고를 확인했다. 전에 확인했을 때와 마찬가지로 깨끗했다. 시장에 가서 최대한 값싸고 양이 많은 밥을 사서 먹고 나니 그날 절로 돌아가는 버스 편은 끊어져버렸다. 할 일도 없고 유흥비도 없어서 일찌감치 천변에 있는 하숙에 들어갔다. 겨울이라 어둠이 금방 와주었다.

기다란 'ㄷ'자 모양의 하숙 마당에는 수도꼭지가 달린 세면대, 공용 화장실이 딸려 있었다. 방이 스무 개쯤 될까. 절반 이상의 방은 형광등 하나를 나눠 썼다. 천장 아래에 구멍을 뚫고 형광등을 집어넣어서 동시에 두 방을 밝히게 되어 있는데 끄는 스위치는 한쪽 방에만 있었다. 다행히 내가 든 방에 스위치가 있어서 밤중에 불을 끄고 켜는 주도권을 잡을 수 있었다. 그러면 뭐하나. 볼만한 책이 있는 것도 아니고 텔레비전도 없었으며 쳐다보다 숨 막혀 죽어버릴 연인이 있지도 않았다. 어쨌든 나는 배가 꺼지기 전에 얼른 자려고 불부터 껐다. 초저녁에는 옆방에 든 손님이 없었다.

10시쯤 되었을까. 전전반측하고 있는데 옆방에 손님이 들어왔다. 주인이 내가 안 자고 있는 줄 안다는 듯 잠깐 불을 켜라고 소리쳤다. 하룻밤 동안 얇은 판자벽 하나를 사이에 두고 이웃이 된 손님은 첫 휴가를 나온 군인이었다. 그리고 그의 연인.

두 사람은 공식, 비공식적으로 한방에서 처음으로 같이 자는 것 같았다. 군인은 다음 날 북위 38도 이북의 전방으로 가기 위해 첫차를 타게 되어 있었다. 그는 군인답게 불타는 투지로 상대를 공략했다. 하지만 연인은 이미 철벽같은 수비 태세를 갖춘 상태였다. 부드러운 화술과 적당한 위무로 맹목적이고 성급한 공격을 거듭 무산시켰다.

불을 끈 지 두 시간이 넘도록 두 이웃의 숨죽인 격투는 계속되었다. 그 밤에 두 사람 사이에 오간 간절하고 애달픈, 격정적인 대사를 차마 필설로 형용할 수 없다. 한 번의 파도가 지나가면 다시 곧 새로운 파도가 일어났다. 하나의 파도가 사그라질 때마다 깊은 한숨과 수고양이가 치통을 앓는 것 같은 애절한 애원이 잇따랐다. 결국 내가 벽을 두드리며 소리를 지르고야 말았다.

"아, 이 사람들아! 제발 잠 좀 잡시다, 예?"

순진한 그들은 자신들이 가진 시공의 권리를 주장하지도 않고 조용해졌다. 다음 날 아침, 세면대 앞에서 군화 끈을 묶고 있는 군인을 보았다. 그는 한숨도 자지 못한 듯 얼굴이 푸석했다. 코밑에는 거뭇한 수염처럼 코피가 꺼멓게 말라붙어 있었다.

이백은 〈춘야연도리원서春夜宴桃李園序〉에서 '무릇 천지는 만물의 여관이며 세월은 영원한 나그네'라고 말한다. 최희준이 부른 〈하숙생〉은 '인생은 나그넷길 어디서 왔다가 어디로 가는가'로 시작한다. 모두 다 맞는 말씀, 나그네의 영원한 법어다.

소주 한 병 병어회 한 접시

직장에 들어간 지 얼마 되지 않았을 때니 서른 살 무렵이다. 그해 여름, 나는 입사 후 첫 출장지로 경남 지역 일대의 사업장에 가게 되었다. 마산(현재의 창원)에는 전역 후에 연락이 되는 유일한 군대 동기가 있었다.

그와 나는 1980년대 초반, 육군 논산 훈련소에서 만나 6주간 같은 중대, 소대, 분대, 내무반에서 훈련을 받았다. 그는 대부분의 동기들에 비해 나이가 한 살 많았고 나도 마찬가지였다. 동기들은 우리에게 반말을 했고 우리 역시 그들을 그렇게 대했다. 그러나 그와 나는 서로를 존대했다. 우리 사이에 오가는 문장의 종결어는 '하셨소', '했지요' 같은 것이었다.

호랑이 눈에 키가 190센티미터에 육박하는 거한인 중대 기수와 퀭한 눈의 고문관이 붙어 다니는 꼴이니 동기들이 보기에 참 어울리지 않았을 것이다. 게다가 우리 두 사람이 서로를 존칭으로 부른다는 것을 알게 되자 동기들은 아예 집단 발작을 일으킬 것 같은 증상을 보였다.

"아니꼬우면 니들도 그렇게 해."

그렇게 대답했으나 돌아온 것은 "이것들이 쌍으로 미쳤나"라는 싸늘한 대꾸였다. 그렇게 고락을 함께하다 보니 어떤 전우보다 우정이 더 진했고 동기들의 질시와 탄압 속에서 존대어로 다져진 존경심은 평생을 가도 변치 않을 강력한 정서적 연대를 만들어주었다. 하지만 훈련소 시절을 같이 보냈을 뿐 각자 아득히 떨어진 지역에서 국방의 의무를 다하기까지 한번 만나지도 못한 채 편지만 여러 통 주고받았다. 처음에 그의 누님이 주소를 알려주려고 보낸 편지도 정중한 문어체로 예절에서 터럭만큼의 어긋남이 없는 내용이어서 이게 집안 내력인가 보다 싶었다. 각자 전역을 하고 다니던 대학에 복학을 하고 졸업을 하고 취직이라는 걸 하기까지 서로 얼굴을 보지 못했다. 어쩌면 서로에 대한 존중과 이상을 쉽게 망가뜨릴까 싶어 직접 만나는 것을 기피했는지도 모르겠다.

그가 서울에 본부가 있는 국가 유관 기관에 취업해서 연수를 받으러 왔다고 알려온 것이 1987년쯤이었다. 본부가 당산역 근처라고 해서 나가서 만났다. 그때도 우리는 예의와 존대어를 유지했고 우정과 존경 또한 변함이 없음을 확인했다.

내가 첫 출장을 가게 되었을 때는 우리 두 사람이 가장 자주 연락을 주고받을 때였다. 가기 전 사전에 연락을 한 것은 물론이었다. 그는 자신이 잘 아는 음식점, 숙박업소에 미리 예약을 다 해두었고 내가 그곳에 와서 떠날 때까지를 책임지겠노라고 했다. 그게 그의 방식이었다. 반갑게 만난 우리는 마산항 주변에 즐비하게 늘어선 횟집 가운데서 바다가 내다보이는 2층 목조건물로 들어갔다.

"여기서 뭘 먹으려고?"

"횟집에서 회를 먹지. 내가 미리 다 주문해놨으니까 당신은 먹기만 하시오."

"어, 그래요? 나는 이때까지 회를 한 번도 먹어본 적이 없는데."

늘 태산처럼 흔들림이 없던 그도 그때만은 당황하는 눈치였다.

"회를 먹어본 적이 없다고? 왜? 고향이 물고기 구경하기 힘든 내륙이라서?"

"아니, 내륙에도 물고기는 있지. 식성에 안 맞아서 안 먹은 거지."

"안 먹었다면서 식성에 맞는지 안 맞는지 어떻게 알고?"

"어허, 이 양반이! 식성에 안 맞을 거 같으니까 미리 알고 안 먹는 거지."

우리는 회가 먼저냐, 식성이 먼저냐를 놓고 치열한 논쟁을 벌이다가 존대어를 하는 사이라는 걸 잊어버릴 뻔하기까지 했다. 그러는 동안 푸짐한 회와 회에 딸린 반찬이 한상 가득히 나왔고 나는 회를 뺀 나머지 반찬에 젓가락을 댔다. 그러자 그가 단호한 얼굴로 내 젓가락을 빼앗고는 주인을 불렀다.

"오늘 이 집에 들어온 거 중에 제일 싸고 흔한 물고기 있지예? 작든 동 크든동."

주인이 대답을 하고 나간 사이에 그는 그런 잡어로 만든 회는 나도 먹을 수 있을 것이라고 했다. 그는 방학 때만 되면 자신이 만든(혹은 만든 것이나 다름없는) 배에 낚시와 초고추장, 도마와 칼을 싣고 동해안에서 서해안까지 돌아다녔고 오로지 낚시로 잡은 고기로 양식을 삼았다는 이야기를 했다. 그러므로 그는 연안 물고기를 대부분 알고 있었다. 이윽고 잡어로 만든 회가 작은 접시에 담겨 날라져왔다. 무슨 고기냐고 물으니 '병어'라는 것이었다.

그는 나를 위해 자신이 태어나서 한 번도 해본 적이 없는 행동을 했다. 상추를 펴고 초장과 간장을 찍은 회를 그 위에 얹고 마늘과 고추, 된장 등속을 더해 쌈을 만든 것이다. 그러고는 내 입을 벌리게 하더니 작은 대포알 같은 우정의 상추쌈을 내 입속에 욱여넣었다. 내가 생애 처음으로 회를 먹은 순간이었다. 상추와 양념의 맛이 너무 강해서 회 맛이 뭔지 느껴지지 않았다.

그의 커다란 손은 연신 상추를 집어 올려 은회색 껍질이 빛나는 회와 초장, 간장, 마늘, 고추의 '쌈회 대포알'을 만들어냈다. 우정을 위해 먹지 않을 수 없었다. 그처럼 점잖고 상대를 배려하는 사람이 그렇게 싫다는 사람에게 회를 먹이려는 이유 또한 우정이었을 것이다.

어쨌든 그날 한 접시의 병어회를 다 먹고 난 뒤 다시는 억지 춘향 격으로 회를 먹을 일은 없으리라고 생각했다. 하지만 그건 시작이었다. 나중에 내가 횟집에서 만난 한반도 바닷가 특정 지역 사람들은 회를 잘 못 먹는다고 하면 좋아하기는커녕(모아놓은 음식에서 자신이 먹을 몫이 많아지면 좋아하는 게 진화된 영장류의 특징이다) 문명화하지 못한 야만인을 보듯 불쌍하게 여기든가, 그 친구처럼 억지로 회를 먹이려 했다. 요즘도 어느 정도는 그렇다고 할 수 있다. 그래서 나는 되도록 횟집에 가지 않거나 가더라도 회를 잘 먹는 척하는 연기를 익혔다.

출장을 마치고 집으로 돌아온 뒤 나는 이전처럼 곡물과 채소를 위주로 한 음식을 즐기는 식성을 유지했고 불가피한 경우에 동물단백질과 지방을 약간 섭취하는 식생활을 계속했다. 쌀쌀한 바람이 불기 시

작하고 어둠의 농도가 짙어지던 초겨울 어느 토요일 저녁, 혼자 운동
복 바람으로 동네를 걸어 다니고 있었다. 카바이드 불빛을 밝혀놓은
포장마차에서 40대 여주인이 음식을 손질하고 있었는데 이른 시각이
라 그런지 손님은 없었다. 별생각 없이 포장마차의 작고 동그란 의자
에 앉은 나는 주인이 막 손질을 하고 난 물고기를 가리키며 이름이 뭔
지 물었다.

"병어예요."

머리칼에 전기가 오른 듯하고 몸이 부르르 떨렸다.

"그거 한 마리에 얼마나 하죠?"

두 마리가 2,000원이었다. 소주 한 병에 1,000원이었나. 난생처음
내 돈 내고 내 입으로 주문한 횟감은 포장마차에서 가장 값싼 물고기,
병어였다. 쌌기 때문에 곁들여주는 건 초고추장뿐이었다. 그래서 제
맛을 볼 수 있었다. 고소하고 단맛이 나고 쫀득거리는 질감이었다. 소
주 한 병과 병어 한 접시는 궁합이 잘 맞았다. 그 뒤부터 바람이 봄의
훈풍으로 바뀔 때까지 나는 거의 매일 저녁 병어를 먹었다.

"병어하고 무슨 원수가 졌어요?"

포장마차 여주인이 실제로 내게 그렇게 물은 적이 있다. 나는 "원수
가 아니라 그리운 친구를 떠올리게 하는 큰 은혜를 입었다"고 간단하
게 대답했다.

생의
생생한
맛

　스무 살이 넘고 합법적으로 술을 마시기 시작했을 때 내가 가장 끌린 술은 생맥주였다. 상당수의 한국 남자들이 그렇듯 나 또한 어린 시절에 막걸리를 주전자에 담아 들고 들에 내가는 심부름을 할 때 조금씩 맛본 게 음주의 시작이었다. 그때 그 막걸리는 생막걸리였다. '생'이라는 접두어가 붙는 술은 살균을 하지 않는다. 효모가 살아 있는 그 술맛을 어릴 때부터 알게 되었던 까닭에 성년이 되어서도 자연스럽게 생맥주를 찾게 되었던 것이다.

　병맥주와 생맥주는 살균을 했느냐, 하지 않았느냐로 구별한다. 살균을 하는 건 오래도록 맥주가 변질하지 않도록 하고 먼 소비지까지 운반해서 판매하려는 목적이 있어서다. 생맥주는 효모의 맛이 살아 있는 대신 빠른 시간 내에 마셔야 한다. 또 잔을 공유하지 않는다(따라서 생맥주로는 폭탄주를 만들지 않는다). 오염되기 쉬워서다.

병맥주는 소주나 다른 술처럼 잔에 따라서 마셔야 하는데 누가 잔을 따르느냐, 얼마나 따르느냐, 언제 따르느냐, 어떻게 마시느냐 하는 게 문제가 된다. 장유유서를 유난히 강조하는 한국의 전통문화에서는 이러한 술자리의 형식적인 절차가 주도酒道니 주법酒法이니 하는 근거가 불분명한 규율로 새로 진입한 사회 구성원을 길들일 때 동원됐다. 주도, 주법이 있으면 식도, 호흡도, 음법, 키스법도 있어야 하고 희로애락에 모두 법도가 있어야 공평하지 않겠는가.

그런 면에서 한 사람이 마실 양을 아예 따라서 가져다주는 생맥주는 병맥주보다 출발점부터 자유롭다. 한때 생맥주가 청바지와 통기타, 장발과 함께 자유로운 젊음을 상징했던 데는 이런 이유가 있었을 것이다. 생맥주에는 싱싱하고 간편하고 민주적이고 값싸다는 여러 가지 미덕이 있지만, 무엇보다 맛이 있어서 좋다. 맛이 없으면 다 무슨 소용이겠는가.

국내 유수의 생맥주 전문 프랜차이즈와 그 식단을 개발한 사람을 만난 적이 있는데 그에 따르면 맛있는 생맥주의 조건은 의외로 간단했다.

"매뉴얼대로 하면 됩니다."

생맥주는 살아 있는 술이므로 이상발효, 부패, 오염이 되지 않도록 해야 한다. 정해진 온도로 차갑게 유지하고 생맥주 디스펜서와 잔이 오염되지 않도록 청결하게 관리하며 특히 사용한 잔은 반드시 깨끗하게 씻고 완전히 말려서 다시 사용해야 한다.

그는 온도와 청결 유지에 실패한 사례로 프라이드치킨과 함께 생맥주를 팔던 한 프랜차이즈를 들었다. 몇몇 가맹점은 영세한 점포의 좁은 공간에서 닭을 튀기느라 생맥주의 온도와 청결을 유지할 수 없었으며 맛이 나빠지자 결국 손님들이 발길을 돌렸다는 것이다. 그래서 자신은 새로운 생맥주 프랜차이즈를 설계하면서 메뉴를 차가운 안주 위주로 바꿨다고 했다. 그렇게 해서 나온 대표적인 안주가 '차가운 훈제 족발'이었다.

생맥주는 대개 1만 시시 봄베에 담겨 맥줏집으로 운반되고 냉각·토출 장치를 거쳐서 조끼(주둥이가 넓고 손잡이가 달린 큰 맥주잔을 뜻하는 저그jug에서 변형된 말)를 통해 소비자에게 전달된다. 생맥주를 마시기 시작한 20대 초반에는 "생맥주나 한잔할까?"보다는 "생맥주 한 조끼 할까?"라고 하는 편이 뭔가 어른스럽게 느껴졌다. 생맥주 조끼는 500시시, 1,000시시로 나뉘고 재질은 유리, 주석, 도기 등이 있지만 대개는 생맥주 공급 업체에서 맥줏집에 무상으로 공급한 유리잔을 쓴다. 20대 때 나는 대장부의 호기를 보이기 위해서 무조건 1,000시시 잔으로만 마셨다.

세월이 조금 지나서 30대 초반이 되었을 때도 나는 여전히 맥주를 마실 때는 무조건 생맥주, 1,000시시 잔으로 마셨다. 다니던 회사 앞에 좌석이 100석이 넘는 큰 맥줏집이 있었다. 필리핀 가수들이 나와서 연주와 노래를 하는 곳이었다. 가수들은 공연이 끝나면 손님들이 앉은 자리를 돌며 달착지근한 팝송을 불러주고 팁을 받았다. 연인과 함께 있다면 모를까, 회사 동료들과 앉아 있던 나는 가수들이 옆으로 오는 게 영 거북스러웠다. 그래서 그들이 공연을 하는 동안 미리 취해버리려고 자리에 앉자마자 생맥주를 1,000시시로 네 잔 주문했다. 미처 안주를 고르기도 전에 생맥주가 가득 담긴 잔이 운반돼왔다.

동석하고 있던 우리 네 사람은(그중에서 내가 가장 연장자였고 회사 안에서도 선배가 아닌 '아무개 형'으로 불렸고 그 대가로 계산을 자주 했다) 늘 하던 대로 시간을 아끼자면서 힘차게 잔을 부딪쳤다. 그런데 그날따라 박력이 지나쳤는지 '짜그작' 하는 소리가 나면서 1,000시시짜리 맥주잔 네 개가 금이 가더니 쩍쩍 갈라져버리고 말았다. 뉴턴의 제3법칙에 의해 네 잔 모두 예외가 없이. 우리는 놀란 메뚜기처럼 자리에서 달아났고 사막의 와디(건천)에 폭우가 쏟아진 듯 생맥주는 바닥으로 흘러내렸다. 종업원이 대걸레를 들고 온다, 행주를 가지고 온다 하며 한바탕 소란이 벌어졌다. 미안하기도 하고 민망하기도 해서 생맥주 네 잔을 다시 주문하고(물론 1,000시시짜리로) 그 집에서 가장 비싼 안주를 두 가지 시켰다.

예나 지금이나 한국의 맥줏집에는 생맥주를 주문하면 병맥주보다 빨리 갖다 주어야 한다는 복무규정이라도 있는 것 같다. 금방 생맥주 네 잔을 한 사람이 들고 왔다. 우리는 관습적으로 맥주잔을 다시 부딪쳤다. 이번에는 살살 부딪쳤다고 생각했는데 모든 사람이 의견 통일

을 한 건 아니었던 것 같다. '짤깍' 하는 야무진 소리가 나더니 다시 생맥주의 폭포가 바닥으로 쏟아졌다. 종업원들이 또다시 달려왔고 착한 후배 하나는 양동이와 쓰레받기를 찾아왔다.

사태가 어느 정도 수습되고 나서 나는 한 번 더 생맥주 네 잔을 주문했다. 기다리는 동안 속죄하는 의미에서라도 1,000시시를 단숨에 다 마셔버리자고 일행에게 다짐했다. 이번에는 주인이 직접 생맥주를 가지고 왔다. 비싼 안주도 함께 날라져왔다. 그가 지켜보고 있는 가운데 우리는 순한 양처럼 살짝 잔을 부딪쳤다. 그런데 이게 웬일인가. 두 사람이 들고 있던 잔에 '찍' 소리도 없이 금이 갔고 맥주가 새 나오기 시작했다. 할 수 없이, 맥주를 한 모금도 마셔보지 못한 채 이미 각자 2,000시시 이상의 매출을 올려준 상태에서, "아저씨, 여기 생맥주 1,000짜리 두 개 더요!"를 외치지 않을 수 없었다.

그러자 맥줏집 주인이 고개를 저었다. 1,000시시짜리 맥주잔이 더 이상 없다는 것이었다. 500시시 잔으로 마시든지, 병맥주를 마시라고 했다. 모든 손님이 우리를 바라보고 있었고 필리핀 가수들도 마찬가지였다. 그들은 손가락으로 서로를 가리키며 웃고 있었는데 고향에 돌아가서 해줄 이야기가 생겨서 즐거워하는 것 같았다. 창피하기도 하고 뻔한 거짓말을 하는 주인이 괘씸하기도 해서 딴 데 가서 마시자며 후배들을 데리고 나왔다. 먹지도 마시지도 못한 술값을 억만금이나 치르고서.

결국 그게 1,000시시짜리 잔으로 생맥주를 마셔본 마지막 기록이 되었다. 그날 다른 맥줏집에 가서도 후배들은 1,000시시짜리는 처다보지도 않았다. 그 집은 내가 계산할 리가 없었으니까. 다들 500시시 잔으로 얌전하게 홀짝홀짝 마셨다. 참다못해 병맥주를 주문한 뒤 난폭하게 1,000시시 잔에 따라서 마시기도 했지만 잔 부딪칠 상대가 없었다. 서로가 서로를 외면했다.

예나 지금이나 생막걸리는 여전히 잘 있다. 잔이 깨질까 봐 신경 안 써도 되고 잘 익고 숙취도 없는.

# 돼지코의 전설

비밀메뉴 1

내가 아는 사람 중에 서울에서만 내리 12대를 살아온 집안의 후손이 있다. 그는 예닐곱 개가 넘는 이런저런 모임에 관여하고 있는데 그중에서도 자신처럼 친가와 외가, 처가가 모두 서울 사람인 진짜배기 서울 토박이들끼리의 모임에는 절대 빠지지 않는다. 그 모임의 장소가 일반 사람들은 잘 모르는, 특별한 개성이 있는 곳이기 때문이다. 대개는 음식점인데 모임 전에 회원 중 어느 사람이 해당 음식점을 추천하고 간사 두세 명이 미리 가봐서 합격을 확정했을 경우에 모든 회원이 거기서 만나게 된다. 그 음식점에는 개성과 특징 말고도 일반 사람은 잘 모르는 숨겨진 메뉴가 있다. 그 모임에는 자신들이 가본 어떤 음식점에 대해 (좋았든 싫었던) 회원 아닌 다른 사람들에게는 발설하지 않겠다는 묵시적인 결의가 있는 모양이다. 그게 자신들의 모임을 더욱 가치 있고 훌륭한 것으로 만든다는 믿음도.

나는 그들이 이따금 가는 식당을 몇 군데 알고 있다. 그들을 괴롭히자는 게 아니라 그들의 감식안이 얼마나 뛰어난지 알리기 위해 그런 곳의 예를 들어보고 싶다. 하지만 그들의 지탄을 피하기 위해서 노골적으로 어느 곳에 있는 어느 식당이라고 말하지는 않겠다. 눈이 밝은 이들이라면 쉽게 찾아내리라 믿는다.

그 식당은 서울의 중심가에서 그리 멀지 않은 골목, 20세기 이후 크게 모습이 바뀌지 않은 오래된 동네에 있다. 그 식당을 오늘의 모습으로 만든 주인은 몇 해 전 타계했다. 주인의 모습은 커다란 액자에 담겨 식당에서 가장 눈에 잘 띄는 자리에 걸려 있다. 특이한 것은 그 사진 속 주인공의 가슴에 훈장이 달려 있다는 것이다.

그가 월남한 사람이라는 걸 알고는, 또 기골이 장대하며 신경 줄이 굵은 대륙적인 풍모를 보고는 혹시 6·25나 월남전에서 전공이라도 세워서 훈장을 받은 건 아닐까 생각하기 쉽다. 하지만 그 훈장은 무공훈장이 아닌 국민훈장이다. 평범한 국민으로서 다른 국민들을 위해 뭔가를 했고 그것이 사표師表가 될 만해서 받은 훈장이라는 뜻이다.

훈장을 받은 사람인 만큼 식당 주인에게는 그에 걸맞은 전설이 있다. 월남을 한 그가 처음 허름한 음식점을 열었을 무렵, 그 지역을 주름잡던 사람은 일제 때부터 명성을 날린 '장군의 아들'이었다고 한다.

장군의 아들은 일대에서 장사를 하는 상인들을 보호해준다면서 대가를 받았다. 그런데 우리의 식당 주인은 '나는 맨주먹 붉은 피로도 내 한 몸 충분히 지킬 수 있으니 보호가 필요 없고 따라서 보호비 나부랭이는 낼 수 없다'고 선언했다. 어떤 곡절이 있었는지 모르지만 장군의 아들은 예외적으로 그에게만 보호비를 면제해주었다고 한다. 어차피 전설이니까 조금 더 덧붙여, 장군의 아들과 일대일로 붙어서 사흘 밤낮을 싸웠으나 승부를 가리지 못했고 그에 따라 두 사람은 친구가 되어 상납 따위는 하지 않게 되었다고 해도 될 텐데 그렇게 하지 않았다는 게 식당 주인의 대범한 품성을 말해준다. 혹은 그 지역에 사는 호메로스나 셰익스피어 같은 이들의 기질, 풍토를 말해준다고나 할까.

월남한 사람이 운영하던 식당답게 그곳의 메뉴에는 냉면이 있다. 가격은 요즘 좀 한다 하는 냉면 가격의 절반에 지나지 않지만 맛은 어디에도 뒤지지 않는다. 내가 처음 그곳에 데려간 예순 살 남자의 경우, 내부가 좁아서 비닐 포장을 입구에 둘러치고 그 안에서 번철에 기름을 두르고 부쳐 내온 빈대떡에는 별다른 반응을 보이지 않았다. 막걸리 잔을 비우면서도 식당과 전혀 상관없는 화제에 집중했다. 그러다가 밤 9시가 주문 마감이라는 물냉면을 먹어보고는 "으응?" 하고 눈을 부릅뜨더니 "이 집 냉면 정말 맛있네. 빈말이 아니라 요즘 먹어본 냉면 중에는 최고인걸" 했다. 내가 "어설픈 줄 알았는데 포장마차 비슷한 데 치고는 잘한다고요?" 하며 떠보자 그는 고개를 저으면서 "아니, 정말 괜찮아. 오랜만에 내가 자발적으로 계산을 할 마음이 들게 만드네" 했다. 그래서 나는 그에게 그 식당의 드러나지 않은 메뉴, 아는 사람만 알고 그래서 그곳에 가게 만드는 메뉴를 알려주기로 했다. 그건 돼지 코 수육이었다.

멧돼짓과에 속하는 돼지는 조상 때부터 후각이 포유류 중에서도 남달리 발달했다. 이를테면 돼지의 후각 수용체 유전자 수는 1,300여 개로 1,100개 정도인 개보다 많고 직립보행 이후 후각이 급속도로 퇴화 중인 인간의 400여 개를 세 배 이상 압도한다. 개보다 더 냄새를 잘 맡기 때문에 프랑스에서는 돼지를 훈련시켜 야생 송로 버섯을 찾고 있기도 하다.

후각은 냄새를 통해 다양한 화학물질을 인지해서 자연에서의 생존 가능성을 높인다. 결정적으로는 유전자를 가진 생명으로 하여금 대를 이어 살게 하는 데 중요한 역할을 한다. 쉽게 말해 인간의 연애 감정, 돼지의 짝짓기에 후각이 결정적인 역할을 한다는 말이다. 전설에 의하면 돼지는 후각으로 짝을 찾고 심지어 서로 코를 비벼대며 냄새를 맡는 것만으로도 짝짓기에 버금가는 쾌감을 맛볼 수가 있다고 한다. 아쉽게도 돼지에게 코는 하나뿐이고 그 코에서 나오는 고기의 양도 매우 적다.

처음 돼지 코 수육, 정확하게는 '돼지 코 수육 슬라이스'라는 음식에 대해 들었을 때는 '콜럼버스의 달걀 프라이 서니 사이드 업'처럼 신선한 느낌이 들었다. 나뿐만 아니라 처음 돼지 코 이야기를 듣는 사람들은 비슷한 반응을 보였다. 서울 토박이들 역시 마찬가지였을 것이다.

생전의 식당 주인과 직접 대화를 나눴다는 서울내기에게 들은 이야기다.

"돼지 코가 연골이 있고 콜라겐이 많아서 말랑말랑 부드럽지만 워낙 여러 용도로 쓰이다 보니 어떤 부분은 근육이 발달해서 살짝 질기거든. 이걸 썰 때 힘으로만 하면 절대 안 돼. 섬세하고 예민한 감각, 숙달된 기술에 잘 드는 칼로 맛이 나고 먹기 좋은 두께로 얇게 썰어야 한단 말이야. 지금 조선에서 돼지 코를 제일 잘 써는 사람이 누구냐 하면 당신 자신이라고 이야기하더라고. 두 번째로 잘 써는 사람은 주인장 아들이고. 저기 서 있구먼그래."

가리키는 대로 바라보니 기골이 장대하고 검은 테 안경을 쓴 남자가 오래된 공원 담벼락을 배경으로 서 있었다. 대를 이어 식당을 운영할 사람이라기보다는 순박하고 수줍은 총각 장사치처럼 보였다. 그는 진중하면서도 부지런해서 손님들의 주문이며 단골들의 인사에 일일이 응대하고 있었다.

"그런데 조선 천지에서 돼지 코 썰기 1인자가, 2인자는 자기 따라오려면 아직 멀었다고 걱정을 하더라고. 그게 아버지 마음이지. 지금은 저 사람이 기술을 완벽하게 전수받아서 대한민국 1인자가 됐지만."

조선과 대한민국이라는 단어에는 세대와 시대의 감각이 녹아들어 있다. 식단과 메뉴, 얇게 썬다는 것과 슬라이스라는 말도 마찬가지다. 세월은 흐르고 전설은 남는다. 여러 가지 전설을 품고 있는 식당 또한 마찬가지다.

작고한 식당 주인이 국민훈장을 받은 이유는 탑골공원에 자주 출입하는 수십 년 단골손님이며 나이 든 이들의 가벼운 주머니를 생각해 한 끼로 충분한 국밥을 원가 이하의 가격이 되더라도 최대한 저렴하게 팔아왔기 때문이다. 이건 전설이 아니라 사실이다.

그 식당의 은밀한 병기

비밀메뉴 2

서울에는 어느 고을, 어느 지방 출신들끼리 만나는 향우회가 많다. 서울 토박이들끼리 서울에서 만든 모임 역시 향우회라 할 수 있다. 향우회라는 말을 쓰지 않는다는 게 다른 지방 출신자 향우회와 다르긴 하다. 또 지방 향우회가 고향 음식을 잘하는 음식점이나 고향과 상관있는 명칭을 가진 음식점에서 모이는 경우가 많은 데 비해 서울내기 향우회는 그런 걸 별반 가리지 않는다. 어떤 지방 음식이든 제대로 잘하는 음식점을 찾는다.

그들이 이따금 가는 곳 가운데 하나는 서울의 한복판 종묘 근처에 있는 홍어를 취급하는 식당이다. 홍어처럼 전문성이 높고 취향이 갈리는 음식도 드물다. 홍어는 찜, 탕, 회 무침, 삼합과 홍탁의 형태로 조리되어 나오는데 대체로 독특한 냄새와 자극이 있다. 아무리 개방적인 서울내기 손님이라도 모두가 홍어를 좋아하기는 어려울 것이다. 그 식당의 주인 또한 그런 점을 잘 알고 있어서 홍어를 재료로 한 주요리 외에 서울 사람들도 즐겨 먹는 부요리를 내놓는다. 그건 낙지볶음과 굴비구이다.

굴비 하면 영광 법성포 굴비인데 식당 주인아주머니(처음 갔을 때는 아주머니로 보였는데 지금은 할머니로 칭한다) 말씀에 따르면 그 집에서 나오는 굴비는 강원도 치악산 산중에 있는 자신의 농장에서 만든다.

"조기를 말릴 적에는 온몸에 소금기가 골고루 배어야 돼야. 조기에 덮어놓고 소금을 뿌려대도 잘 붙지 않고 처발라도 못써. 조기 한 마리, 한 마리 입을 벌리고 그 안에다가 소복하게끔 간수를 뺀 천일염을 집어넣어. 그다음에 조기를 새끼에다 꿰가지고 입이 하늘로 향하게끔 해서 말려. 겨울에 비와 눈이 내리면 조기의 벌린 입으로 들어가서는 얼었다 녹았다 하면서 소금을 녹여서 소금물이 아래로 내려가. 그래서 소금물이 조기 몸통 전체에 짭조름하니 잘 배게 되는 것이오."

내가 그 식당에 처음 갔을 때 주인아주머니는 이런 식으로 음식에 관한 이야기를 해주었다. 천일염의 명산지 전남 신안의 사투리로 풀어놓는 차지고 재미있는 이야기가 음식 맛을 돋우는 건 분명했다.

그곳에서 내주는 막걸리 역시 치악산의 농장에서 직접 담그는 것이라 했는데 여느 막걸리에 비해 진한 느낌이 났다. 누룩은 고향의 시누이가 직접 발로 디뎌가지고 만들어 보내오는 것을 쓴다고 했다. 삼합에 들어가는 묵은지 또한 직접 담그는 것은 물론이었다. 채소 또한 직접 유기농 방식으로 재배했다. 반찬으로 나오는 간장 게장, 된장, 젓갈, 두부, 콩나물 등으로 백반을 만든다 해도 웬만한 식당의 주메뉴로 부족할 게 없을 듯했다.

홍어는 국내산이 칠레산의 두 배가 넘는 가격이었다. 씹을 때 차진 맛도 큰 차이가 나지만 무차별적으로 홍어를 대량 어획하는 기업형 방식과 어부가 힘겹게 몇 마리씩 잡는 방식에서 오는 가격 차이일 것이다.

이 음식점의 메뉴판에는 김치찌개가 없다. 직장인의 점심으로 가장 인기가 있고 외국의 한국 음식점에서 선호도 3위 이내에 늘 들어가는 바로 그것. 그 식당 사정을 잘 아는 사람이 주문했을 경우에만 나오는 김치찌개에는 특이하게도 막걸리를 넣는다고 했다. 자신들이 먹으려던 김치찌개 냄비에 실수로 '애기'(며느리인지 아들인지는 모르지만)가 막걸리를 쏟아서 버리려다가 다시 끓여서 먹어보니 잡맛이 없고 맛이 '괜찮해' 개발했다는 것이었다. 실상 먹어보니 괜찮은 정도가 아니라 대단히 강력했다.

양념이 진한 전라도식 김치는 그냥 먹기에는 짠 느낌이지만 찌개로 희석하면 짠맛이 완화되고 농축되었던 양념이 뜨거운 물에 풀리면서 맛이 살아난다. 김치 자체가 워낙 맛이 뛰어나기 때문에 김치찌개가 맛있을 수밖에 없었다.

거기서 '서울 향우회' 사람들이 모이면 주요리인 홍어는 놔두고 부

요리인 굴비구이와 낙지볶음, 막걸리를 주문해서 먹고 마시는 경우가 많다고 했다. 술을 못 마시는 사람들은 김치찌개를 먹었는데 막걸리 안주로도 그만이어서 추가 주문을 할 때 홍어에 비해 절대적으로 싼 김치찌개만 시켰다는 것이다. 서울 깍쟁이들이 저렴한 메뉴를 상 위에 그득하게 늘어놓고 저녁 내내 넓지 않은 2층 자리를 온통 차지하고 있는 풍경이 눈에 선했다.

숨겨진 메뉴라고 할 수는 없지만 의외의 메뉴라고 하기에는 충분한 중독성 강한 김치찌개가 멀지 않은 식당에 또 있었다. 이 역시 서울 토박이들이 개발한 장소이며 내가 그 모임의 존재를 알게 되고 맨 처음 따라갔던 음식점이기도 하다. 그 식당은 조선 시대에 '향곳말'이라고 불렸던 동네에 있다. 그 동네에는 종로의 옛 이름인 운종가雲從街(사람이 구름처럼 많이 모여들어서 이런 이름이 붙었다고 한다)에서 장사를 하던 부상들이며 가게에 물건을 대주던 장인들, 그리고 하급 관리와 중인들이 살던 골목이 남아 있었다. 낮은 처마와 들창, 바람벽으로 이루어진 좁고 긴 골목이 실타래처럼 이어져 있는 것이 경이로웠다. 머리끝을 쭈뼛거리게 하는 기시감이 들었다. 전생의 내가 거기에 살았던 느낌이라고나 할까.

거기에는 모텔이나 호텔보다 훨씬 많은 게스트하우스가 있었고 젊은 외국인 여행자들이 기억할 만한 서울의 여행지로 선택한 듯 환전소가 여러 곳 있는 게 특이했다. 누구에게나 자랑할 만한 멋진 골목을 우주를 유영하듯 천천히 지나가고 있는데 '재개발 추진 위원회'라는 섬

뜩하고 익숙한 단어가 내 눈에 들어왔다.

거기에 '마포'라는, 종로에서 뺨을 맞고 화를 내러 찾아가기에는 꽤나 떨어진 동네의 이름을 딴 육고기 전문 음식점이 있었다. 2층에 있으므로 삐걱대는 나무 계단을 밟고 올라가야 했다. 연탄 화덕을 하나씩 가슴에 품은 둥근 탁자가 있고 손님들은 화덕 위 고기 굽는 판에 갈비나 삼겹살을 구워 먹고 있었다. 의자는 등받이가 없는 동그란 간이의자였다. 오래 눌러앉아 있지 말고 빨리빨리 먹고 나가라는 의사를 그렇게 표현했지 싶었다. 주인이 서울 사람인 게 분명했다.

낮 시간인데도 연세가 지긋한 분들이 10여 명 탁자에 둘러앉아 소주와 막걸리를 곁들여 고기를 구워 먹고 계셨다. 그 또한 그 동네 그 골목처럼 감동적이었다. 낮이나 밤이나 원한다면 언제나 도취할 줄 아는 이 백성에게 축복이 있을진저! 그런데 그분들이 술과 고기를 먹고 난 뒤 마무리로 꼭 주문하는 음식이 있었다. 난데없는 김치찌개였다.

고깃집이므로 돼지고기를 냄비 바닥에 쫙 깔고, 잘 익고 튼실한 배추김치를 아낌없이 넣고, 두부와 대파를 숭숭 썰어 넣고 불기가 남아 있는 연탄에 부글부글, 자글자글 끓여서 뜨거운 밥과 함께 먹는 것이었다. 푸짐함이 남달랐다. 고기에서 우러난 기름이 기분 좋게 흘러 다니고 있는 것도 좋았다. 배가 부른데도 숟가락질을 멈출 수 없었다. 맛있으니까.

탄수화물이니 칼로리니 농구공처럼 튀어나오는 배에 관한 생각 따위는 발로 차버려도 좋았다. 우리가 언제부터 그렇게 자잘하게 살았

다고. 호쾌한 건배를 끝으로 2차로 향했다. 서울내기가 다 된 기분이
었다.

깍쟁이네 경사 났네

서울내기를 일컫는 말에 '서울깍쟁이'라는 게 있다. 깍쟁이는 사전적 의미로는 '까다롭고 인색하고 약삭빠르며 자기 이익만 밝히고 남을 배려하지 않는 사람'을 가리킨다. 깍쟁이의 유래에 대해서는 대표적으로 두 가지 설이 있다.

'깍쟁이는 원래 서울 청계천과 마포 등지의 조산造山에서 기거하며 구걸 행각을 하거나 장사를 지낼 때 조력한 대가를 받아 살던 무리인 깍정이가 변해서 된 말'이라는 역사적인 근거가 느껴지는 설이 첫 번째다. 두 번째는 말의 의미와 변통變通에 중점을 두어 '서울에는 가게와 가게에서 일하는 가게쟁이가 많았던 까닭에 이를 줄여 부르다 깍쟁이가 됐다'는 것이다. 가게의 어원은 가가假家, 곧 사람이 거주하는 집에 대응하는 가건물이다. 나는 두 번째 설, 곧 '가가〉가개〉가게＋쟁이〉각쟁이〉깍쟁이'의 설에 조금 더 끌린다.

서울의 오래된 동네, 오래된 골목, 오래된 가게에 가면 이 집주인 참 깍쟁이겠다 싶은 곳이 있다. 가게 안팎이 금방 청소한 듯 깔끔하고 가격표가 잘 붙어 있는 대신 에누리가 별로 없다. 주인은 나이가 어느 정도 있고 발음이 정확하고 불필요한 말을 거의 하지 않는다. 시골에서 온 어리숙한 사람이 눈 뜨고 코 베이는 서울에서 대대로 살아온 만큼 경위가 바르되 경우도 밝다.

조선 시대에 서울의 가게를 대표하던 것은 육의전으로 종로에 자리 잡고 있던 여섯 가지 종류의 어용 상점인데 명주, 종이, 어물, 모시, 비단, 무명을 팔았다. 이들은 왕실과 국가의 주요 의식에 (좋은) 물건을 (싸게) 납품하는 대신 강력한 특권을 부여받았으니 상품의 독점과 전매권을 행사하며 상업 경제를 지배했다. 쉽게 말해 '국가 대표 가게쟁이'가 장사를 하는 곳이었다.

조선 시대 가게에는 음식점이 포함되지 않았다. 음식점은 주막이나 모줏집 같은 형태로 존재했지 '음식 파는 가게'는 아니었던 것이다. 서울의 서민들이 가장 쉽게 만들고 흔히 먹던 음식은 무엇일까. 화가인 이승만의 《풍류세시기》에 의하면 장국밥과 모주다.

20세기 중반까지만 해도 서울의 골목골목에는 모줏집이라는 게 있었고 여기서는 술을 거르고 남은 술지게미에 물을 타서 모주를 만들어

팔곤 했다. 가게가 없는 모주팔이 주모는 골목 안쪽 남의 집 처마 밑이나 굴뚝 곁에 자리를 잡고는 가마솥을 걸었다. 여기에 막바지에 시래기, 겉된장을 버무려 넣고 물을 부어 간을 맞춘 뒤 모닥불을 지펴 끓여 냈다. 그리고 나서 제 서방이나 막벌이꾼 중 목청이 큰 사람으로 하여금 "모주 잡슈" 하고 길거리에서 외치게 하면 지나가던 사람들이며 모주꾼들이 한둘씩 모여들어 그날의 장이 서게 된다는 것이다. 음식점 유리문에 붉은 페인트로 쓴 '대중식사大衆食事', '외상사절外上謝絶'이라는 사자성어가 뜻하던 바대로 서민 대중이 음식 소비의 주체가 되었다. 하지만 그 많은 대중이 찾아드는 곳은 역시 역사가 오랜 '원조 집' 이었다.

'원조 집' 주인의 가장 큰 괴로움은 "원조라면서 왜 음식 맛이 처음 같지 않고 달라졌느냐"는 나이 지긋한 손님의 항의라고 한다. 맛은 철저히 개개인의 주관적인 감각, 경험으로 느끼는 것이다. 어떤 음식을 대하는 사람의 조건은 그때마다 다르다. 같은 음식을 같은 장소에서 같이 먹는 사람끼리도 평가가 엇갈린다. 수많은 사람이 만족할 수 있는 평균적인 맛과 경쟁력을 가질 수 있는 개성 사이에서 줄타기를 하는 '음식 가게쟁이'를 탓할 수 없다는 말이다. 어떤 음식을 평생 기억에 남을 정도로 맛있게 먹었을 때의 그 맛을 찾는 건, 그때의 자신을 찾는 것과 같다. 잊지 못할 첫사랑을 찾아가서 왜 모습이 달라졌느냐고 항의할 수 없는 것과 마찬가지다.

서울 한복판에서 60년 넘게 변함없이 소뼈 우린 국물에 우거지를

듬뿍 넣어서 끓인 국밥을 만들어 팔아온 음식점이 있다. 언제 어디서 누구에게든 들을 때마다 솜털이 곤두서는 단어지만 적응을 해보려는 필사의 노력으로 써보자면, 이 음식점의 국밥은 정말 '착한' 가격이다. 2014년 여름 기준으로 국밥 한 그릇이 2,000원인 곳이다.

3, 4년 전 처음 그 음식점에 갔을 때 보니 벽에 주인장의 공고문이 붙어 있었다. 요지는 '물가앙등으로 인해 수십 년간 유지해오던 가격을 지키지 못하고 500원이나 인상하게 되어 죄송하다'는 것이었다. 당장 드는 의문이 2,000원이라는 가격은 원가에 미칠까 하는 것이었다. 엄연히 세금이며 임대료를 부담하는 여느 가게처럼 생겼고 일하는 사람도 있으며 새벽 4시부터 밤 10시까지 영업을 하느라 불을 켜두고 난방도 하고 있었으니까.

"걱정하지 마. 이 집주인 먹고살 만하다니까 그러네. 내가 좀 알아. 식당 잘되든 안되든 별로 구애 안 받고 자기 내켜서 음식점 하는 거야."

나를 그곳에 데리고 간 사람, '경위가 바르다' 할 때의 경위를 꼭 '경오'로 발음하는 서울내기는 그렇게 말했다.

"국밥 1인분에 2,000원 받으면 얼마나 남는대요? 88전?"

"거야 모르지. 자네가 걱정 안 해도 돼. 이 집주인 이래 봬도 근처에 빌딩까지 가지고 있다는 소문이 있어."

"어떤 놈이 그런 헛소문을 퍼뜨리고 다닐까. 그게 정말이고 내가 식당 주인이면 당장 식당 문 닫아겁니다. 빌딩에서 월세나 받아서 땡까

떵까 놀러나 다니겠네."

"여기 오는 사람들이 다 당신 같은 줄 알아? 20년, 30년 단골도 흔해. 그중에는 교수도 있고 사업가도 있지만 고물 주워다 팔아서 국밥 한 끼 사 먹을 돈 마련한 사람들도 꾸준히 온다는 거야. 주인이 그런 분들한테는 돈 내지 말고 그냥 드시라고 해도 죽어도 자기가 번 돈을 내고 떳떳하게 국밥을 사 먹는다는 거지. 그 사람들, 이 집 아니면 그 돈으로 다른 데 가서 밥 사 먹을 수 있겠느냐고 하더라고. 그런 손님들 때문에 식당을 그만두지 못하는 거야. 명절 빼고는 쉬지도 못한다니 1년에 363일 식당에 붙들려 있었다는 거지. 돈이 있다 한들 쓸 시간이 전혀 없었겠지. 그런 식으로 한 푼 두 푼 모이면 가까운 데 작은 집 같은 거 사고 그거를 조금 불리고 하는 식으로 하다 보니 종국에는 자그마한 빌딩이 됐다는 거지."

내 눈에 거의 달관한 표정으로 국 솥 옆에 앉아 있는 주인이 보였다. 서민들을 상대로 평생 국밥을 팔아온 그녀에게서는 넉넉하고 여유로운 느낌이 났다.

"이 집에서는 국물 한 방울, 밥알 하나 남기면 안 돼. 보는 눈이 얼만데. 막걸리 따라놓은 것도 다 마셔, 얼른."

이미 다른 곳에서 돼지갈비에 김치찌개를 먹고 온 터라 배가 불렀지만 국밥을 끝까지 다 먹고 그릇을 거꾸로 들어서 머리 위로 흔들어 보이지 않을 수 없었다. 결국 허리띠가 고장 나버렸다.

"적선을 하는 집안에 반드시 경사가 있다더니."

맨 먼저 자리에서 뛰쳐나와 계산을 하고 나자 저절로 문자가 흘러나왔다. 덕이 있고 잘 베풀고 여유가 있으며 자기 이익을 밝히기보다는 남을 배려하는 깍쟁이에게 경사가 생긴 것이겠다.

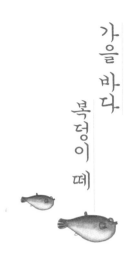

가을 바다
복덩이 떼

　강화도의 갯벌은 세계 4대 갯벌 가운데 하나로 일컬어진다고 한다. 강화도 남쪽의 동막해수욕장에서 서쪽의 화도면 장화리에 이르는 갯벌은 크기도 크기지만 낙조로 유명하다.

　수평선으로 넘어가기 직전 해가 보여주는 찬란한 풍경은 황홀하게 아름답다. 다만 오래 보고 있노라면 자신의 인생과 연관된 무엇인가를 연상시키며 힘이 빠지게 하는 부작용이 있다. '매일 뜨고 지는 해는 저렇게 마지막까지 알뜰하게 하는 일이 많은데 나는 한 것도 이룬 것도 없이 몇 날을 살았던고' 하는 식으로 낙천적인 천성에 칼질을 해대는 문장을 머릿속에 생성시키는 것이다. 이런 부작용을 잠재우는 약이 없을 리 없다. 하늘은 '병 주고 약 주고' 하는 법이니까. 약은 먹고 마시는 것이다.

몇 년 전 가을, 다섯 사람이 승용차 한 대에 빼곡하게 타고 강화도 서쪽의 갯벌을 찾았다. 낙조를 보려면 아직 몇 시간은 기다려야 할 이른 시간대였다. 갯벌에서 직접 물고기를 잡고 그 자리에서 회를 쳐서 먹을 수 있다고 해서 간 것이었다.

강화도 서쪽 어느 마을, 장대한 갯벌이 들판처럼 펼쳐진 곳에 도착하자 그날 하루의 고기잡이, 회 떠 먹기를 인도해줄 남자가 길가의 벽돌집에서 나왔다. 일단 잘생겼다. 그는 자신이 근처에서 몇 안 되는 어부라고 했다. 바닷가 마을 사람이라면 어업으로 생계를 이어가는 게 보통이고 마을에는 어촌계 같은 게 있어 공동으로 어로작업을 하게 마련인데 어부가 몇 없다니 이상한 일이었다.

바다와 갯벌에서는 해조류, 조개류, 어류, 갑각류 등 다양하고 경제적 가치가 높은 수산물을 어획할 수 있으므로 수산업법에 의거하여 어업권이라는 특별한 권리가 인정된다. 어업권은 경매 대상이 되기도 하는 값나가는 재산권이다. 수십 년 전만 해도 그 마을 사람들 대부분이 어업권을 가지고 있었다. 그런데 그 마을이 북한과 가까워서 해상 침투가 우려된다는 국방상의 이유로 하나씩 둘씩 어업권을 나라에 넘기게 되었다고 한다. 그때 남자는 어업권을 포기하지 않았고 넘기지도 않았다. 그는 조상 대대로 살아온 마을, 집에서 자신이 어릴 때부터 보고 익혀온 고기잡이로 살아갔다.

하지만 단순히 바다에 나가서 물고기를 잡아다 파는 것으로 살아가기에는 힘이 들어서 부가가치가 높은 일을 모색하게 되었다. 그 결과 외지인 손님들로 하여금 갯벌에서 물고기를 직접 잡고 그 자리에서 조리해 먹을 수 있도록 해주는 '어로 체험 서비스업'을 시작하게 된 것이었다.

남자는 손님들에게 장화를 주고 갯벌의 흙탕물이 옷에 튀지 않도록 우비를 걸치게 한 뒤 바퀴가 커다란 농기계의 짐칸에 태웠다. 느리고 엔진 소리가 요란하긴 했지만 푹푹 빠지는 갯벌을 달리는 데는 그만이었다. 사람 말고도 회에 곁들이는 상추와 초장, 마늘, 고추 같은 것을 담은 플라스틱 함지, 술과 음료수, 회를 치는 데 필요한 칼, 도마, 접시 같은 도구까지 복잡하게 실렸다. 무슨 피난민 열차도 아닌데.

20여 분쯤 달렸을까. 갯벌과 바다가 만나는 지점에 처진 그물이 나타났다. 어업권 가운데 하나인 '일정한 수면에 어구를 정치定置하여 수산 동물을 포획하는 어업'의 형태였다. 하루 한 번씩 그물을 치고 걷는데 손님들은 그물 속에 든 물고기를 모두 잡아서 먹을 수 있었다. 먹다 남으면 가져가도 된다는 것이었다. 운이 없으면 고기를 많이 못 잡을 수도 있지만 어떤 경우에도 먹기에 부족하진 않을 듯했다. 손님들의 만족도 또한 대단히 높은 것 같았다. 몇 달 치 예약이 차 있다는 게 반증이었다.

고기가 많이 모여들 만한 목을 찾아서 갯벌에 나뭇가지를 박고 그물을 쳐두면 썰물 때 바닷물이 빠져나가면서 물고기들이 걸려든다. 그물은 긴 자루 모양으로 되어 있어서 바닷물과 함께 들어온 물고기만 안에 남고 물은 그물 사이로 흘러나간다. 한번 그물망에 들어온 물고기는 후진을 하지 못하는 데다 좁은 입구를 찾지 못해 그물 안쪽에 몰려 있다가 잡히게 마련인 것이다.

고기가 살찌는 가을이라 그런지 그날 잡힌 물고기들은 씨알이 제법 굵었다. 강화도 바닷가에서는 숭어, 농어, 병어, 밴댕이, 망둥이 등등이 사철 많이 잡힌다는데 때가 때인지라 전어가 열몇 마리쯤 있었다. 큰 물고기는 회를 쳐서 먹고 전어는 석쇠와 휴대용 가스버너를 가지고 구워 먹었다. 물고기를 그리 좋아하지 않고 맛을 잘 모르는 내게서도 감탄사가 절로 나올 정도로 회가 맛있고 싱싱했다. 전어 역시 정수리에서 감응할 정도로 고소한 맛이 났다.

그런데 그물에 들어 있는 물고기 가운데 가장 작고 50여 마리는 될 특이한 종류가 있었다. 흰 배가 황금빛 햇살을 받아서 잠시나마 노다지처럼 누렇게 보였는데 이름을 물어보니 졸복이라 했다. 황갈색의 등에 짙은 갈색의 반점이 많고 배를 간질이면 부풀면서 '복복' 소리를 냈다. 못생겨도 귀여운 건 귀여운 법. 요걸 어떻게 잡아먹나 고민할 필요도 없이 복어는 내장에 맹독이 있으므로 취급 면허가 없는 사람은 아예 건드려서도 안 되는 것이라 해서 다른 물고기와 함께 양동이에 집어넣었다.

두어 시간 만에 배가 복어처럼 불러서 출발 장소로 돌아왔다. 매운탕이 준비되는 동안 마당에서 마리골드와 코스모스, 벌개미취가 심긴 꽃밭을 기웃거리다 보니 드디어 해가 질 기미가 보였다. 마니산 서쪽

산자락의 단풍이 다홍치마처럼 붉어졌고 햇빛 속에 적외선이 많아진 듯 닿는 곳마다 따스했다.

내가 언제 무슨 적선을 어떻게 하였기로 이런 호사를 누리는가. 겸손해서가 아니라, 분에 넘치는 복을 누리는 것이 나중에 누릴 복을 미리 써버리는 것처럼 느껴졌다. 사람마다 누릴 복의 총량이 있고 그것을 균형적으로 잘 나눠 쓰는 게 잘 사는 것이라는 '복 총량 불변의 법칙'을 한번 만들어볼까 싶기도 했다.

어부 부인의 음식 솜씨가 어부의 고기잡이 솜씨처럼 뛰어나 매운탕마저 밥 한 그릇을 뚝딱 비우게 할 만큼 맛있었다. 졸복과 남은 물고기를 아이스박스에 잘 담아주어서 차에 싣고 서울로 돌아왔다. 서울 시내의 유명한 복어 전문 식당에 가서 그 많은 복어를 좀 큰 참복 네댓 마리와 바꿔 먹었다. 식당 주인은 복요리 자격을 갖춘 전문 조리사 출신이었다. 그는 졸복이 복어 가운데 가장 작아서 그런 이름이 붙었지만 큰 건 월척 이상이라고 했다. 졸복은 우리나라 해안 어디에서나 흔히 나오고 복어 가운데 가장 값이 싸다고 했다.

졸복은 작아서 한 마리에 얇은 회 두세 점밖에 안 나오니 탕으로 먹는 게 제격이다. 잘 손질한 졸복으로 끓인 맑은 탕국이 나오자 복어를 많이 먹어본 단골손님들은 최고의 맛이라며 여기저기서 엄지손가락을 추켜들었다. 내게 졸복탕은 '밥도둑'이 아니라 '술 강도'였다. 숙취 해소에 그만이라고 하니 또 하나의 '병 주고 약 주고'의 사례였다.

# 천국의 다른 이름

　내 기준에 단골 음식점은 최소한 다섯 번 이상 반복해서 간 곳이다. '손님(소비자)은 왕'이라는 값싼 자본주의식 구호는 단골 음식점에는 통하지 않는다. 손님은 단골 음식점에 왕으로 군림하러 가는 게 아니고 자기 좋아서 자발적으로 간다. 이미 알고 있는 단골 음식점의 맛, 그에 대한 기대는 어떤 화학조미료보다 뛰어난 천연의 환상적인 조미료다.

　내 단골집들을 떠올리다 보니 우연히도 국수를 파는 곳이 압도적으로 많다. 잔치국수, 냉면, 칼국수, 비빔국수, 막국수, 메밀국수, 밀면, 우동, 짜장면 등등. 그래서 나를 알기 전에는 국수를 입에도 대지 않던 사람을 국수광으로 만들기까지 했다. 이유가 뭘까. 국숫집의 국수 맛은 세월이 지나도 쉽사리 변하지 않는다. 첫맛이 잘 유지된다는 것이다. 국수류 음식은 변수가 많은 일반 한식에 비해 음식의 맛이 뇌에 전달되고 해석, 평가, 기억되는 방식이 간단하다. 또 재료인 밀과 양념의 기본인 간장 자체의 맛이 중독성이 있다. 국수는 술술 잘 넘어가서 아무리 유명한 집이라도 줄 서서 오래 기다리지 않아도 된다. 이런 점들이 모두 내 체질과 기질에 부합했는지도 모른다.

내게 가장 역사가 오래인 단골집 또한 국숫집(분식집)이지만 그곳은 없어지고 말았다. 기념 삼아 적어두자면, 그 식당의 이름은 '뚜리바분식'이고 내가 고등학교 다닐 때 이후 30대 중반까지 거주하던 서울 독산동의 골목 안에 있었다. 뚜리바분식의 '뚜리바'가 무슨 뜻일까. 근처의 구두 가게 이름은 '두발로'이고 술집은 '드숑'이어서 이해하기가 어렵지 않았다. 뚜리바가 프랑스어이며 천국을 의미한다는 설이 있었는데 프랑스어로 천국은 '파라디Paradis'이니 어떤 연관이 있는지는 모를 일이다. 하긴 10대부터의 단골집은 천국과 그리 멀지도 않을 것이다.

내가 뚜리바분식에서 주로 먹은 음식은 당시만 해도 그리 보편적이라 할 수 없는 냉면, 그중에서도 비빔냉면이었다. 그 전까지는 딱 한 번 초등학교 졸업 직전 서울에 다니러 왔을 때 직장 생활을 하던 고모가 냉면을 사준 적이 있었는데, 철사 같은 면발과 어린이의 여린 상피세포를 할퀴어대는 매운맛에 질려서 '지옥의 음식'으로 분류해둔 바 있었다. 뚜리바분식의 냉면은 가게에서 파는 냉면에 무채와 고추장을 듬뿍 얹은 뒤 참기름을 뿌리고 비벼 먹도록 한 것이었다. 비빔냉면에

육수를 주듯이 오뎅 국물을 곁들여주었다. 맛은 고추장 덕분에 꽤나 맵고 달고 짰다. 어쨌든 그 맛이 내게는 냉면의 첫맛으로 각인되었다.

생애 두 번째 단골집은 고맙게도 아직 지상에 존재하고 있다. 1976년, 고등학교 1학년 되던 해 가을의 어느 일요일, 비가 추적추적 오는 날에 같은 반의 짝인 K로부터 강화도에 가자는 연락이 왔다. K는 수업 시간에 책상 아래 고은의 《이상 평전》을 펴놓고 읽던 조숙한 문학 소년이었다(나는 그 시간에 반공을 표방한, 야하기로는 전례가 없던 만화나 역사소설을 표방한, 역시 야하기로는 쌍벽을 이루던 신문 연재소설을 읽었다). K가 왜 강화도에 가는지, 가야 하는지 설명을 하지 않았지만 나는 일언반구 이의를 제기하지 않고 그가 말하는 대로 신촌에 있는 강화행 버스 정류장으로 향했다. 강화읍 시외버스 정류장에 내렸을 때는 가을이고 가을비고 여행이고 간에 배가 무척이나 고팠다.

어릴 때부터 배가 고파본 적이 거의 없는 내게는 배고픔의 부작용이 한층 심각하게 나타날 가능성이 있었다. 배가 고프다 못해 눈이 뒤집힐 정도가 되면 음식 냄새에 극히 예민해지는 것은 물론이고 닥치는 대로 먹을 것을 가진 존재를 공격하고 친구도 몰라보고 심지어 친구를 잡아먹기까지 한다고 한다. 그 친구가 평소에 고귀한 정신세계를 가진 문학 소년이든 뭐든 간에. 천만다행하게도(나보다는 내 친구에게) 버스에서 내린 지 얼마 안 되어서 내 코에 국수 삶을 때 나는 구수한 냄새가 느껴졌다. 냄새는 버스 정류장 바로 곁에 있는 국숫집에서 나고 있었다. 간판이 없었기에 냄새가 아니었으면 국숫집인지도 몰라볼 뻔했다.

그 국숫집의 메뉴는 단 두 가지였다. 비빔국수와 물국수(잔치국수, 소면이라고도 한다). 그 전까지는 한 번도 먹어본 적이 없었지만 뚜리바 분식의 비빔냉면에 대한 기억 때문에 망설임 없이 비빔국수를 선택했다. 비빔국수는 우리가 오기를 기다리고 있었던 것처럼 금방 탁자 위에 놓였다. 맛을 음미할 겨를도 없이 허겁지겁 먹고 나서 빈 그릇을 바라보니 한 그릇 더 먹을 수 있을 것 같았다. 허기가 사라지자 염치가 살아나서 한때 음식거리로 보였던 친구를 향해 한 그릇 더 먹자는 말이 떨어지지 않았다. 우리는 말없이 계단을 걸어 올라와서 국사 책에 나오는 전등사로 가는 버스를 탔다.

전등사를 구경하고 나서는 역시 국사 책에 나오는 초지진까지 말없이 3킬로미터가량을 걸어서 갔다. 짙푸르고 높은 하늘, 야무진 손으로 삶고 두들겨 빤 빨래처럼 하얀 구름 아래 코스모스가 피어 하늘거렸고 나무는 단풍으로 붉었으며 벼가 익은 황금빛 들판에는 억새가 흔들리고 있었다. 그 길은 한국에서 태어난 게 행운이라는 느낌을 줄 정도로 황홀했다.

초지진에서 버스를 타고 말없이 돌아와 우리는 다시 그 국숫집으로 갔다. 이번에는 천천히 음미하며 국수를 먹을 수 있었다. 스테인리스 그릇에 적당한 양의 소면이 담기고 거기에 씹힐 때 질감이 많이 느껴지며 맛이 강한 김치를 잘게 썰어 넣고 김 가루가 많이 들어간다는 점이 남달랐다. 육수를 곁들여주었는데 미리 후추가 뿌려져 있었다. 육수에는 강화도에서만 나는 순무가 들어가 특유의 맛을 낸다는 걸 나중에 알게 되었다. 그리고 설탕이 있었다. 국수 고명 위에도 뿌려져 있었고 설탕 통이 탁자에 놓여 있어서 취향에 맞춰 더 넣어 먹을 수 있도록 했다. 그 설탕은 밀가루로 만든 국수가 가진 쓴맛을 완화시키기도 했지만 친구를 말없이 이상한 눈빛으로 바라보는 허기진 청소년의 뇌에 에너지를 빠르게 공급해 제정신을 차리게 만들어주기도 했다.

그날 이후 해마다 가을이면 친구들과 신촌에 가서 강화도행 시외버스를 탔고 내리자마자 국숫집으로 직행, 비빔국수를 한 그릇 먹었으며 전등사에 갔고 초지진까지 걸었다. 초지진에서 버스를 타고 서울행 버스가 있는 시외버스 정류장으로 돌아와 비빔국수 곱빼기를 먹었다. 어느 때부터는 차를 운전해서 갔고 두어 번은 자전거를 타고 가기도 했다. 혼자 간 적은 없었다. 지금까지 강화도를 찾아간 횟수는 백 번쯤 될까. 어떻든 갈 때마다 대부분은 비빔국수를 먹었다.

오늘 혼자만 비빔국수를 먹으러 와서 보니 70대의 여자 손님들이 들어와서 국수를 먹고 있다. 나중에 온 50대 남자들이 그 손님들의 국수값까지 계산을 해준다. 식당 안에서 가장 나이가 들어 보이는 여자 손님이 얼마 전 단풍 보러 설악산 공룡능선에 다녀왔다고 이야기한다.

"아이고, 나이 팔십 다 돼야 공룡능선까지 갔다 왔시꺄? 할머이 대단하셨시다."

동네 주민들이 단골인 식당을 단골집으로 삼으면 천국에 가서도 후회하지 않으리.

# 속초의 진미

작가처럼 남들이 '창조적인' 직업을 가지고 있다고 말하는 사람이 창작을 함에 있어 가장 경계해야 할 것은 무엇일까? 술? 노름? 잡기? 낮잠? 색성향미촉법? 나는 살림이라고 생각한다. 살림은 실로 창작의 대적大敵이고 '죽임'이다.

살림의 무서움을 실감하는 것은 밖에 나와서 원고를 쓸 때다. 수렵, 어로를 전담하던 남정네의 호르몬이 유독 내게 많아서인지 집에서는 도무지 생업에 관련된 일을 할 수 없다. 써야 할 원고가 있으면 노트북과 생필품이 든 배낭을 짊어지고 밖으로 나가야 한다. 거처를 잡고 청소를 하고 정리를 해서 사냥터, 낚시터를 만들어간다. 그런데 난데없이 꼬르륵하고 배가 고파온다.

나는 배고픔과는 그다지 잘 사귀지 못했다. 낯설다. 조상과 조부모와 부모를 잘 만난 덕이다. 밥을 굶어본 적이 없다. 거의 굶을 뻔한 적은 한번 있었다. 쌀이 떨어져서가 아니었다. 광에 쌓여 있는 나락을 읍내 방앗간에서 찧어다가 밥을 지어 먹곤 했는데 집안일 하는 사람이 쌀을 찧어오는 일을 등한시한 때가 있었다. 오후에야 쌀이 떨어진 것을 알게 된 식구들이 일하는 사람을 채근해 소가 끄는 수레에 나락을 실어 보냈으나 어두워지도록 돌아오지 않았다. 이야기가 자꾸 커지는데, 수레를 끌고 간 소는 당시 일대 몇 개 군의 장에서 기록을 세울 정도로 비싸고 크고 양순하고 한 번에 새끼를 두 마리씩 낳는 어마어마한 동산動産이었다.

오막살이집 한 채 값이 나가는 소가 돌아오지 않는 것에 대해 식구들은 아무도 걱정하지 않았다. 이대로 허무하게 한 끼를 굶고 넘어가야 하는가가 초미의 관심사였다. 나는 난생처음 한 끼를 굶게 되었고 이를 평온하기 그지없던 내 인생에 큰 기록으로 남길 수 있겠다는 생각에 살짝 흥분해 있었다. 쌀 찧으러 나간 사람은 별이 총총한 한밤중에 배고픈 소를 끌고 배고픈 채 집으로 돌아왔다. 우리 식구들은 배고픈 채로 참고 기다리지는 않았다. 그 전에 이미 집에 있던 보리를 삶아서 먹었다. 예전 힘들던 시절, 물에 만 보리밥에 풋고추와 막장만 있으면 밥 한 그릇이 뚝딱 넘어갔다는 식의 회고담을 들은 것 같기도 하다. 보리밥도 밥이니 밥을 먹긴 먹었고 평생 처음이자 마지막으로 한 끼 굶어볼 기회를 잃었다. 각설하고, 꼬르륵하고 배가 고파오면 창작인은 어떤 자세로 대응할 것인가.

딴 사람은 모르겠지만 나는 무조건 밥을 짓고 본다. 굶어본 경험이 없기 때문에 한 끼를 그냥 넘겼을 때 내게 어떤 현상이 일어나는지 알 수가 없지만 소설을 쓰는 데 긍정적인 영향을 줄 리는 없다. 핑계 김에 마감을 넘기고 제때 밥을 찾아 먹은 날의 나를 달달 볶을 것이다.

밥을 하는 동안 간단한 반찬을 준비한다. 국이든 찌개든 카레든 뭐든 한 끼를 넘길 수 있을 만한 것이라면 다 좋다. 밥이 다 되면 그릇에 푸고 반찬과 함께 먹기 시작한다. 먹는다. 먹고 싶은 만큼 실컷, 다시는 배고픔 따위로 잡념이 생기지 않도록. 그러고 나면 물론 배가 부르다. 소화를 시킬 겸해서 설거지를 한다. 깨끗이 치우고 앉는다. 앉아서 뭘 써보려고 한다. 그런데 그때부터 일이 안 된다. 미친 듯이 자전거를 탄다. 기진맥진 산을 타면서 뭘 쓰려고 했는지, 그때의 기분과 에너지를 떠올려본다. 하지만 배부른 뒤로 내 영혼과 육체는 일을 하려 하지 않는다. 이러면 그날 그 일은 망하는 것이다.

강원도 속초에는 '속초 5대 진미'가 있다. 인터넷 검색에 나오는 '속초 5미'와는 전혀 다른 것이다. 속초 5대 진미는 내가 정한 것이니 검색으로는 절대로 나오지 않는다. 그렇게 마음대로 막 지어도 되느냐고? 된다. 각자 다 지을 수 있다. 상주 3미, 대구 5미, 광주 7미…… 속초 5대 진미는 때에 따라 달라질 수 있다. 어떤 선연善緣으로 속초를 부쩍 자주 드나들게 되면서 내 나름으로 먹어보고 명성을 듣고 만든 속초의 5대 진미는 순두부, 홍게 장칼국수, 막국수, 산채 정식(이건 양양에 있지만 주인이 속초 출신이다), 그리고 생선 조림이다.

생선 조림은 속초 같은 항구도시가 아니면 쉽게 먹기 힘든 음식이다. 어항에 들어오는 물고기 중에 크기가 작고 가짓수는 많은 잡어들이 있다. 지명도나 상품성이 떨어져 값이 싸다. 그 잡어를 가져다가 일일이 손질을 하고 양념한 뒤 냄비에 넣고 조린 음식이 생선 조림이다.

속초에 자주 드나들기 시작할 무렵에 그곳의 정치, 문화, 경제를 주름잡고 있는 것으로 추정되는 여성들의 점심 초대를 받았다. 황감하게 식당에 달려가보니 여섯 분의 여성이 이미 좌정해 있었다. 내가 제일 어린 축이었다. 여성 가운데 가장 연소한 분과도 예닐곱 살 가까이 차이가 났다. 나이가 가장 많은 분이 생선 조림이 든 냄비 앞에 나를 앉혀놓고 생선의 뼈를 발라서 접시에 쌓기 시작했다. 내게는 살을 먹기만 하라는 것이었다.

사양하거나 거부할 수 없는 요청이었다. 모두 나만 바라보고 있었다. 내가 어떻게 반응하는지에 따라서 앞으로 어떻게 대접을 해줄지 결정할 분위기였다.

나는 난생처음 먹어보는 생선의 살을 입에 넣었다. 오, 짭짤하고 맛있었다. 뼈를 바르던 여성이 이름을 말해줬으나 낯설었다. 다음도 그 다음도 마찬가지였다. 접시에는 뼈가 수북하게 쌓였고 마침내 자그마한 무덤 형상이 되었다. 신석기 시대의 조개 무덤과 골각기骨角器가 생각난 건 왜였을까.

그날 나는 난생처음 보는 물고기 10여 종을 밥과 함께 먹었다. 다 먹고 나서는 배가 부르지도 고프지도 않고 딱 알맞았다. 맛은 일단 질감이 다양하고 고소하고 완성도가 높다고나 할까, 총체적으로는 숟가락질을 멈출 수 없을 만큼 기막히게 좋았다. 예의를 차리느라고 중간에 한번 물어보기는 했다.

"어째서 뼈만 발라주시고 생선은 안 드시나요? 혼자만 먹기가 면구스럽습니다."

계속 뼈를 바르던 아름다운 부인은 이렇게 대답했다.

"난 어릴 때부터 내가 먹으려고 생선 뼈를 발라본 적이 없어요. 또 이런 작은 물고기는 뼈 바르기가 성가셔서 안 먹어요. 다른 사람이 맛있게 먹도록 발라줄 수는 있지만 나를 위해 뼈를 바르지는 못하겠어요."

그러자 식사에는 조금밖에 손을 대지 않고 내내 우리를 지켜보던 옆자리의 여성이 말했다.

"나도 손자들이 게를 먹을 때 살을 빼주기는 하는데 내가 먹을라치면 귀찮아서 못 하겠어. 안 먹고 말지."

다른 여성들도 모두 한마디씩 보탰다.

"나도 나 먹으려고 음식을 하면 맛없어 못 먹겠어. 혼자 해서 혼자 어떻게 먹는대?"

"아랫목에 앉아서 얻어만 먹으려는 인간도 문제지만 그런 인간이라도 있어야 밥할 맛이 나니. 원."

수렵과 어로 같은 '바깥일'을 한다는 핑계로 매양 얻어만 먹는 족속에게 희망이 있는 것은 바로 이런 숭고한 여성들의 헌신성이 대대로 유전되고 있기 때문이리라. 점점 줄어들고 있긴 하지만.

원조
맛의
비밀

　지명 말고 보통명사로 우리나라의 음식점 이름에 가장 흔히 들어가는 건 뭘까. 짐작하기에 단연 1위는 '원조'다. '어떤 식당이 어떤 식단으로 어떤 지역에서 맨 처음 문을 열고 유명해졌으며 세월이 흐르는 동안에도 원래의 맛을 지킴으로써 많은 손님들을 만족시켜왔다'는 의미다. 비슷한 맥락으로 대를 이어 식당을 운영하고 있다('삼대', '명가' 등)든가, 원래의 맛이 변함이 없다('전통', '진짜', '옛날', '고향', '손맛' 등등)는 것을 강조하는 명사를 식당 이름으로 많이 채택한다. 1위는 아니지만 항시 메달권에 포진할 명사가 있다. 여성 혈족의 호칭이다.

　할아버지, 아버지, 삼촌, 형 등 남성 혈족의 호칭이 식당 이름에 들어가는 걸 아직은 못 봤다. 남자들이 본디 다른 사람에게 음식을 기꺼이 잘해주는 존재가 아니기 때문이다. 유명 식당이나 호텔 주방의 요리사(언제부터인가 '셰프'라고 불리고 있는)로는 남자가 압도적으로 많다고 하지만 그건 누구나(발음하기 어려운 만큼) 쉽게 하기 어려운 전문직으로 느껴질 뿐이다.

맛을 찾아 언제든 문을 열고 발을 들여놓을 수 있는 식당은 여성들이 지배한다. 이름에 할머니(외할머니 포함), 어머니(엄마), 이모, 고모, 언니, 누나가 들어가는 식당은 꽤 있다. 여성들, 특히 어머니는 집안에서 가족에게 일용할 음식을 만들어줄 의무와 특권을 가진다. 이모, 고모는 그런 책임에서 상대적으로 자유롭기 때문에 음식의 맛 또한 천편일률적이지 않고 별식처럼 맛있을 거라는 느낌을 준다. 할머니 또한 부엌의 최전선에서 물러난 몸으로 책임에서는 자유롭되 다년간의 경험에서 우러난 지혜와 전통을 가지고 있다는 점에서 중대한 역할을 하는 존재다. 정이 흘러넘치고 항상 너그럽게 베풀어줄 것이라는 이미지도 있다. 하지만 입맛은 나이가 들수록 퇴행하게 마련이니 섬세하고 화려한 맛, 젊은 소비자들이 좋아하는 자극적이고 유행을 타는 음식과는 거리가 있다. 그것을 무릅쓰고, 다른 호칭을 다 제치고 '할머니'를 식당 이름에 가져다 쓴다면 반드시 그럴 만한 이유가 있으리라.

지금 내가 앉아서 글을 쓰고 있는 동네는 이름에 '할머니', '순두부'가 함께 들어가는 식당의 단위면적당 분포 밀도가 전 세계, 아니 현생의 우주에서 가장 높은 곳이라고 단언할 수 있다. 가로세로 2킬로미터

범위 안에 '할머니'와 '순두부'가 동시에 들어가는 식당이(내가 자전거를 타고 다니며 직접 세봤다) 열셋이나 된다. 어느 곳이 원조일까 고민할 필요는 없었다. 처음부터 '원조', '할머니', '순두부' 세 박자를 갖춘 식당을 만났으니까.

그런데 이곳 사장님, 할머니가 아닌 50대 초반의 남자였다. 다른 사장님이 두 분 더 있는데 그의 형님과 누나였다. 원조 순두부 식당을 창업한 할머니는 식당에 사진으로 걸려 있었다. 1965년도에 집에서 두부를 만들어 팔기 시작했고 1980년대 중반에 순두부 식당을 개업했으며 부모가 돌아가신 뒤로 자식들이 대를 이어 원조 순두부의 맛을 지키고 있다.

나는 두부를 특별히 싫어하거나 좋아하지 않는다. 두부는 밥이나 김치처럼 가정에서 흔한 음식이다. 모두부든 순두부든, 두부를 굽든 찌든 끓이든 생으로 먹든 간에 양념(간)에 따라 입에 맞거나 맞지 않을 뿐 솜씨가 맛의 차이를 크게 좌우하는 음식이라고는 생각하지 않았다. '원조 할머니 순두부' 식당의 단골이 되기 전까지는.

순두부의 원료는 콩이다. 같은 콩으로 만들어낸 순두부가 다른 식당의 것과 차별되는 맛을 가지려면 남다른 무엇인가가 필요하다. 금방 펄펄 끓여 나와서 뜨겁고 양념이 화끈하게 강한 서울의 순두부와 다르게 이곳의 순두부는 맑고 간이 세지 않아 원래의 두부 맛이 난다. 이처럼 강하지 않고 섬세한 데서 진짜 맛을 끌어내야 하는 순두부에서는 고수와 하수의 차이가 크게 난다.

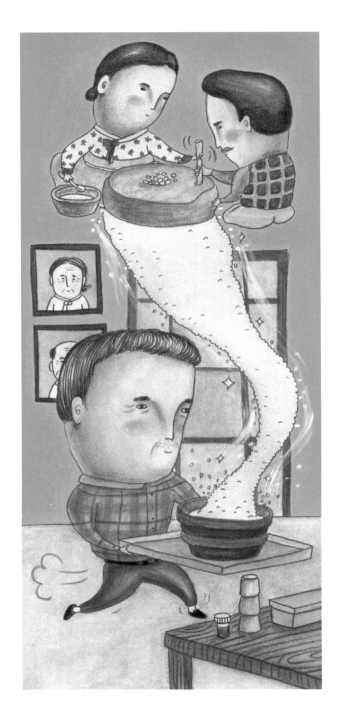

'원조 할머니 순두부'의 메뉴는 주변 식당과는 달리 단 한 가지, 순두부 정식이었다. 사장님은 원재료인 우리 콩을 계약재배로 대량 구매하고 있어 콩의 질이 좋다고 했다. 그 콩으로 손님이 많고 적음에 따라 때맞춰 순두부를 만들어낸다는 것이다. 고소하고 신선한 맛은 나겠지만 원조의 깊은 맛은 다른 데서 생길 것 같았다.

맛은 분위기에 의해서도 많이 좌우되게 마련이다. 실내 분위기가 우중충하지 않고 깔끔했다. 일이 손에 익은 종업원들은 손님의 요구에 빠르게 대응하면서도 자연스럽게 웃는 낯이었다.

"원조의 진짜 맛이 뭔지 좀 가르쳐주세요. 그걸 어떻게 지켜나가는지도. 나도 좀 써먹을 데가 있는데."

내가 묻자 사장님은 사람 좋은 얼굴로 웃기만 했다. 1990년대 초반 이후 그는 30년 가까운 세월 동안 명절 때를 제외하고는 단 하루도 빠짐없이 새벽 5시 반에 일어나 식당으로 향했다. 아침 7시에는 식당 문을 열었고 저녁 7시를 전후해 문을 닫았다. 자신이 모든 식자재를 직접 구해오고 장을 담그고 음식은 일일이 맛을 본 이후에 손님 앞에 내놓는다. 음식 맛은 굳이 먹어보지 않아도 안다. 눈으로 보고 냄새를 맡는 것만으로도 제대로 만들어진 것인지, 그렇지 않은 것인지를 판별할 수 있다.

"고생하셨다는 건 알겠는데 다른 식당을 운영하는 사람들도 다 그렇게 할 수는 있죠. 손님들한테 어떻게 이게 원조의 맛이라고 설득을 할 수 있느냐 이거죠."

부모는 밤늦게 콩을 갈았다. 부부가 돌아가며 맷돌에 콩을 집어넣고 어처구니(맷손)를 번갈아 잡고 돌렸다. 갈아서 나온 콩 즙을 베 보자기에 받쳐서 뜨거운 물을 붓고 콩 국물과 비지를 분리해냈다. 콩 국물을 가마솥에 넣은 뒤 아궁이에 불을 땠다. 끓어오르기 시작하면 불을 줄이고 간수 대신 쓰는 동해 바닷물을 넣어서 두부로 응고시켰다. 응고된 두부를 틀에 넣고 누르면 모두부가 된다. 이러다 보면 금세 날이 밝아왔다.

　새벽부터 두부를 먹으러 온 사람들이 문밖에 줄을 섰다. 주인이 두부가 아직 굳지 않았다고 하면 그 두부(순두부는 서울말이고 원래는 초두부라고 불렀다고 한다. 이때의 '초'는 첫 번째를 의미하는 '初'였을 것이다)라도 좋으니 팔라고 부탁했다. 순두부를 내놓으면 혹시 밥 남은 건 없느냐 했고 결국 자신들이 먹던 반찬까지 내주기도 했다. 본디 인심 후하고 음식 솜씨가 좋았던 종갓집 며느리, 자식들 공부시키고 살림을 꾸려나가려고 부업으로 두부를 만들어 팔다가 음식 맛이 알려지는 바람에 매일 새벽 문을 여는 순두부 식당을 차리게 되었다. 그게 '원조 할머니 순두부'의 시작이었다.

　바닷물이 든 무거운 물통을 메고 들고 20리 길을 걸어서 집으로 오는 소년, 오빠와 남동생의 책가방을 든 소녀, 겨울 칼바람에 빨개진 그들의 손이 생각났다. 어둑한 호롱불 아래서 맷돌로 콩을 갈거나 아궁이에 불을 넣고 솥을 젓다가 꾸벅꾸벅 조는 부모를 떠올리자 갑자기 내 눈시울이 시큰해졌다. 비로소 원조의 맛이 뭔지 알 것 같았다.

"우리는 두부를 만들 때 오로지 우리 콩만 쓰고 아직 옛날 방식으로 솥을 쓰면서 어릴 때 먹던 음식의 맛을 지키고 있어요. 그것뿐인걸요."

3남매의 막내인 사장님은 낮은 목소리로 말했다.

꿈의 작업실

　2007년 3월, 칠레에 여행 다큐멘터리 촬영차 다녀오는 길에 캐나다에 들렀다. 동생 가족이 서너 해 전에 토론토로 이민을 와 있었고 칠레를 오가는 항공편의 중간 기착지에 토론토가 들어 있어서였다.

　동생은 차를 가지고 공항에 마중을 나왔다. 그때만 해도 생소한 국제 로밍으로 전화를 건다는 건 비싸서 엄두를 내지 못했다. 늘 가지고 다니는 노트북을 켜고 헤드셋을 썼다. 공항에서 10분 동안 무료로 제공하는 와이파이에 잽싸게 연결, 공짜 전화 프로그램인 스카이프로 전화를 해서 5년 만에 동생을 만났다.

　한 달 가까이 집을 떠나 있다 보니 뭔가를 읽고 싶다는 기갈이 심했는데 동생 집에 있는 한글로 된 책은 번역 소설 몇 권과 기업인의 성공담을 빼면 실용서가 대부분이었다. 이야기의 단맛이 우러나오는 책은 순식간에 다 읽어버렸다. 좀 쉬운 영어로 된 동화책이나 추리소설이라도 읽어볼까, 아니 읽어지는지 시험해볼까 싶어 동네 도서관으로 갔다. 만만한 책은 쉽게 보이지 않았다. 한 시간쯤 어슬렁거리다가 한글로 된 책이 100여 권쯤 꽂혀 있는 코너를 발견했다.

'이게 웬 떡이냐' 하는 환호도 잠시, 책들의 대부분이 1990년대에 이민 온 사람이 기증한 듯 군사 문화에 찌든 논설을 담은 칼럼집이나 '세상은 넓고 실패는 없다'는 식의 철 지난 자기 자랑이었다. 그나마 몇 권은 비교적 최신작이었다. 나도 개인적으로 안면이 있는, 안면만 있는 아름다운 여성 작가의 베스트셀러가 들어 있었다. 본인을 만나기라도 한 듯 반가웠다. 한국에 가서 혹시 마주쳤을 때 "선생님 책이 캐나다 온타리오 주 토론토하고도 윌로데일의 동네 도서관에 꽂혀 있습디다. 사람들이 어지간히 많이 빌려봤는지 손때가 잔뜩 묻고 표지가 나달나달하던데요" 하고 말을 붙이는 상상만으로도 즐거워졌다. 나도 책을 쓰는 사람인데 외국의 어느 동네 도서관에까지 내가 쓴 책이 꽂히는 광영을 누릴 날이 언제나 올까. 한숨부터 나왔다. 그러려면 만인의 가슴을 적시는 로맨스나 인류애를 담은 소설을 써야 할 것인데 아무리 생각해도 내 능력 밖의 일이었다.

귀국을 열흘쯤 앞둔 어느 날 동생이 스키장에 가자고 했다. 매년 3월 하순, 3박 4일 정도의 일정으로 친한 사람들이 가족 단위로 모이는데 장소가 동계 올림픽이 열렸던 미국 뉴욕 주의 레이크플래시드라고 했다. 스키에는 관심이 없었지만 가지 않을 이유는 없었다. 동생이 운전하는 차를 타고 국경을 넘어서 미국 땅으로 진입했다. 국경 검문소의 절차는 생각보다 단순했다. 일행 중 누구도 미국에서 살 생각이 없는 것으로 보였기 때문이지 싶었다.

하지만 미국 땅의 날씨는 만만하지 않았다. 길을 묻느라고 차를 길가에 세워놓고 편의점에 들어갔는데 종업원이 고래 사냥 할 때 이누이트들이 입는 백곰 털외투 같은 것을 입고 털모자를 쓰고 벙어리장갑을 낀 채로 부들부들 떨며 서 있는 것이었다. 난로가 피워져 있긴 했으나 편의점 내부 전체를 덥히기에는 어림도 없었다. 바깥의 온도계를 봤더니 영하 25도였다. 북극도 아닌 곳에서 3월 하순에 영하 25도의 날씨를 만난 기념으로 아이스크림을 하나 사 먹다가 이가 다 부러지는 줄 알았다.

그날 저녁 토론토에서 온 두 가족, 미국 버지니아 주에서 온 한 가족, 객식구인 나 해서 어른 아홉 명, 젖먹이 포함한 아이 다섯 명의 대식구가 한집에 모였다. 숲 속의 펜션을 3박 4일 빌리는 데 우리 돈으로 100만 원쯤 줬다고 했다. 처음에는 엄청난 돈이다 싶었는데 세 식구로 나누고 또 인원수만큼 나누니까 간신히 수긍할 만해졌다. 방이 여덟 개, 자쿠지가 있는 욕실 포함 화장실이 세 개였다. 난방과 단열이 얼마나 잘되는지 페치카에 장작 몇 개를

집어넣기만 해도 땀이 났다.

　세 가족의 가장들이 한국의 정치와 세계의 정세에 대해 많은 관심을 가지고 있다는 공통점을 바탕으로 열렬한 토론을 벌이기 시작했으므로 나는 다른 재미를 찾아 나설 수밖에 없었다. 옷을 최대한 껴입고 밖으로 나갔다. 쉰 걸음쯤 걸어가서 뒤를 돌아보자 굵은 나무 사이마다 검은 잉크 같은 어둠이 고여 있는 것이 보였다. 거대한 침엽수 우듬지 위로 황금 공 같은 달이 불쑥 떠올랐다. 조용했다. 눈을 밟으며 뽀드득대는 내 발소리 외에는 아무 소리도 나지 않았다. 무섭지 않을 만큼의 원거리에 집이 하나 보였고 불빛이 희미하게 반짝였다. 쌓인 눈 위에서 미끄럼을 탔다. 중간에 나무둥치를 이용해 멈추지 않으면 세상 끝까지 미끄러져 갈 수 있을 것 같았다.

　다시 돌아보자 집이 따뜻한 호박색 불빛을 내뿜으며 빛나고 있었다. 아, 저놈의 집이 돈값을 하는구나! 저런 집에서 일을 한다면 한 번도 제대로 써보지 못한 로맨스 소설이든 몇백만 년 전 인류의 조상을 주인공으로 하는 소설이든 얼마든지 써낼 수 있을 것 같았다. 귀국하면 만사 제쳐놓고 저런 집부터 구해야겠다고 다짐했다. 10년 안에 내가 쓴 책이 토론토, 푼타아레나스, 레이크플래시드의 동네 도서관에 꽂히지 않는다면 그건 저런 집을 찾지 못해서일 것이다.

　"형, 여기 곰 있어! 빨리 들어와!"

　동생이 나를 부르는 바람에 정신을 차렸다.

　귀국하는 길에 동생이 한글로 된 파일이 담긴 메모리카드를 하나 주었다. 비행기 타고 가면서 심심할 때 한번 읽어보라고. 중요한 건 거기에 책 한 권 분량의 이야기가 들어 있고 그게 한글로 되어 있다는 점이었다.

짐을 맡기고 내가 탈 비행기가 있는 게이트 앞으로 갔다. 두 시간은 남아 있었다. 노트북의 배터리가 충분하지 않아서 충전을 해두어야 했다. 그런데 이미 어떤 사람이 자신의 노트북을 하나밖에 없는 콘센트에 꽂고 뭔가를 들여다보고 있었다. 그의 옆에 바짝 붙어 앉아 노트북을 켠 뒤 동생이 준 파일을 읽기 시작했다.

30분이 지나도 그 인간은 일어날 생각을 하지 않았다. 내 노트북의 배터리는 거의 다 떨어지고 있었다. 한글로 된 이야기는 엄청나게 재미있었다. 배터리가 떨어지면 못 본다고 생각하니 재미가 두 배가 되었다. 한 시간이 넘자 그 인간이 갑자기 허둥지둥 전선을 뽑고는 어디론가 달려갔다. 나는 지체 없이 그 자리에 플러그를 꽂았다. 다시 얼마간의 시간이 정신없이 흘러갔다.

그런데 아까부터 누군가를 애타게 호출하는 방송이 들려오고 있었다. 내가 대충 알아들은 말은 "숭수크제, 숭수크제 씨 계시면 게이트 52번으로 지금 즉시 가시기 바랍니다" 하는 것이었다. 홍콩이 중국에 합쳐지는 과정에서 캐나다에 중국계 이민이 대폭 증가했다 하더니 그들 중 한 명이 방송을 아랑곳하지 않고 면세점에서 쇼핑에 빠져 있는 게 분명했다. 이야기에 집중하는 데 방해가 되었기 때문에 어서 그 멍청이가 제자리를 찾아가기를 바랐다. 그러다가 무심코 이마 위의 전광판을 보자 낯선 지명, 엉뚱한 항공편 번호와 함께 25라는 게이트 번호가 반짝이고 있었다. 내 여권에 적힌 영문 이름은 'Sung Sukje'였다. 태어나서 가장 빠른 속도로 달려서 52번 게이트를 찾아갔으나 비행기가 이미 활주로에 들어섰다고 추가 비용을 물고 다음 날 비행기를 타라고 했다.

레이크플래시드의 그 집 같은 곳은 아직 구하지 못했다. 내 이름의 영문 표기는 방송을 한 번만 듣고도 알아들을 수 있도록 진작에 바꿨다.

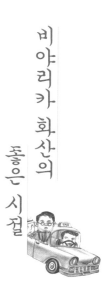

# 비야리카 화산의 좋은 시절

2000년대 초반의 좋았던 시절 어느 겨울, 어떤 산악인을 만났을 때 이런 말을 들은 적이 있다.

"우리는 겨울이 와서 산행이나 훈련이 여의치 않으면 남반구로 갑니다. 거긴 여름이니까요. 그렇게 남북 반구를 왔다 갔다 하면 1년 사시사철 등산을 할 수 있지요."

그는 나처럼 야산을 좋아하는 수준이 아니라 산악 영화의 시나리오를 썼던 전문가였다. 그 시절 나나 그나 연부역강의 한창나이로 세상을 제대로 살아가는 건 하고 싶어 하는 것을 하느냐, 하지 않느냐의 실천 의지가 좌우한다고 생각할 때였다.

"우리는 겨울이나 여름이나 일하는 데는 상관없어요. 컴퓨터

하고 손가락만 작동되면 되니까."

나는 질세라 큰소리를 쳤지만 사실은 날씨에 유난히 영향을 받는 게 작가라는 족속이다. 알타미라 동굴에 벽화를 그린 사람을 포함해서 창작을 하는 사람들은 대부분 그럴 것이다. 오죽하면 〈내가 날씨에 따라 변할 사람 같소?〉(이강백 작)라는 연극이 있을까. 날씨가 조금만 더 워도 짜증 나서 못 쓰고 조금만 추우면 마음이 시려서 못 쓴다. 날씨가 좋으면 이런 좋은 날 놀지 않고 써서 뭘 하나 싶어서 못 쓴다. 바람 불어 좋은 날에 연인이라도 있으면 싱숭생숭해서 못 쓴다. 결국 아무 때도 못 쓴다, 마감이 없으면.

2007년 겨울의 끝에 해당하는 2월, 산악인도 아닌 내가 남아메리카 칠레의 수도 산티아고에서 780여 킬로미터 떨어진 아라우카니아 주 카우틴 지방의 비야리카 산에 오르게 되었다.

칠레에는 2,600여 개의 화산이 있고 그중 아직 활동 중인 화산이 85개다. 가장 활발한 활동을 보이는 다섯 개의 화산에 비야리카 화산이 포함된다. 높이는 2,847미터로 백두산보다 약간 높으며 정상 부분은 눈으로 덮여 있다. 또 분화구 안에 세계적으로 드문 용암호가 있다는데 올라가서 들여다보지는 못했지만 용암, 말 그대로 바위가 녹은 물(유리, 철, 니켈, 마그네슘 등등이 높은 열로 액체 상태가 된 것)이 절절 끓어오르는 호수라면 지옥을 바로 보는 듯한 근사한 느낌을 줄 것이다.

비야리카는 칠레의 원주민인 마푸체의 언어로 '루카피얀'이라고 불린다. '영혼의 집'이라는 뜻이다. 택시를 대절해 타고 올라갈 수 있는

데까지 가자고 해서 화산석이 굴러다니는 비포장도로를 한 시간 가까이 달렸다. 올라갈수록 푸른 초목은 점점 사라지고 명도가 낮아지더니 등산 기점인 산 중턱 주차장에 이르자 볼 것도 없이 시커먼 골짜기에서 연기 냄새가 심하게 났다. 바닥은 화산석이 부서져 만들어진 회흑색 모래투성이였다. 영혼의 집치고는 참 삭막하고 팍팍하구나 싶었다.

택시에서 내려 내키지 않는 발걸음을 옮겼다. 내가 좋아서 그곳에 간 것이라면 모르지만 다큐멘터리 촬영차 간 것이라 그런지 아무리 뛰어난 명승도 구경거리가 되지 못했고 유명한 사람과 만나도 그다지 궁금한 게 없었다. 촬영 테스트 삼아 몇 군데에서 포즈를 잡고 난 뒤에 본격적으로 위로 올라가려고 할 때였다. 우르릉하고 소리가 나는가 싶더니 땅이 흔들리는 것 같았다. 산 위에서 작은 돌들이 굴러떨어졌다. 구름인지 연기인지 모를 연무에 싸여 위쪽에서 무슨 일이 벌어지고 있는지 알 수가 없었다.

"계속 가야 하나요? 살아생전에 활화산 구경을 할 기회는 잘 없을 것 같은데."

아름답고 강단 있는 피디는 무거운 촬영 장비를 든 채 고개를 끄덕거렸다. 막상 가려고 하니 숨쉬기조차 거북했다. 아무래도 평지에 비하면 고산이라 산소량이 희박할 것이고 공기 중에 재나 연기 성분이 섞여 있으면 헤모글로빈이 산소를 운반하는 데 애로를 겪을 것이라고 생각하면서, 생각의 일부는 "아이고, 어지러워" 하는 식의 중얼거림으로 내뱉기도 하면서 걸음을 옮겼다. 그때 위에서 등산복 차림의 젊

은이 셋이 피켈을 든 채 내려왔다.

"정상에 다녀오는 길인가요?"

반가워서 와락 다가가 물었다. 그들은 그렇다고 대답하면서 위험하니 가지 말라고, 지금 화산이 본격적으로 활동을 시작한 것 같다고 했다. 자신들은 아침 일찍 출발해서 운 좋게 다녀올 수 있었지만 이런 상황이면 자기네 나라에서는 산악 통제소에서 아예 못 가게 막았을 거라고. 어느 나라 출신인지는 묻지 않았다. 시민의 안전을 최우선으로 하는 좋은 나라인 것은 분명했다.

"자, 갑시다."

나는 피디에게 말하고 걸음을 옮겼다. 산 아래 방향으로.

택시를 타고 내려오다 피디는 운전기사에게 중간에 멈춰달라고 말했다. 여기까지 힘들게 막대한 비용을 들여 왔는데 그냥 연무에 싸인 시커먼 산만 찍고 갈 수는 없지 않은가. 그건 나도 동감하는 바였다. 그 덕분에 왜 비야리카 산을 영혼의 집이라고 하는지, 그 이유 가운데 하나를 알게 됐다.

플라타너스 같은 두꺼운 줄기와 40미터쯤 되는 큰 키, 포플러 잎을 닮은 작은 잎을 무수히 매단 거대한 나무들이 우주를 떠받치는 기둥처럼 서 있었다. 무심코 그 나무 사이의 공간에 발을 들여놓자 갑자기 머리털이 곤두섰다. 누가 '무릎을 꿇어라, 네가 지금 서 있는 곳은 성스러운 곳이니라' 하고 말하진 않았지만 그 전에 경험해보지 못한 어떤 신성한 채널이 열리는 느낌이 들었다. 나라는 유물론적 인간에게 그런 신비한 정서적 체험을 안겨줄 만한 지구 상의 생명은 오직 나무와 숲뿐이었다. 바로 그걸 비야리카 산 중턱의 숲에서 처음으로 느꼈다.

숲 밖으로 나오니 움막 같은 게 보였다. 나뭇가지와 거적 같은 걸로 얼기설기 엮은 집인데 어두운 안쪽에 허름한 침대와 옷가지, 모닥불을 피운 흔적 같은 게 들여다보였지만 집주인은 보이지 않았다. 어쩐지 친근했다. 내 영혼의 집이 있다면 바로 이런 모양이 아닐까. 집주인을 만나면 '오, 현명하고 거룩한 형제시여, 언제부터 여기에 거하셨던가요' 하고 말을 걸 수도 있을 것 같았다.

칠레에 간 이후 최고의 감동을 경험했다는 느낌을 뒤로하고 산 아래로 내려오자 비야리카 호수가 나타났다. 시도 때도 없이 쿵쿵대며 연기를 뿜는 활화산을 배경으로 아름답기 그지없는 호숫가에는 그림 같은 별장들이 수두룩했다.

"저 별장 뒷마당에서 천국 같은 호수를 바라보며 세상의 종말이 곧 올 거라는 느낌을 양념으로 바비큐를 해 먹으면 정말 맛있겠다."

내 말에 택시 기사가 그 별장을 하나 사라고 권했다. 별로 비싸지 않다는 것이었다.

"우리나라 산악인들이 들으면 좋아하겠네요. 그런데 얼만데요? 관리는 어쩌고?"

생각만큼 비싸지 않았다. 우리 돈으로 3,000만 원쯤? 관리는 걱정하지 말라고 했다. 관리 전문 회사가 있어서 1년에 500만 원 정도면 방범, 청소, 수리, 조경까지 다 책임을 진다. 화산이 폭발해서 호수를 덮치지 않는 한 1년에 몇 주일씩 와서 절경도 즐기고 등산도 하고 제 트스키도 타라. 몇 번만 와도 본전 뽑는다.

"한번 올 때마다 비행기 삯만 몇백만 원인데. 오는 데 걸리는 시간 도 이틀은 될 테고."

내 말에 아무도 대답하지 않았다. 각자 골똘히 생각에 잠겨 있기에 나는 잠을 청했다.

# 푸얼차 감별법

　여러분은 지금까지 8박 9일 동안 최고의 관광 코스를 다녀오셨어요. 만일 중국에 올 기회가 단 한 번밖에 없다면 우리 윈난 성을 선택하라고 합니다. 그만큼 윈난 성에는 중국을 대표하는 볼거리가 많지요. 아열대기후부터 만년설이 쌓인 설산까지 다 있으니까요. 물론 그걸 며칠 만에 갔다 오려니 피곤하기야 하시겠지요. 하지만 아침부터 그렇게 찡그린 얼굴로 앉아계시면 곤란하죠.

　여기는 푸얼차를 마시는 자립니다. 그것도 일반 중국인이나 외국 관광객은 맛보기 힘든 최고 등급의 푸얼차죠. 솔직히 가이드가 버스에 태워서 끌고 와서 할 수 없이 이 자리에 앉아 있다 하는 식으로 짜증을 내고 있는 게 제 눈에는 다 보입니다. 푸얼차가 아무리 좋다고 해도 마실 준비가 안 되어 있고 받아들이기 싫은 사람한테는 아무 소용이 없어요. 아무것도 모르는 어린아이한테 세발자전거나 곰 인형이 좋지, 그 아이를 천재로 만들어줄 선생님이나 다이아몬드가 눈에 들어오겠습니까.

먼저 한 잔씩 나눠드린 차를 음미해보시기 바랍니다. 물론 돈 한 푼 안 받습니다. 색깔이 어떻습니까? 맛은 어떠세요? ("정말 좋아요" 하는 이구동성의 반응)

그 차가 맛이 좋다 하면 솔직히 여러분은 이때까지 푸얼차, 완전히 헛마셔온 겁니다. 정말 제대로 된 차가 어떤 건지 모르는 거죠. 그건 만들어진 지 5년 이하짜리 생차입니다. 다음 차를 드셔보세요. 어떻습니까. ("맛이 보통은 넘는데요" 하는 조심스러운 반응)

지금 드신 차는 푸얼차 중에서도 가장 기본적인 숙차입니다. 짚 맛이나 썩은 맛, 잡미가 남아 있을 겁니다. 물론 몸에 나쁘다거나 엉터리라는 건 아닙니다. 기본밖에 안 된다는 거예요.

그럼 정말 좋은 차는 어떤 맛이냐. 아무런 맛이 없습니다. 향기도 없습니다. 무미, 무향이죠. 다만 뒷맛이 달게 돌아옵니다. 그걸로 좋은 차와 나쁜 차를 구분할 수 있지요. 사람도 인생도 마찬가지 아닙니까?

생차는 커피처럼 뜨거운 물에 우려서 마셔야 합니다. 카페인이 많기 때문이죠. 숙차는 우려서도 마시지만 끓여서 마실 수 있습니다. 오래될수록 맛이 좋아지죠. 카페인이 전혀 없으니까요.

(손님 중 한 사람이 손을 들며 "정말 카페인이 없나요? 그렇다면 세계적인

발명인데요" 한다.)

아, 딱 잘라 말해 전혀 없습니다. 푸얼차는 5년 이상 숙성되는 과정에서 카페인이 화학적 반응을 일으켜서 몸에 유익한 당 성분 같은 걸로 바뀝니다. 카페인이 없으니까 밤에 마셔도 잠자는 데 아무런 지장이 없습니다. 그러면서도 차가 가지고 있는 좋은 성분은 다 가지고 있지요. 소화 작용, 이뇨 작용, 항암 작용, 노화 방지, 피부 보호, 혈액순환 촉진, 콜레스테롤 감소, 혈압이나 당뇨 같은 대사성 질환과 성인병에도 탁월한 효과를 발휘합니다.

여러분한테 제가 지금 공짜로 피가 되고 살이 되는 충고를 드리는데 남이 하는 말을 쉽게 좀 믿지 마세요. 인터넷이고 뭐고 절대 믿으면 안 됩니다. 직접 경험한 걸 믿으세요. 제가 여기서 푸얼차만 13년간 다뤄 온 사람입니다. 제 말이 맞지, 어설프게 대충 아는 사람들이 인터넷에 무책임하게 써 갈겨놓은 걸 믿겠습니까.

(한 손님이 끈덕지게 대꾸한다. "제가 아는 사람은 다르게 이야기하던데요. 카페인 없다고 해서 많이 마셨더니 가슴이 막 뛰고 잠이 안 와서 혼났다고.")

아, 그런 경우는 가짜를 마신 겁니다. 여기 보시는 것처럼 숙차 진짜 배기 하나를 가지고 녹차나 생차를 섞어서 세 덩어리를 간단하게 만들 수 있습니다. 그럼 베이징 같은 데서 여섯 배 이상 이익을 남길 수 있거든요. 그건 속아서 산 사람의 책임인 거죠.

푸얼차 좋은 건 알지만 만들어 마시기 힘들다고, 비싸다고 꺼리는 분들 계십니다. 지금부터 제가 어떻게 푸얼차를 마시는지 설명을 드

리지요.

자, 숙차는 카페인이 없기 때문에 끓여도 된다고 말씀드렸죠? 먼저 이렇게 적당량. 그러니까 어른 엄지손가락 3분의 1 정도의 양을 덜어 냅니다. 뜨거운 물로 한번 씻어내지요. 차에 붙어 있는 먼지나 불순물을 걸러내는 과정입니다. 그리고 1.8리터 주전자 기준 6그램 이하를 넣어서 1분도 좋고 두 시간도 좋고 계속 끓여서 드시면 됩니다. 다섯 주전자까지 끓여도 약효는 똑같습니다.

이렇게 끓인 차는 여름에 상온 상태에서 일주일은 갑니다. 냉장고에 넣어두면 더 오래가겠죠. 푸얼차는 진하고 연하고 차고 뜨겁고에 상 관없이 쭉 마시면 됩니다. 잠자기 전에 우유를 일대일로 넣고 푸얼차 라테를 만들어 마시면 수면제로 특효가 있습니다. 부작용 전혀 없고 요. 푸얼차 끓일 때 생강을 20그램쯤 넣고 같이 끓이면 기관지 같은 호 흡기관에 진짜 좋은 차가 됩니다.

이렇게 몸에 좋은 차를 만드는 과정은 어린아이도 따라 할 수 있습 니다. 이걸 어렵다고 하면 녹차, 커피, 코코아, 홍차, 두충차, 모과차, 생강차, 국화차, 대추차, 우롱차, 철관음 만들어 마시기는 훨씬 더 어 렵지요. 인스턴트가 아닌 바에야.

떡처럼 만든 푸얼차는 보관하기도 쉽습니다. 그냥 냉장고 위에 올려 놓으시면 됩니다. 가정집에서 제일 식품을 보관하기 좋은 데가 거기 예요. 거기다 늙은 호박을 갖다 놔도 1년은 보관할 수 있습니다.

자, 그럼 왜 여러분이 여기까지 와서 푸얼차를 사야 하느냐. 원산지라서 그렇죠. 중국 사람들도 한국에 가면 꼭 인삼 사 옵니다. 그게 싸고 좋아서만 그런 건 아닙니다. 원산지니까 그런 거죠. 여기서는 푸얼차 1킬로그램에 160만 위안 하는 것도 있습니다. 이 사진 보이시죠? 신문에 난 사실입니다. 진짜배기 푸얼차 따는 고수古樹는 100퍼센트 야생이고 교목이에요. 키가 10~30미터나 되죠. 재배를 해보려고 묘목을 키워봤는데 인공적인 환경에서는 80센티미터 이상 자라지를 않습니다.

자, 이 차 덩어리 하나가 357그램인데 5년 된 겁니다. 이거 하나면 4인 가족이 석 달은 충분히 마십니다. 가격은 300위안입니다. 이건 만든 지 10년이고 500그램인데 1,000위안밖에 안 합니다. 이건 13년 된 것으로 100퍼센트 유기농 차나무에서 딴 새순으로만 특별히 제조했고 1킬로그램이고 3,000위안입니다. 이거면 4인 가족이 최소 3년은 마십니다. 이걸 사시면 앞의 거 두 개를 함께 드립니다. 비싸다고요? 나와 내 가족의 건강을 위해 원산지의 13년짜리 특제품을 한 달에 단돈 만 원이면 마실 수 있는데도요? 가족이 없으신 분은 혼자서 10년도 더 드실 수 있지요. 아마 돌아가실 때까지 이렇게 귀한 푸얼차를 매일 드실 수 있을 겁니다.

제가 거짓말하는 게 아닙니다. 최고급 푸얼차를 물 마시듯 마신 중국 공산당 중앙위원회 최고위 간부들, 부자들이 건강하게 장수하는 거 다 아시죠? 전 세계에서 권력 있고 돈 많은 사람 수백만 명이 매일 푸얼차를 마시고 있습니다. 이름은 말할 수 없지만 한국에서도 한다

하는 재벌들, 높은 사람들 다 이 차 사다가 드십니다. 그게 푸얼차가 다른 어떤 차보다 우리 몸에 좋다는 명백한 증거죠. ("정말 말 잘한다" 하는 손님의 반응)

　제가 누구한테 이런 말발을 배웠겠습니까. 바로 여러분, 한국에서 오신 분들이 가르쳐주신 덕분입니다. 예, 감사합니다. 거기 사장님, 선생님도요? 감사합니다. 정말 이번 여행에서 본전을 한 방에 뽑으신 거예요. 좋은 선택 하신 겁니다. 거기 카페인 뭐라 뭐라 하신 선생님, 그냥 돌아가셔도 좋습니다만 나중에 이런 기회가 절대 다신 없다는 건 꼭 알아두시고. 예, 예.

형제 나라의 형제

2010년 여름, 철기 문명에 관한 다큐멘터리를 만들기 위해 터키의 수도 앙카라와 인류 역사상 최초로 철기 문명을 향유한 것으로 알려져 있는 히타이트 제국의 수도 하투샤(현재의 보가즈쾨이)를 찾았다. 앙카라를 빠져나오자 곧바로 메마른 황토지대가 이어지기 시작했다. 햇빛 또한 그지없이 따갑고 공기는 건조했다. 그럼에도 이따금 해바라기를 기르는 커다란 밭이 나타났고 추수를 끝낸 지 오래지 않은 듯한 밀밭도 보였다.

"터키는 유럽의 식량 창고라는 말이 있을 정도로 농사를 많이 지어요. 강수량은 그렇게 많지 않지만 강을 통해서 물이 공급되거든요."

통역과 안내, 운전을 맡은 잘생긴 청년 K가 설명했다.

기원전 17세기 후반, 히타이트의 정복 군주 하투실리스 왕은 보가즈쾨이를 통일 왕국의 수도로 삼고 이름은 하투샤로 정했다. 하투샤는 해발 1,000미터의 고원, 기복이 심한 비탈면에 자리하고 있다. 동서 길이 약 1.3킬로미터, 남북 길이 약 2.1킬로미터, 폭 약 8킬로미터의 이중 성벽으로 둘러싸여 있었던 것으로 보면 남의 나라를 정복해본 군주의 입장에서 거꾸로 남한테 공격당할 때를 충분히 대비한 것이지 싶다.

역대 히타이트 왕들은 전쟁과 정복에 뛰어난 군주들이었다. 히타이트인들은 용맹한 전사로 유명했고 다른 나라에 없는 강하고 날카로운 철제 무기로 무장하고 있었다. 거기다 강력한 바퀴를 장착한 전차를 앞세워 새로운 전술을 구사했다.

기원전 13세기 후반에 무와탈리스 왕은 시리아의 영유권을 둘러싸고 이집트의 군주 람세스 2세와 오론테스 강변에 있는 카데시에서 결전을 벌였다. 결과는 무승부였지만 시리아는 여전히 히타이트의 통치를 받았다. 뒤를 이은 하투실리스 3세는 이집트와 우호조약을 맺고 딸을 람세스 2세에게 출가시켰는데 이 무렵부터 히타이트는 급속도로 힘을 잃었고 100년쯤 지나 서방에서 침입해온 이민족에 의하여 갑자기 붕괴했다.

3,700년 전 히타이트 제국의 수도였던 하투샤는 황막했다. 무너진 궁성과 성채, 신전에서 나온 바윗돌이 흩어져 있었고 풀만 수북하게

자라 있었다. 덤불 사이로 양들이 방울 소리를 내며 돌아다녔다. 풍경으로 보나 위치로 보나 관광객이 좋아할 만한 건 별로 없었다.

성안으로 들어가는 입구에 매표소 비슷한 건물이 있었고 차량 차단기 비슷한 것도 있었다. 차를 세우자 건물 그늘에서 시커멓게 수염을 기른, 아니 깎지 않아서 더부룩하게 자라난 것 같은 수염을 한 남자가 통통한 팔을 번쩍 쳐들고 정지신호를 보냈다. 이미 정지를 했는데도.

"어떻게 오셨습니까?"

매표소 관리인인지, 경찰인지, 관광청 소속 공무원인지 정체를 알 수 없는 묘한 질문이었다. 어쨌든 K가 한국에서 다큐멘터리를 만들기 위해 유적을 촬영하러 온 제작팀이라고 우리를 소개했다. 남자는 한국이라는 말을 듣자마자 한국 휴대전화 제조 업체 두 군데의 이름과 터키에 공장이 있는 자동차 회사 이름을 외치더니 두 팔을 벌리고 껴안을 듯 가까이 다가왔다. 내가 K에게 물어보라고 했다.

"근데 아저씨는 누구세요?"

그는 우리나라 작은 면 규모로 인구 2,000명도 되지 않는 보가즈쾨이 차기 읍장 선거에 출마 예정인 동네 주민이었다. 그는 자신이 관광 가이드를 할 수 있을 정도의 외국어 실력을 갖추고 있다고 주장했다. 영어, 프랑스어, 이탈리아어, 독일어 등에서 부인과 남편을 칭하는 단어를 알고 있었고 때로는 '맘마 미아' 같은 단어를 감탄사로 썼다. 결국 그는 자청해서 우리의 안내를 맡았다.

기원전 13세기 무렵의 상황을 재현하는 장면을 촬영했고 거기에는 적당한 장소와 가축, 사람이 필요했다. 그는 마을 사람들을 동원해주었으며 그들에게 즉석에서 연기 지도를 하기도 했다. 마을 사람들에게 그는 허풍이 심하지만 악의 없는 인물로 인식되고 있는 것 같았다. 특히 노인과 아이들을 곧잘 웃겼다. 말보다는 과장된 표정과 슬랩스틱코미디를 연상케 하는 행동으로.

일과가 끝나면 그는 우리가 묵고 있는, 보가즈쾨이에 하나밖에 없는 호텔로 따라와서 같이 저녁을 먹고 가곤 했다. 내가 그의 대화 상대가 되어주어야 했다. 그는 내가 언어를 가지고 생계를 유지하는 소설가라고 하자 영어도 잘하는 사람으로 믿고는 자꾸 내게 영어를 가르쳐달라고 했다. 내가 오해라고 해도 소용이 없었다.

"한국과 터키는 형제의 나라다. 터키는 한국전쟁에 참전했고 2002년 한일 월드컵 당시 3·4위전에서 한국과 경기를 했다. 터키 사람들이 세계에서 제일 좋아하는 나라가 한국이다. 한국과 터키가 형제이듯 당신과 나 또한 형제지간이다."

하도 반복해서 같은 말을 하기에 나는 그에게 몇 살이냐고 영어로 물어주었다. 서른셋이라고 했다.

"우리는 형제가 아니다. 한국에는 '객지 벗 10년'이라는 말이 있다. 위아래로 10년까지 친구처럼 호형호제할 수 있지만 그 이상은 아버지와 같은 대접을 해야 한다. 너는 나에 비해 열 살보다 한참 아래니 나를 아저씨라고 불러라."

그러나 그는 나를 계속 '브라더'라고 불렀고 부른 뒤에는 꼭 껴안으려고 들었다. 그게 히타이트 제국의 관습인지는 모르지만.

그럭저럭 일정이 끝나고 떠나기 전 마지막 저녁 식사 자리를 맞이했다. 호텔의 주인은 호호백발 할아버지와 할머니였다. 호텔에서 제공하는 음식은 대체로 짰는데 나는 그게 주인 할머니가 연세가 들다 보니 입맛이 무뎌져서 소금을 많이 넣기 때문이라고 믿었다. 양고기와 닭고기, 채소 샐러드, 치즈를 곁들인 식사를 하고 있는데 며칠 동안 멀찌감치서 주변을 맴돌던 잘생긴 청년이 다가왔다. 호텔 주인 내외의 아들이라는데 자신이 직접 만든 장신구 세트를 사라는 것이었다. 터키석으로 된 목걸이, 팔찌, 반지, 브로치, 귀고리 등속이었다. 물건은 조악했지만 호되게 비쌌다. 200유로, 우리 돈으로 25만 원 정도.

"사도 가져다줄 사람이 없는데? 갖다 줘도 쓸 사람이 없고."

몇 번을 말했지만 소용이 없었다. 청년은 탄탄한 근육과 멋진 생김새가 아깝다 싶게 계속 징징거렸다. 그때 '브라더'가 터키어로 몇 마디를 묻더니 청년에게서 터키석 더미를 와락 낚아채 내게 건넸다.

"15유로만 줘요."

청년은 내 지갑에서 나온 돈을 받아들더니 원망이 가득한 얼굴로 그를 쏘아보며 뭐라고 외치고는 나가버렸다.

"아무리 그래도 그렇지, 이래도 되나? 본인이 직접 만들었다는데?"

"쟤가 그걸 직접 만들었으면 나는 터키석을, 아니 터키를 창조했어요. 나는 쟤 삼촌이니까."

"쟤가 몇 살인데 삼촌이래? 서른은 됐겠구먼."

"쟤 스물다섯이고 우리 형, 여기 호텔 주인이 마흔다섯이에요. 나보다 열두 살 많아요."

"아니, 저 할배가 네 형이야? 나보다 다섯 살이나 어린데?"

우리의 대화를 전혀 이해하지 못하는 호텔 주인 내외는 주름이 가득한 얼굴로 사람 좋은 웃음을 지을 뿐이었다.

헤어질 때 그는 나를 굳세게 껴안고 오른쪽, 왼쪽 뺨을 맞대는 인사를 했다. 수염이 따끔거렸다. 불룩 나온 배가 내 배에 맞닿았다. 형제가 맞긴 한가 보다. 배 때문에 그런 생각이 잠깐 들었다.

프라하의
신비한
성

2010년 여름, 체코의 프라하에 도착하기 전에 베를린에서 빌린 차의 뒷자석에서 읽은 미국산 여행 가이드북에는 아주 흥미로운 문장이 들어 있었다.

"체코 사람들은 체코를 여행하는 외국인이 연간 1억 명이라고 믿고 있다."

체코의 면적은 78,867제곱킬로미터로 남한보다 훨씬 작고 인구는 1,000만 명을 조금 넘는다. 수도 프라하의 인구는 120만 명쯤 되었다. 체코를 여행하는 사람이라면 거의 다 프라하를 갈 텐데 매년 방문하는 여행자 수가 거주자의 80배에 이른다면 그 도시는 당연히 숙박 시설이 모자라거나 엄청나게 비쌀 것이었다.

하지만 우리 일행 네 사람은 아무런 걱정도 하지 않았다. 차를 빌리고 그 차를 운전하며 영어로 길을 안내하는 내비게이션을 아무런 문제 없이 쓸 수 있을 정도로 외국어에 능통한 J 형이 한국에서 이미 인터넷으로 호텔을 예약해두었기 때문이었다. 그것도 세계에서 가장 크고 유명하고 권위가 있다는 미국의 여행 전문 사이트를 통해서였다.

스메타나의 교향시 〈나의 조국〉 가운데 가장 유명한 〈몰다우〉를 낳은 블타바 강이 나타나는가 싶더니 곧 프라하였다. 우리가 예약한 '보르고 호텔Borgo Hotel'은 프라하 시내에서 약간 떨어진 주택가에 있다고 했다. 종이에 인쇄해온 지도가 명확하지 않아서 여러 군데에서 차를 세우고 확인하느라 날이 어둑어둑해질 무렵에야 호텔 근처에 도착했다. 그런데 호텔이 없었다. 중세 영주의 저택처럼 방이 수십 개는 돼 보이는 커다란 집이 있을 뿐이었다. 순간적으로 프라하 출신 소설가 프란츠 카프카의 소설 《성》이 떠올랐다(나중에 알았지만 보르고는 이탈리아어로 '성'이란 뜻으로 독일어로 '성'을 뜻하는 부르크Burg와 같은 어원에서 나왔다).

그 집의 대문은 굳게 잠겨 있었고 주먹만 한 자물쇠가 연결된 쇠고랑이 대문에 감겨 있기까지 했다. 불이 켜져 있지 않은 걸로 봐서 안에는 사람이 없는 것 같았다. 이리저리 걸어 다니면서 호텔 간판이 있는지 찾다가 결국 원래의 자리로 돌아왔다.

"이상하다. 분명히 한국에서 출발하기 전에 확인까지 했는데."

J 형은 무척이나 황당해했다.

"전화를 한번 해봅시다. 통화료가 비싸긴 하겠지만."

베를린에 3개월째 체류 중이라 현지의 선불 휴대전화를 가지고 있던 내가 제안했다. J 형이 종이에 나와 있는 호텔 전화번호로 전화를 걸었다. 하지만 신호만 갈 뿐, 전화를 받지 않았다. 앞집의 발코니에 반바지를 입은 중년의 남자가 등장하더니 뭐라고 말을 했다. 남자의 말을 J 형이 통역해줬다.

당신들 혹시 호텔을 찾나? 거기는 한때 호텔이었지만 문 닫은 지 몇 달 됐다. 당신들 말고도 사람들이 가끔 와서 똑같은 행동을 하더라. 저기 아래쪽에 가면 민박이 몇 개 있다. 거기 가서 방이 있는지 물어봐라.

별수 없이 차에 올라 민박을 찾아 나섰다. 숙박이 가능하다는 표지가 있어서 따라가니 남자가 말한 민박이 나왔다. 겉모습은 아담한 가정집이라 마음에 드는데 화장실 없는 작은 방 두 개에 보르고 호텔의 두 배쯤 하는 가격을 불렀다. 만삭의 아내를 데리고 베들레헴에 갔던 요셉의 심정을 알 것 같았다.

"보르고 호텔 문 닫은 뒤에 이 동네 민박들이 가격을 확 올린 거 같은데. 그래도 프라하 시내에는 호텔이 많을 것 같으니까 거기 가서 찾아봅시다."

그렇게 해서 프라하 시내 남쪽, 블타바 강변에 있는 아주 멋진 숙소를 만날 수 있었다. 민박과 맞먹게 비싸긴 했으나 바로크풍의 건물은 생김새부터 아름다웠고 널찍한 주방에 갖가지 조리 설비를 갖추고 있어서 음식을 해 먹을 수 있었다. 식당의 탁자는 레오나르도 다빈치가

〈최후의 만찬〉의 모델로 삼을 수 있을 정도로 컸다. 거실에 있는 소파에서 네 명이 다 잘 수 있었으나 어떤 공주가 쓰던 침대가 아닌가 싶게 장려하고 우아한 침대가 있는 큰 방이 둘 있었다. 중요한 볼거리가 몰려 있는 시내가 가까우니 차비 들 일도 없었다. 그야말로 전화위복이었다.

하지만 예약을 했던 J 형은 무척이나 화가 났고 책임감을 느끼고 있었다. 그는 일분일초가 아까운 프라하의 아름다운 저녁 시간에 인터넷 여행 전문 사이트의 담당자에게 편지를 썼다. 미국에 있는 담당자는 출근 전이라 그런지 답이 없었다. 그때부터 모여 앉기만 하면 보르고 호텔과 여행 전문 사이트를 성토하는 대회가 벌어졌다. 하도 욕을 하다 보니 보르고란 말이 입에 붙어버렸다.

이런 보르고 같은 일이 있나. 이 찌개 정말 보르고스러운 맛이네. 야, 이 보르고야! 너 자꾸 보르고 보르고 하면 보르고 만들어서 보르고에 담아가지고 보르고로 확 보르고 보르고 보르고 해버릴 거야!

프라하 체류 이틀째 되는 날, J 형은 마침내 담당자와 통화를 하는 데 성공했다. J 형은 사흘 전에 예약을 확인했던 호텔이 갑자기 없어져버릴 수 있느냐고 따졌고 담당자는 자신도 그런 일이 벌어진 줄 몰랐다며 사과를 했다. 다른 여행지에서 숙박비나 입장료 대신 사용할 수 있는 마일리지 포인트를 지급하겠다고 해서 분이 좀 풀렸다.

프라하에 예약을 해둔 건 하나가 더 있었다. 체코 국립 오페라단의 프라하 국립극장 오페라 공연이었다. 주세페 베르디의 〈라 트라비아타〉로 무대에서 가장 가까운 2층의 칸막이 좌석을 통째 잡아두었다. 국내의 오페라 극장에서 같은 좌석을 잡으려면 최소한 다섯 배는 더 줘야 했을 거라고 했다. 다행히 극장도 공연도 '보르고'가 되는 일은 일어나지 않았다.

여주인공 비올레타 역은 한창 떠오르는 샛별로 각광받고 있는 20대의 아름다운 가수가 맡았다. 남자 주인공 알프레도는 그리 특출하지 않지만 2막에서 〈프로방스의 바다와 대지〉를 부르는 주인공 아버지 역 제르몽은 정말 목소리가 멋졌다. 눈물이 쏟아질 지경이었다. 〈라 트라비아타〉는 1막에 유명한 아리아가 많이 몰려 있다. 2막 중반을 넘어서자 청중들의 환호와 박수가 잦아들기 시작했다. 2층에서 내려다보니 턱시도와 드레스를 차려입고 꾸벅꾸벅 조는 사람들까지 보였다. 우리 일행 역시 나를 빼고는 모두 시차와 싸우느라 정신이 '보르고' 한 상태였다.

그러다 3막이 열리자 난데없이 비올레타가 누드로 무대에 등장했다. 날벼락을 맞은 것처럼 정신이 번쩍 났다. 나는 눈을 비비다 말고 일행을 깨웠다.

"계단 옆에서 오페라용 망원경을 빌려주던 이유가 있었구나. 대여료가 몇 푼이나 한다고 안 빌렸던가!"

통탄을 하는 동안 비올레타는 사람들 사이에 묻혀 순식간에 사라져버렸고 조금 있다가 옷을 입은 채 다시 등장했다. 비올레타의 죽음과 함께 오페라는 끝이 났다.

밖으로 나온 우리는 극장 앞의 광장에 서서 격한 논쟁을 벌였다. 클래식 음악에 정통한 후배 S는 〈라 트라비아타〉는 3막이 시작될 때 파격적인 연출을 하는 경우가 많으며 과감한 노출을 감행한 선례가 있다고 했다. 하지만 알몸이라기보다는 알몸을 연상시키는 살구색 타이츠 같은 것으로 분장을 한 것이라는 주장이 설득력이 있었다. 그 주장에 동조한 또 다른 후배 C는 가장 늦게 깨는 바람에 비올레타의 충격적인 모습을 거의 보지 못했다.

프라하, 숙소와 오페라만으로도 떠나는 발걸음이 떨어지지 않는 도시. 나는 그렇게 믿고 있다.

플젠의
토끼
랠리

한 사람이 1년에 마시는 맥주량을 따져보면 체코는 2009년 기준 161리터로 2위인 독일의 109리터를 압도하는 세계 1위다. 그만큼 체코산 맥주에 대한 체코 사람들의 자부심 또한 대단하다.

체코를 대표하는 맥주는 플젠에서 생산되는 필스너 우르켈 Pilsner Urquell(체코어로는 플젠스키 프라즈드로이)로 체코 전체 맥주 생산량의 20퍼센트가량을 차지하고 있다. 체코의 플젠에서 오늘날 세계적으로 인기 있는 맛을 가진 필스너 맥주가 가장 먼저 생산된 데는 연유가 있다.

원래 플젠 사람들이 마시던 맥주는 맛이 없어서 더는 못 마시겠다며 갖다 버릴 정도로 형편없었다고 한다. 1842년에 '맥주순수

령'의 고장 바이에른 출신인 브로이 마이스터(맥주 양조 전문가) 요제 프 그롤이 초빙되어 와서 플젠 지역 특유의 단물軟水과 사시사철 서늘한 지하 동굴, 보헤미아산 몰트, 자테츠 지방의 홉 등을 조합하여 황금빛의 색깔과 쌉싸름한 풍미를 가진 맥주를 빚어냈다. 플젠산 맥주 필스너(독일어권에서는 해당 지역에서 생산되는 맥주 이름 뒤에 '-er'을 붙임으로써 산지를 나타낸다)는 빠른 시간에 소비자의 입맛을 사로잡았고 독일 각 지역의 양조장에서는 '우리도 플젠 식으로 맥주를 만들었다'고 필스Pils, 필스너, 필젠Pilzen 등의 이름을 갖다 붙여서 맥주를 팔기 시작했다. 플젠 사람들은 이러한 양조장들을 상대로 상표권 도용 혐의로 소송을 걸었지만 소송 관할지인 독일의 법원에서는 필스니 필스너니 하는 이름은 이미 플젠식 맥주의 맛을 칭하는 보통명사가 되었으므로 아무나 써도 좋다고 원고 쪽에 패소 판결을 내렸다. 억울했던 플젠 사람들은 문자 그대로 '플젠에서 생산되는 원조'라는 의미의 '필스너 우르켈'(우르켈은 '기원', '원조'라는 뜻)이라는 이름을 맥주에 붙였다. 원조임을 강조하다 못해 식당 이름을 원조라고 붙인 떡볶이, 부대찌개가 생각나는 대목이다.

필스너 맥주는 물이 89~91퍼센트로 전체의 대부분을 차지하고 탄수화물 3.5~4.5퍼센트, 알코올 성분 3~5퍼센트, 거품인 이산화탄소 0.5퍼센트, 조단백질, 회분, 비타민, 홉 성분 등이 미량 들어 있다. 인체의 구성 성분은 물이 67퍼센트 이상, 단백질 15퍼센트, 지방 13퍼센트, 비타민과 무기염류 4퍼센트, 탄수화물 1퍼센트 등이다. 사람은 물보다 맥주와 더 가깝다.

체코에 갔을 때 필스너 맥주의 고향인 플젠을 간 건 당연했다. 플젠에는 원조 필스너 맥주를 생산하는 커다란 공장이 있었고 공장에서는 버스를 타고 두 시간쯤 구내를 돌며 견학과 시음을 할 수 있는 프로그램을 운영하고 있었다. 우리 일행이 탄 차가 맥주 공장 정문 옆에 있는 커다란 주차장에 도착했을 때 관광객을 태운 버스가 시동을 건 채 서 있었다. 재빨리 매표소로 달려가 표를 사서 버스로 달려갔다. 버스 앞에 서 있던 우람한 체구의 여성이 우리를 막아섰다.

"이 버스는 오전 10시에 시작하는 견학 프로그램에 참가하는 사람들을 위한 것입니다. 그 표로는 다음 버스를 탈 수 있습니다."

그렇게 말했다고 외국어와 운전에 천재인 J형이 통역해주었다.

"빈자리도 많은데 그냥 좀 타고 가면 안 돼요? 이거 놓치면 두 시간은 기다려야 하는데."

우리가 간청을 했지만 안내원은 코끝도 까딱하지 않고 다음 버스를 타라고 했다.

"거참 빡빡하게 나오시네. 꼭 여자 쿤데라처럼 생겨가지고."

애원도 투정도 해봤지만 소용이 없었다. 그럴 경우에는 화가 나는 게 자연스러운 정서적 반응이다.

"아, 맥주 만드는 걸 꼭 봐야 맥주 맛이 나나? 벼농사 짓는 거 보지 않아도 밥맛만 좋더라. 표 무르자."

견학을 포기하고 나니 남은 일은 맥주를 마시는 것밖에 없었다. 식당 입구에는 '이 식당의 좌석 수는 1,500석으로 독일 뮌헨의 동쪽에서는 가장 큼'이라는 요지의 영어 안내문이 걸려 있었다. 좌석 3,600석, 한꺼번에 5,000명을 수용할 수 있다는 뮌헨의 호프브로이하우스를 의식한 것 같았다. 아무튼 초등학교 때 같으면 이부제 수업을 시작할 오전 시간부터 맥주를 마시러 간 건 머리에 털 나고 처음이었다.

자리에 앉자 견학 버스 안내원의 언니처럼 보이는 몸매에 붉은 얼굴, 필스너 빛깔의 머리칼을 한 여성이 다가왔다. 그녀가 가지고 온 메뉴판은 체코어와 독일어로 되어 있었다.

"우리가 여기에 온 지 며칠이나 됐다고 체코 사람, 독일 사람으로 보이나?"

영어 메뉴는 물론 따로 있었다. 하지만 다시 가지러 가기가 귀찮은 눈치였다. 다행히 주요 메뉴에는 그림이 그려져 있어서 주문을 할 수 있었다. 원조 필스너 네 잔, 그리고 체코에 와서 맛을 들인 구야시(굴라시)는 말로 한 접시 주문하고 메뉴판 상단에 그림으로 그려져 있는 닭구이를 손가락으로 주문했다. 맥주가 먼저 날라져왔다.

"크우으어허허허허!"

황금빛 원조 필스너의 살아 있는 맛을 경험한 우리는 일제히 탄성을 내질렀다. 식당 안에서는 우리 말고도 100여 명의 사람들이 이미 맥주를 마셔대는 중이었다. 맥주를 두 잔째 주문했을 때 안주가 날라져왔다. 그런데 걸쭉한 소스가 뿌려진 먹음직스러운 구야시는 알겠는데 두 번째 접시에 담긴 내용물은 생소했다.

"닭같이 안 보이는데? 뭐예요, 이거?"

우리가 묻자 종업원은 천천히, 묵직하게 대답했다. 토끼, 라고. 일행 네 사람 중 토끼띠가 둘이나 있었는데 쥐띠인 내 입에서 비명이 먼저 나왔다. 토끼띠인 C는 그 음식의 값이 다른 것에 비해 두 배쯤 비싸다는 것을 알아냈다. 우리는 앞을 다퉈가며 '이 음식을 주문하지 않았으니 얼른 가져가고 주문한 것을 가져오라'고 말했다. 하지만 그녀는 우리가 바로 그 음식을 주문했다고 주장했다. 했다, 안 했다의 랠리가 수십 번 오갔다. 4 대 1로 남녀 혼성 대결이 벌어지는 테니스 코트 같았다. 결국 그녀가 졌다. 접시를 가지고 돌아서는 그녀의 입에서 보헤미아 바람 소리 같은 게 흘러나왔다. 그녀가 가고 난 뒤 외국어 천재 J 형이 말했다.

"저 여자, 지금 우리한테 욕했어."

맥주잔과 구야시가 든 접시를 재빨리, 깨끗이 비우고 난 뒤 우리는 계산대로 향했다. J 형이 앞장을 섰다. 그는 식당 관리 책임자를 불러달라고 했다. 양복 입은 남자가 나왔다. 수염이 난 게 드보르자크를 닮았다. J 형이 차분하게 이야기했다.

"우리의 주문서와 실제로 우리가 먹은 것에 차이가 있어서 바로잡으려고 한다. 그리고 우리는 주문을 담당한 종업원의 불손한 언행에 대한 사과를 당사자로부터 직접 받고 싶다."

잠시 못 본 사이에 더 우람해진 듯한 종업원이 나왔다. 체코어와 영어가 섞인 몇 번의 실랑이가 있었지만 그녀는 결국 우리에게 사과했다. 계산을 마치고 나오자 황금빛 햇살이 더욱 강하게 내리쬐었다.

"아까 그 토끼 요리 주문하는 사람이 하루에 몇이나 될까?"

"그러게. 그 여자가 먹어야 하는 건 아닌지 몰라."

후련한 것 같기도 하고 미안한 것 같기도 하고 고마운 것 같기도 하고 섭섭한 것 같기도 했다. 그게 원조 필스너의 뒷맛이었다.

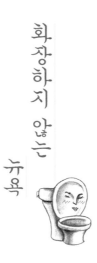

화장하지 않는 뉴욕

　미국 최대 도시 뉴욕의 인구는 2011년 기준으로 800만 명이 훨씬 넘는데 이는 로스앤젤레스와 시카고를 합친 것보다 많다. 맨해튼의 인구밀도는 1제곱킬로미터에 25,846명이다. 인구의 37.6퍼센트가 외국 태생이고 170여 개의 언어가 쓰이고 있다. 내가 궁금한 것은 이런 도시에 왜 화장실이 그리 부족한가 하는 것이다.

　자랑할 일은 아니지만 나는 화장실을 자주 가는 편이다. 직장 생활 초기에 회식을 하던 중 타 부서의 어떤 상사가 웅장한 저음으로 "자네는 측간에 뭘 감춰두고 왔길래 그리도 자주 풀 방구리에 쥐 드나들 듯 하는가?" 하고 말한 적이 있을 정도다. 대장부라면 어떤 자리에든 앉았다 하면 태산처럼 자리가 끝날 때까지 자기 자리를 지켜야 한다고 믿는 사람들이 많을 때긴 했다.

1995년인가 뉴욕에 처음 갔을 때, 이민 생활 5년에 뉴요커가 다 된 후배로부터 "형, 뉴욕에는 화장실이 귀하니까 시내 다니실 때 화장실이 보이기만 하면 무조건 들어가세요" 하는 충고를 귓등으로 들었다가 곤란을 겪은 적이 몇 번 있었다. 뉴욕이나 파리, 런던처럼 오래된 도시는 협수룩한 골목이나 어두컴컴한 구석이 많고 볼일을 볼 데가 많은 것 같은데 막상 결전을 치르려고 허리띠에 손을 대면 어디선가 사람이 불쑥 나타나서 딴전을 부리며 나를 감시하는 경우가 많았다. 어쩌면 나와 같은 볼일이 있었을지도 모르지만.

방광은 신장에서 보내는 오줌을 저장했다가 일정량이 되면 배출시키는 주머니 모양의 장기로 오줌양의 증감에 따라 모양, 크기, 벽의 두께가 변한다. 용량은 성인 남성이 약 600밀리리터이고 여성은 남성의 6분의 5라고 한다. 오줌양이 적거나 그 안이 비었을 때는 납작한 구형으로 위쪽에 많은 주름이 생기고, 오줌이 가득 차면 점막이 늘어나서 매끄러운 계란형으로 변한다. 성인 남자는 최대 800밀리리터까지 오줌을 참을 수 있다. 오줌을 지나치게 자주 누거나 잘 참지 못하는 경우를 '과민성 방광'이라고 하는 모양인데 내 경우라고 믿고 싶지는 않다. 주름이 좀 적을 뿐일 것이다.

2001년인가 다시 뉴욕에 갔을 때 왜 유동 인구에 비해 화장실이 이렇게 적은가 물었더니 사람들이 많이 쓰는 화장실이 범죄의 현장으로 사용되거나 지극히 '사적 공간'인 화장실을 '지나치게 사적으로' 이용하는 바람에 그렇게 되었다고 했다. 쉽게 말해 화장실 주인들이 범죄나 성적 일탈, 마약 등으로 말썽의 소지가 생기는 것을 방지하기 위해 화장실에 자물쇠를 채우거나 없애버렸다는 것이었다. 물론 자기들 쓸 건 놔두고.

뉴욕의 상징처럼 되어 있는 노숙자들이 개인 건물이나 가게에 딸린 화장실을 쓰면서 그 화장실을 함께 쓰게 된 손님들의 항의를 받은 집주인이 노숙자를 아예 들어오지 못하게 하려고 그랬다는 설도 있다. 건물주들이 노숙자가 자기네 건물의 화장실에 들어오는 것을 금지하자 노숙자들의 인권을 지키기 위해 변호사들이 소송을 제기했고 소송에 진 건물주들은 아예 화장실을 없애버렸다는 것이다.

가장 최근 뉴욕에 간 게 2013년 가을이었다. 뉴욕의 화장실 사정은 해가 갈수록 더 악화되고 있는 것 같았다. 화장실 가는 게 무서워서 뉴욕 변두리에서 중심가인 맨해튼으로 나가는 사람들은 아예 아침부터 물을 안 마신다고도 했다. 그래도 사람 사는 곳인데 설마 내가 갈 화장실 하나 없을까 싶어서 다른 도시에서처럼 가방에 물통을 집어넣고 맨해튼으로 진출했다.

뉴욕을 무대로 한 영화에 자주 나오는 커피 전문점이 있어서 들어가보니 웬만한 화장실 서너 개를 합쳐놓은 듯한 크기의 깨끗하고 잘생긴 화장실이 있었다. 그럼 그렇지, 물장사하는 곳에 화장실이 없을 수 없다는 안도감이 들었다. 그런데 화장실에 남녀 구분이 없고 칸막이 또한 하나뿐이었다. 이에 대해서 뉴욕에 사는 동포가 설명해주었다.

"남성에 비해 여성들이 평균적으로 화장실을 오래 쓰잖아요. 그런데도 웬만한 건물의 남녀 화장실 수는 같고 여성들이 오래 기다려야 하는 게 불평등하다고 해서 여성을 대표하는 단체에서 건물주들을 상대로 소송을 걸었대요. 당연히 이겼겠죠. 그러니까 건물주들이 남녀 화장실을 하나로 합쳐버렸다는 겁니다. 기다리려면 사이좋게 같이 줄 서서 기다려라, 이런 거죠."

밀짚모자만 한 잔으로 커피를 사서 반쯤 마시다 들고 나왔다. 밖에서 30여 분을 돌아다녔더니 자연스럽게 신호가 왔다. 그제야 커피가 강력한 이뇨제라는 생각이 들었다. 원인 제공자인 커피 전문점까지 가려니 꽤 멀게 느껴졌다. 가까이에 커피 전문점은 아니고 케이크와 과일 주스 등에 커피를 곁들여 파는 곳이 있어서 안으로 들어갔다. 입구에 있는 종업원에게 먼저 커피를 주문하고 안에 들어가 앉아서 주변을 찬찬히 살펴보니 보란 듯이 '우리 가게에는 화장실이 없습니다. 딴데 가서 알아보세요' 하는 문구가 벽에 붙어 있는 게 아닌가. 상황이 상황인지라 커피를 받아들자마자 급히 밖으로 나왔다. 들고 다니기 거추장스러워서 몇 모금 마시다 쓰레기통에 버렸다.

하필 그곳은 뉴욕에서도 가장 복잡하다는 타임스스퀘어였다. 길 건너편에 화장실이 있을 만한 곳이 두 군데 있었다. 햄버거와 음료를 파는 M. 도넛과 음료를 파는 D. 하지만 급한 사람은 나뿐만이 아니었다. 두 가게 다 화장실 앞에서 사람들이 장사진을 치고 있었다.

더 이상 참을 수 없게 된 나는 바로 눈앞에 있는 백화점으로 들어갔다. 양말을 하나 사주는 한이 있어도 화장실은 가야 했다. 기다렸다는 듯이 내 눈앞에 '맨스Man's'라는 글자와 아래층으로 향하는 화살표가 나타났다. 지하로 가는 에스컬레이터를 탔다. 그런데 지하층에 가서 아무리 후미진 곳을 찾아봐도 '맨스룸Man's room'은 보이지 않았다. 나는 지하층 남성 의류 전용 매장의 지배인이자 버락 오바마를 닮은 남성을 붙들고 남자 화장실이 어디 있느냐고 물었다. 그는 내 표정을 잠깐 보고는 얼굴색으로 상황을 파악했는지 메릴린 먼로를 닮은 여종업원을 불러 이렇게 말했다.

"이 손님, 화장실까지 모셔다드리고 오세요."

종업원은 손에 들고 있던 상품을 판매대에 내려놓고 내게 따라오라고 하면서 앞장을 섰다. 엘리베이터가 아닌 에스컬레이터를 타고 꼭대기까지 무려 7층을 더 올라가자 구석에 '관계자 외 출입 금지' 표시가 달린 문이 있었다. 그 문을 열고 들어가니 사무실 같은 공간이 나왔고 가장 안쪽에 화장실이 있었다. 고맙다는 인사를 할 겨를도 없이 그녀는 가버렸다.

화장실 안에서 생각을 해봤다. 이렇게 큰 건물에 종업원은 얼마나 될 것인가. 일을 하다 말고 화장실에 한번 가려면 꼭대기 층까지 에스컬레이터를 타야 할 것이고 상사들이 줄줄이 버티고 있는 책상 앞을 지나야 할 것이고 남녀 공용 화장실 앞에서 초조하게 줄을 서서 기다렸다 사용해야 할 것이다. 이 사람들, 아침에 밥 먹고 나서 물이나 마음껏 마시고 나올 수 있을까.

"정말 고맙습니다."

　화장실에서 나와서 사무실에서 가장 직위가 높아 보이는 사람에게 인사를 했다. 힐러리 클린턴을 닮은 그 여성은 활짝 웃으며 대답했다.

　"뭘요. 또 만나요."

# 쿤밍의 위장약

중국하고도 윈난 성에서 7박 8일간의 여행 일정이 거의 끝나고 귀국할 비행기를 타는 일만 남았을 때 나는 쓰라린 배를 부여잡고 쿤밍의 어느 대형 약국 문전에 서 있었다.

중국 음식은 다양하기도 하지만 진화가 빨랐다. 특히 오래 머물렀던 리장은 윈난 성의 관광 거점 도시다 보니 중국 전역에서 몰려오는 관광객들의 입맛은 물론, 외국인들도 좋아할 만한 음식이 천지였다.

중국 현지의 여행사를 통해 예약을 하면서 1인당 한 끼 식사 비용으로 40위안(당시 위안화 환율은 170원쯤이었다)을 책정했는데 매끼 열 명이 둘러앉는 원탁에 오르는 요리의 가짓수가 엄청났다. 네댓 접시까지는 맛있게 먹고 이제 밥이나 반찬이 나오고 끝이겠거니 했지만 그다음, 다음의 요리가 더 입맛을 당기게 하면서 열 가지 넘게 나왔다.

"난 어떤 나라, 어떤 지방에 가서는 그 지역 고유 음식을 꼭 먹어야 해요. 안 그러면 거길 간 것 같지 않아요. 음식은 그 지역의 본질이고 역사고 문화죠. 어릴 때부터 우리 한식만 좋아하고 편식을 심하게 했더니 남의 나라, 남의 땅에 가면 그곳 음식만 먹어야 한다는 벌을 받는지도 모르겠어요. 어쩌겠어요, 맛있는 벌인데."

여행 초반에 일행들에게 자랑을 한 죄로 식탁에 함께 앉은 사람들의 시선을 자주 받게 된 탓에 나는 먹고 또 먹어야 했다. 여행 기간에 적어도 5만 칼로리 이상을 섭취한 것 같았다. 내가 평소에 먹던 것에 비해 압도적으로 고기 종류가 많은 데다 기름졌다. 조금 과장되게 말한다면 나는 최선을 다해 분투했다. 세계에서 가장 긴 역사와 다양성, 많은 인구를 가지고 있는 음식 문화를 상대로 스무 끼가 넘는 전장에서.

중국 음식은 양념과 조미료가 많이 들어간다. 소스는 진하고 짜다. 윈난 성은 인접한 쓰촨 성의 요리 문화를 칭하는 천채川菜의 영향을 많이 받아서 그런지 매운 것도 꽤 있었다. 남쪽의 아열대기후에서 해발 2,000미터가 훌쩍 넘는 고산지대에 이르기까지 곡식, 채소, 산채, 버섯, 가축, 민물고기, 야생동물 등 갖가지 음식 재료가 생산되고 송이 같은 고급 재료가 아주 싸고 많다. 쉽게 말해 자극적이면서도 자꾸 먹게 만들었다. 소화기관이 과로를 하지 않을 수 없었다.

가장 큰 타격을 입힌 것은 술이었다. 바이주白酒라고 불리는 중국 고유의 증류주는 대부분 알코올 도수가 40도를 넘었다. 중국의 술은 가짜가 많기로 유명한데 가짜 바이주는 인체에 치명적인 독성을 지닌 물질로 변할 수 있는 메틸알코올을 많이 함유하고 있어 잘못 마셨다가는 실명하거나 죽음에 이를 수도 있다. 가짜임을 감추기 위해 값도 진짜처럼 비싸게 받으므로 나중에 깨닫게 될 경우에 나 같은 사람은 복장이 터져 죽을 위험성 또한 높다. 나는 중국에 갈 때마다 이러한 점을 고려해 '수××'이나 '○○타이'처럼 유명한 술보다는 그 지방에서 가장 많이 팔리면서 싼 술을 찾아서 사 마시곤 했다. 그러면서도 "진정한 술꾼이라면 어떤 나라, 어떤 지방에 가면 그 지역에서 생산되는 술을 꼭 마셔야 해. 안 그러면 거기에 간 것이라고 할 수도 없지. 술을 마실 자격이 없는 거야" 하고 큰소리를 쳐댔다. 그 말에도 책임을 져야 했으므로 생소한 이름의 지역 바이주가 하루 두 끼는 빠지지 않고 밥상에 올랐다.

높은 도수의 알코올은 소화기관의 약한 점막을 자극해 출혈을 일으키기 쉽다. 염증이 있는 경우는 금방 악화된다. 증류주는 마시면 빨리 취하지만 깨기도 쉽게 깬다는 말들을 많이 하는데 맞든 그르든 그건 취기의 문제고 소화기관은 회복에 시간이 걸릴 수밖에 없다. 그나마 쉴 시간도 주지 않고 마셔대니 탈이 나지 않을 수 없었다.

그때 내 배 속에서 일어나고 있던 증세는 윈난 성의 소수민족 숫자만큼 다양했다. 가스가 자주 발생해 배가 꾸르륵거리고 빵빵하게 부풀었다. 시도 때도 없이 살살 아프다가 아랫배까지 모두 찌르르 얼음에 금 가듯이 아팠다. 헛구역질이 솟아올랐으며 명치가 막힌 듯 체기가 있는 중에 느닷없이 신트림이 나고 식도를 통해 나쁜 냄새가 올라오는 것 같기도 했다. 근본적으로 뭘 먹어도 소화가 잘 되지 않았고 배가 고파도 입맛이 없었다.

나는 약국 안으로 발을 들여놓았다. 한국 사람, 일본 사람이 많이 찾는지 보약이나 정력제 코너에는 일본어와 한글로 된 안내판이 붙어 있었다. 소화가 되어야 몸이 좋아지든 정력을 발휘하든 할 게 아닌가. 나는 위장약을 찾아달라고 하기 위해 계산대에 있는 평상복 차림의 종업원에게 다가갔다. 그런데 종업원은 물론 흰 가운을 입은 약사까지 중국어와 한자 말고는 외국어를 전혀 모르는 것 같았다. 내가 무슨 구경거리나 되는지 자기들끼리 마주 보며 웃기만 할 뿐이었다. 이게 웃을 일인가.

할 수 없이 손에 들고 있던 스마트폰의 메모 창에 전자 펜으로 '위胃'와 '약藥'이라는 글자를 써 보였다. 하지만 그들은 중국 바깥에서 쓰는 한자의 번체繁體도 몰랐다. 나중에 알고 보니 '약'은 그들이 쓰는 간체簡體로 '药'이었다.

결국 나는 배를 싸쥐고 허리를 굽힌 채 앓는 소리를 내고 트림을 하는 등 여러 가지 모습을 연기해 보여야 했다. 내장의 불수의근을 설득해서 가스를 배출하게 하려면 어떻게 하나 고민하는데 젊은 종업원이 웃음을 터뜨리며 반응했다. 나는 그녀가 안내하는 대로 위장약을 모아놓은 곳으로 갔다.

그런데 약의 종류가 많아도 너무 많았다. 간체로 쓰인 약상자의 안내문을 대충 읽어보았다. 대부분이 서로 베끼기라도 한 듯 비슷한 내용이었다.

"본 제품은 위를 편하게 하고 장을 깨끗하게 해주며 특유한 냄새가 있습니다. 맛이 약간 맵고 쓰며 진통 작용을 수반하고 시원한 느낌을 줍니다. 위를 따뜻하고 편안하게 하고 건강하게 하며 통증을 멈추고 기(氣)를 다스립니다. 명치가 막힌 것을 뚫어주고 불쾌한 증상을 치료하며 위산 과다, 구토, 속 쓰림, 위통, 복통, 위의 팽만감, 설사 등등에 특효가 있습니다."

그렇게 많은 만병통치약 중에서 어느 게 좋은 건지 알 수가 없어서 나는 손가락으로 약을 하나하나 가리키며 엄지를 추켜올려보았다. 그때마다 고개를 끄덕이기도 하고 흔들기도 하던 그녀는 어느 것 하나를 가리키자 갑자기 엄지를 마주 치켜들었다. 나는 맞는지 틀리는지 누구도 모를 중국어로 물었다.

"쩌거 쯔이하오마(이게 가장 좋은 것인가요)?"

그녀는 고개를 힘차게 끄덕거렸다. 나는 그 약이 든 종이 갑을 집어 들었다. 한자로 빼곡하게 적혀 있는 약에 대한 설명은 다른 것과 별로 다를 게 없었다. 그런데 계속 따라 읽어가다 보니 맨 아래쪽에 영어로 된 상표가 보이는 게 아닌가. 그것은 한국에서도 유명한 외국산 위장약 'Tal◎◎'였다. 다국적 제약사인 'BAY◇◇'에서 생산하는.

'(강남의) 귤이 회수淮水를 건너면 (강북의) 탱자가 된다'는 중국의 고사는 중국의 문자가 여러 가지로 해석이 가능하고 때로 과장이 심한 한자여서 나올 수 있었던 게 아닐까. 사족. 귤은 영어로 '만다린 mandarin'이라고 한다. 사족의 사족. 원래 귤의 고향은 회수 이남이 아니라 인도의 아삼 지방이라고.

돈값을 한다

캐나다에 머무는 동안 동생은 내게 그곳 아니면 맛보기 힘든 문화적 체험을 해보라고 권했다. 이를테면 캐나다에서 절대적인 인기를 누리고 있는 아이스하키 경기를 보거나 뮤지컬 공연을 관람하거나. 나는 북극에 가장 가까운 곳까지 가서 밤하늘의 별을 보거나 운이 좋다면 오로라를 볼 수 있지 않을까 하는 희망을 가지고 있었지만 아직 겨울 추위가 기세를 떨치고 있었고 교통편 역시 불편했다.

나는 그곳이 아니면 경험할 수 없는 것으로 토론토를 연고로 하는 프로 농구팀의 경기를 관람하기로 결정했다. 동생이 인터넷으로 예약을 해주었고 나 혼자 지하철을 타고 농구팀의 전용 구장까지 갔다.

그동안 나는 프로 농구팀의 경기를 한 번도 본 적이 없었다. 농구 경기 자체를 본 게 대학 다닐 때, 그것도 신입생 때의 일이었다. 그게 내가 그때까지 농구장에서 직접 본 유일한 농구 경기였다. 내가 입장권을 두 장 들고 같이 농구를 보기로 한 친구를 기다리고 있을 때 안면이 있는 라이벌 대학의 선배가 꿈에서나 본 듯한 어여쁜 여학생 두 명을 데리고 나타났다. 그는 나를 구석 자리로 데려가 내 귀에다 침을 튀기기 시작했다.

"야, 내가 갑자기 '따블'을 뛰게 됐는데 말이다. 당연히 표가 한 장 모자라겠지. 애들이 둘 다 농구를 미치도록 보고 싶다고 하니 난감하더구나. 너라면 누구를 버리고 누구를 따르겠니? 이럴 때 너를 만난 것은 하늘이 스스로 돕는 자를 돕는다는 말 그대로라는 생각이 드는 것을 어쩔 수가 없노라."

그는 1년 선배였다. 내가 재수를 했다면 같은 나이일 수도 있었다. 그는 언제나 여학생을 대동하고 나타났는데 하늘이 내린 그의 미학적 조건과 알맹이는 없이 장황하기만 한 언변을 생각한다면 불가사의한 일로 간주되고 있었다. 그런 그가 내 손에 들려 있던 입장권 한 장을 강탈해갔던 것이고 나는 약속한 친구가 나타나기 전에 서둘러 입장해야 했다.

그러고 나서 입장권 부족과 무질서로 한 장에 몇백만 원 한다는 체육관 유리문이 깨졌고 관중은 난입했고 경기는 졌다. 내가 일생 동안

농구 경기를 직접 관람하지 않게 된 이유를 그날의 그 경기가 충분히 제공했다. 어쨌든 나는 그날 그 경기 이후 27년 만에, 캐나다하고도 토론토의 프로 농구팀인 토론토 랩터스 전용 구장에 농구 경기를 보러 갔다.

50달러쯤 되는 좌석표를 샀음에도 내 자리는 경기가 벌어지는 곳에서 가장 먼 곳이었다. 선수들이 개미만 하게 보여서 전광판으로 경기 상황을 파악할 수밖에 없었다. 그럴 바에야 집에서 맥주나 마시며 편하게 앉아 보는 게 백배는 더 나으리라는 생각이 드는 건 당연했다. 스트레스를 풀기 위해 경기장 매점에서 파는 생맥주를 사러 가야 했는데 생맥주 사는 줄은 100미터 달리기를 해도 될 정도로 길었고 값은 또 예상의 두 배쯤 비쌌다. 종이 잔이어서 시간이 경과하며 잔이 곧 물러터질 듯 물렁물렁해지는 바람에 맥주 맛이고 뭐고 느낄 겨를도 없이 바쁘게 삼켜야 했다. 어쨌든 귀를 찢을 듯 시끄러운 장내 아나운서의 소개로 난생처음 듣는 이름의 선수들이 등장하고 나서 경기는 시작되었다.

엘에이 레이커스, 마이애미 히트, 뉴욕 닉스 등 미국 주요 도시의 강팀을 포함한 엔비에이NBA 리그에 끼어 만년 하위권을 벗어나지 못하던 토론토 랩터스의 상대는 당시 리그 2위를 달리던 디트로이트 피스톤스였다. '랩터'(공룡)라는, 토론토와 별 관련도 없을 것 같은 어정쩡한 이름에 비해 자동차 도시 디트로이트의 '피스톤'은 이름부터 찔러도 피 한 방울 나지 않을 듯한 강인한 느낌을 줬다. 특히 피스톤스의 두 흑인 공격수는 자동차 공장의 로봇 같은 득점 기계였다. 랩터스의 센터 겸 득점원은 리투아니아인지 크로아티아인지에서 온 용병이었다. 키는 컸지만 느렸고 쉽게 지쳤으며 득점력이 부족했다.

그런데 피스톤스에서 몇 번의 공격 기회에 득점을 하지 못하고 덩치가 산만 한 랩터스 용병이 3점 슛을 연속으로 성공시키면서 초반 분위기가 이상하게 흘러갔다. 이상하다는 건 평소의 랩터스답지 않게, 속어로 '개 발에 땀이 난' 상황이었다는 것이다. 5분쯤의 시간이 흘러갔을 때 스코어가 12 대 0이었다. 저러다가 디트로이트 피스톤스가 세계 최초로 프로 농구 시합에서 영패를 당하지 않을까 조마조마해지기 시작했다. 그들이 디트로이트로 돌아갔을 때 성난 시민들이 몰려나와서 버스를 둘러싸고 팀을 해체하라고 요구하며 피스톤과 배터리 같은 자동차 부품을 집어 던지는 광경이 떠올랐다.

나의 상상과는 상관없이 장내의 분위기는 용광로처럼 달아올랐다. 앞 좌석에 앉은 사람이 일어서는 바람에 전광판을 보려면 나 또한 일어서지 않으면 안 되었다. 선수들이 득점을 하거나 묘기를 선보일 때 아나운서가 외쳐대는 대로 "랩터스!" 혹은 선수 이름을 따라 하면서 손을 쳐들거나 몸을 흔들어대는 바람에 경기가 어떻게 돌아가는지도 알 수 없었다. 거의 모든 관중이 마찬가지였다.

휴식 시간이 되자 사람들이 자리에 앉았다. 경기장에 응원단이 뛰어나왔고 음악과 춤으로 관중들의 호응을 유도했다. 생맥주 때문에 화장실에 갔다 와야 했고 오가면서 경기장에 바짝 붙은 특석을 볼 수 있었다. 1년 동안 지정석에서 보는 비싼 표를 구입한 사람들이 앉아 있었는데 자리가 절반 넘게 비어 있었고 표정 또한 그리 흥분된 것 같지 않았다.

다시 시합이 재개되었다. 사람들의 광란과 고함으로 골이 들어간 것을 알았고 탄식으로 피스톤스가 고향에 돌아가 자동차 부품에 얻어맞는 일을 간신히 모면하게 된 것을 깨달았다. 경기장과의 거리에 반비례해 관중들의 응원은 더 거세지는 듯했다.

한 번도 앉지 못한 채 다시 휴식 시간이 돌아왔다. 이번에는 어린이 관중이 나와서 깜찍한 춤을 추고 슛을 성공시키고 선물을 받아갔다. 관중에게 한시도 쉴 틈을 주지 않았다. 율동과 노래를 따라 하느라 온몸에서 땀이 났다.

마침내 경기가 끝났을 때 내 목에서는 쉰 소리가 났다. 온몸이 제대로 된 안마라도 받은 듯 개운했다. 5달러짜리 랩터스 티셔츠를 하나 샀다. 이것이 자본주의가 사람들에게 오락을 제공하고 돈을 우려내는 방식이구나 싶으면서도 어쩐지 싫지 않았다. 부족 간의 전쟁을 연상시키고 삶에 보탬이 안 되는 소비를 부추기며 드라마처럼 사람들의 의식을 마비시키는 역할을 한다 싶으면서도 재미있었다.

그 뒤로 어떤 나라에 갈 때마다 그 나라에서 가장 성행하는 프로 스포츠 시합을 눈여겨본다. 저녁마다 그날의 하이라이트 영상과 해설을 한 시간 이상씩 텔레비전으로 본다. 가령 미국의 미식축구, 영국의 크리켓과 럭비, 프랑스의 자전거 경기 같은 것들이다. 대부분의 경우 나는 경기 규칙이나 선수에 대해서 거의 무지하다. 그래도 상관없다. 그 냥 본다. 그게 뭔지 알 만하게 되었을 무렵, 여행은 끝이 난다. 그 또한 여행이다. 그런 여행, 그런 삶의 방식도 있는 거다.

산페드로의 안개꽃

세계에서 가장 건조한 곳으로 알려진 칠레의 아타카마 사막, 그 속에 있는 도시 산페드로에 들어가는 길에 택시 운전기사는 잠시 쉬어가자면서 숲 옆에 차를 세웠다. 나무 의자가 몇 개 있었고 담배꽁초가 흩어져 있었으며 과자 봉지가 보였다. 오아시스가 아니라서 샘은 없었다. 난데없이 땅속에서 솟아난 듯한 숲이 거기에 있는 이유가 궁금했다.

"아옌데 대통령 시절에 만들어진 숲이다."

통역을 겸한 가이드를 통해 돌아온 대답이었다.

살바도르 아옌데는 1970년 좌파 연합 세력의 대통령 후보로서 36.62퍼센트의 득표율로 대통령에 당선돼 남미 최초의 합법적인 사회주의 정권을 수립한 인물이다. 아옌데 정권 3년 동안 칠레 경제는 전반적으로 악화됐다. 주요 기업과 은행 등에 대한 국유화 조치는 국가와 민중의 이익을 위한 것이었지만 구리 등 칠레의 핵심 자원을 독식하던 미국이 경제제재와 내정간섭으로 대응했기 때문이다. 미국은 중앙정보국CIA을 통해 반反아옌데 공작을 강화했고 생활필수품과 공산품 원조를 중단해 여론을 분열시켰다. 특히 군부와 접촉해 쿠데타를 직간접적으로 조장했다는 의심을 받았다.

이에 아옌데 정권은 경공업 확충, 식량 자급 등 풀뿌리민주주의에 기반한 정책을 통해 생존 투쟁에 나섰다. 그런 사업의 일환으로 연평균 강수량이 8밀리리터밖에 되지 않는 아타카마 사막에 나무를 심게 된 것이었다.

1973년 9월 11일, 아우구스토 피노체트 육군 참모총장이 이끄는 칠레 군부의 쿠데타가 일어났다. 대통령 궁은 공군 비행기의 폭격을 받았고 총을 직접 손에 쥔 아옌데 대통령은 사망했다.

"칠레 국민 여러분, 이 연설은 제가 여러분께 드리는 마지막 연설입니다. (…) 우리의 희생은 결코 헛되지 않을 것입니다. (…) 본인은 칠레와 칠레의 운명을 믿습니다. 누군가가 이 암울하고 쓰라린 순간을 극복해내리라 믿습니다. 머지않아 자유를 사랑하는 사람들이 더 나은 사회를 향해 위대한 길을 열 것이라고 여러분과 함께 믿습니다. (…) 칠레여, 영원하라!"

쿠데타군에 장악되지 않은 라디오에서의 마지막 방송 이후 아옌데

의 목소리는 어디에서도 들리지 않게 되었다. 아타카마 사막의 나무들은 물을 주는 사람이 없자 뿌리를 땅속으로 더욱 깊이 뻗어 갔다. 많은 나무가 말라 죽었지만 살아남은 것도 있었다. 그게 숲이 되었다.

'아옌데의 숲'은 서늘한 그늘과 공기를 품고 서서 황량한 사막을 지나가는 사람들에게 위안을 주고 있었다. 나무의 뿌리는 지하 수백 미터까지 뻗어 있을 거라고 운전기사는 말했다.

인구 3,000명 정도인 산페드로는 안데스 산맥의 허리를 뚫고 나온 물로 만들어진 오아시스 도시다. 흙에 풀을 섞어 세운 흙담과 흙집이 즐비했고 수많은 배낭여행자들이 활기차게 오갔다. 검둥개들이 많았는데 순둥이라서 커다란 꼬리를 흔들며 따라와도 무섭지 않았다.

하지만 마을을 벗어나기만 하면 작열하는 태양과 마주 서야 했다. 땅은 바위처럼 딱딱하고 공기는 메말랐다. 그렇게 사람 살기 힘든 곳에서 수천 년 전 사람들이 살던 동굴(너무 얕고 작아서 구멍이라고 표현하는 편이 나을 것 같았다)이 발견됐다. 사냥과 채집에 소용되는 도구들과 그릇이 같이 있었고 자그마한 체구의 사람 뼈도 있었다. 그 동굴 속에서 사람들은 먹고 자고 부부 싸움도 하고 아이들을 길렀을 것이다. 씨를 뿌리고 거두었을 것이다. 어쨌든 그들은 가혹한 환경 속에서 살아남은 적자適者였다.

안데스 산맥에서 분출한 물은 개울을 이루며 아래로 내려가고 있었다. 개울 양쪽으로 무성하게 서 있는 미루나무가 기울어가는 햇빛을 받고 있었다. 노랗고 푸른 미루나무 잎사귀가 바람에 흔들리고 떨거

덕떨거덕하고 나귀의 목에 달린 방울이 소리를 냈다. 기시감이 느껴지며 전율이 지나갔다. 그 순간만은 천국에 있는 것 같았다. 그곳은 정말 어린 시절 내 고향과 빼닮았다.

물은 흘러 흘러 도시를 적시고 하수를 돌려받은 뒤에 어디엔가에서 땅속으로 사라졌다가 다시 나타났다. 인적이 없는 사막 한가운데였다. 살얼음처럼 소금기가 허옇게 낀 호수에는 홍학들이 진을 치다시피 서서 먹이를 섭취하고 있었다. 호수의 물은 바닷물의 몇 배는 되게 짜디짠데 홍학은 연신 물을 들이마시고 내뱉으면서도 힘들어하는 기색이 없었다. 호수 속에는 육안으로는 보이지 않는 새우인지 게인지 하는 갑각류가 산다고 했다. 홍학의 먹이는 바로 그 작은 갑각류였다.

홍학은 금슬이 좋아서 한번 짝을 지으면 어느 한쪽이 죽기까지 같이 산다고 한다. 가이드에 따르면 이곳에는 홍학의 둥지에 있는 알을 전문적으로 훔쳐 먹는 여우가 있어서 홍학의 개체 수가 조절되고 있다는 것이었다. 그럼 여우의 개체 수는 누가 조절하느냐고 물었지만 혼잣말이라고 생각했는지 아무도 대답하지 않았다. 그때까지 그런 의문을 제기한 사람이 없어서 가이드를 곤란하게 만들 수도 있을 것 같았다. 더 따지고 묻느니 혼자 추정할 수밖에 없었다. 내 결론은 홍학이 알을 낳지 않거나 여우가 훔치지 못할 곳에 알을 잘 숨겨놓음으로써 여우의 숫자를 줄인다는 것이었다.

그러고 보니 호수 주변에 풀도 있고 풀벌레도 있었다. 아타카마 사막에는 비가 거의 오지 않지만 태평양에서 불어온 바람에 섞인 수증기가 새벽에 이슬로 응결해서 풀이 자랄 수 있다. 그 풀을 곤충이 먹고 곤충을 누군가 먹고 하는 식의 먹이사슬이 이루어지고 있었다.

밤이 되자 도시는 낮보다 더 활기가 넘쳤다. 수십 군데의 카페에서 음식과 술을 팔고 있었다. 밴드가 연주를 하고 손님들은 삭막한 사막에서 살아 있는 생명의 기쁨, 흥분을 보여주는 춤을 추었다. 좋은 자리인 줄 알고 밴드와 가까운 곳에 앉았더니 드러머가 잠깐 쉬는 틈에 다가왔다.

"오늘 저녁에 시간 있으면 내가 아는 천국으로 갑시다."

우리 일행 중 유일하게 스페인어가 통하는 여성 가이드에게 하는 말이었다. "당신은 이제까지 내가 만난 여자 중 가장 아름답다"는 말만을 남긴 채 그는 무대로 뛰어 올라가야 했다. 그런 일이 두어 번 더 반복됐다. 연주가 계속되는 동안 카페에서 (도망쳐) 나온 뒤 비교적 조용한 음식점에서 와인을 앞에 놓고 앉아 있는데 앞서의 드러머가 다시 나타났다. 자신의 오늘 스케줄이 끝났다고 어서 천국으로 함께 가자고 재촉했다. 가이드가 무서워서 계산을 마치고는 얼른 밖으로 나왔다. 숙소를 찾으려니 비슷비슷하게 생긴 흙집이 많아서 흙담 사이를 꽤나 헤맸다. 골목에서 그와 다시 마주쳤다. 그는 이미 어떤 여성들과 함께였는데 그들을 내팽개치고 우리에게 다가와 자신의 집으로 가자고, 멋진 술과 음악이 기다린다고 열정적으로 역설했다. 다시 도망을 쳤다.

"열 번 찍어 안 넘어가는 나무가 여기 있다!"

해발 2,000미터가 넘는 고원지대라 그런지 뛰면서 말을 하면 금방 숨이 차올랐다. 숙소 앞마당에 있는 나무 의자에 쓰러져 누웠다. 무심코 위를 바라보자 허공에 수많은 안개꽃이 꽃밭을 이루고 있었다. 눈을 비비고 자세히 보니 안개꽃은 은하였고 수많은 꽃망울 하나하나가 별이었다.

우리 은하에는 1,000억 개의 별이 있고 우주에는 1,000억 개의 은하가 있다고 한다. 그 안개꽃의 씨는 누가 뿌렸을까.

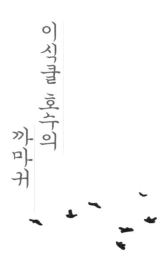

# 이식쿨 호수의 까마귀

2013년 5월 하순에 처음 간 키르기스스탄은 꿈속에서조차 본 적이 없을 만큼 풍경이 낯설었다. 그런데 이식쿨 호수는 그렇지 않았다. 내 고향 동네 저수지 같았다.

이식쿨 호는 가로 182킬로미터, 세로 60킬로미터로 내 고향과 이웃 시 · 군 몇 개쯤을 통째로 삼키고도 남을 크기다. 게다가 이 호수는 과거에 바다여서 진짜 바다의 5분의 1쯤 되는 염도를 가지고 있다. 민물고기가 그냥 살기에는 짜므로 내 고향에서 보던 물고기 종류는 없었다. 그런데도 왜 언제 와본 것처럼 낯익게 느껴졌을까.

키르기스스탄의 수도 비슈케크에서 내 고향 방향으로 가다가 이식쿨 호수의 초입에서 만나는 도시가 발록치다. 발록치에서는 이식쿨 송어를 잡아 말리는 것을 흔히 볼 수 있었다. 대충 꾸들꾸들하게 마르면 찢어서 먹는데 담백하고 짭조름하고 질겨서 현지에서 파는 러시아 맥주 발티카 9와 함께할 안주로 제격이었다. 그 '꾸들꾸들 물고기 씨'한테서는 북어와 꽁치의 맛이 함께 나서 '북치'라는 이름을 하사했다. 북치 한 두름에 150솜(3달러 정도)밖에 하지 않았다.

나중의 일이지만 먹다 남은 북치를 비닐로 꽁꽁 싸매서 가방 깊숙이 넣은 채 다른 나라로 가지고 가게 됐다. 짐 정리를 하려고 꺼냈더니 고향을 떠난 북치는 세상에서 가장 지독한 냄새를 뿜는다는 스웨덴의 염장 청어 통조림 수르스트뢰밍 못지않은 냄새를 조용히 뿜어 같은 가방 속에 들어 있던 옷이며 기념품 따위에 치명타를 안겼다. 그 냄새는 한번 맡아보면 도저히 잊을 수 없는 괴이하고 음산한 것으로 거의 공격 무기 수준이었다.

이식쿨 호수의 대표적인 여름 휴양지 촐폰아타에는 소련의 특권층이나 드나들었을 법한 널찍하고 아름다운 고급 호텔이 있었다. 호텔 수영장은 볼 것도 없이 이식쿨 호수 그 자체였다. 내가 갔을 때는 물이 차가워서 그런지 수영하는 손님은 보이지 않았다. 아직 본격적인 여름휴가가 시작되지 않아서 손님보다 종업원이 더 많은 것 같았다. 종업원들은 따가운 햇빛과 차가운 바람 속에서 꽃을 심고 어린나무에 물을 주고 있었다.

호텔에 짐을 풀고 나서 왼손에 꾸들꾸들 물고기 씨, 오른손에 발티

카를 든 채 밖으로 나갔다. 보이느니 코발트색 호수고 새하얀 구름이었다. 때로 만년설 쌓인 톈산天山 산맥이 이식쿨 호수에 비쳐 땅과 하늘이 데칼코마니를 이루는 장관을 공짜로 보여주었다. 우리나라라면 이미 근처에 있는 땅을 대도시의 부자들이 다 사들여 별장 짓고 빌라 지어서 자기들끼리 사고팔고 할 텐데. 동행인 최 선생과 그런 이야기를 나누며 호숫가 긴 의자에 앉아서 맥주를 마셨다. 그때 웬 금발의 백인 남자가 다가오더니 말을 붙였다.

"두 분, 여행 중이신가 봐요."

"예, 그렇게 묻는 분은요?"

남자는 자신이 스웨덴에서 철학 관련 학술 세미나에 참가하러 키르기스스탄에 왔으며 세미나가 끝나고 남은 시간을 이용해 이식쿨 호수를 보러 온 길이라고 했다.

"학술 세미나 하러 스웨덴에서 여기까지요? 직항 항공편도 없을 텐데. 주최 측이 돈이 넘쳐나는 학회인가 보다. 아니면 마지막 세미나든가."

왜 남의 걱정이나 해주고 있었는지 모르겠다. 상대는 나를 궁금해하지도 않는데.

"요새는 학술 사업에 대한 지원이 많이 줄었어요. 금방 돌아가야 해요. 맛있는 음식도 많이 못 먹고."

그래서 나는 그에게 샤실리크라는 양 꼬치와 볶음밥, 라그만 등의 전통 국수, 말 젖 요구르트, 북치, 사과가 얼마나 맛있었는지 자세히 이야기해주었다. 그는 내가 들고 있는 맥주에만 관심이 있었던 것 같은데 한 번도 권하지 않자 저녁 먹으러 간다면서 가버렸다.

다음 날 아침 일찍, 촐폰아타를 출발해서 이식쿨 호수 안쪽으로 깊숙이 들어갔다. 길은 양방향으로 오가는 차가 충분히 교행할 정도로 넓었지만 포장이 도로 한가운데 말고는 거의 안 돼 있었다. 길 양옆으로 인가는 거의 보이지 않고 드넓은 숲과 밭이 이어졌다. 그런데도 의외로 다니는 차가 적지 않았다.

"키르기스 사람들은 타고난 유목민이라서 세 걸음 이상 거리는 말을 타고 다니던 전통이 있어요. 아무리 가난해도 차를 가지고 있는 사람이 많아요. 주변 국가들 중에서 가구당 차량 보유 비율이 최고로 높아요."

한국에 유학한 적이 있다는 비슈케크 출신 가이드가 설명했다. 키르기스 사람들의 말을 대신하게 된 차들은 연식이 보통 30년 이상은 되어야 제대로 된 차 대접을 받는 듯했다. 우리가 탄 승용차가 너무 빨리 가는 듯해서 좀 천천히 가자고 했더니 곧바로 승합차 한 대가 우리 차를 추월해갔다. 그때 우리가 탄 차의 속도계는 시속 90킬로미터를 가리키고 있었다.

"버스가 아무리 벤츠 마크를 달았기로서니 저래도 돼?"

내 말을 비웃기라도 하듯 다른 버스가 우리 차를 또 추월했다. 뒤를 보니 1970년대에 생산된 러시아산 구형 트럭이 우리를 곧 잡아먹기라도 할 듯 연기를 뿜으며 쫓아오고 있었다.

"이 사람들 왜 이래? 오늘 자동차 경주 하는 날인가?"

우리가 탄 차의 운전자 역시 키르기스스탄 민족의 일원이었으므로 연속으로 추월을 당하자 집안 망신을 당한 것처럼 흥분해 콧김을 뿜어 댔다. 남들처럼 빨리 가라고 할 수밖에 없었다. 불안을 잊기 위해 이야기를 하기 시작했다.

"이식쿨 호수가 14세기에 중세 유럽을 박살 낸 선페스트 발상지의 하나였대요. 여기 잠들어 있던 페스트균이 쥐벼룩을 숙주로 대상들에게 따라붙어서 유럽까지 간 거죠. 치사율이 75~100퍼센트 사이였대요. 지금 우리한텐 페스트 항체가 있을까나?"

"도대체 그런 건 어디서 보고, 왜 알고 온 거요?"

"미리 책 사서 찾아보고 온 거지, 뭐. 시간 많고 심심해서."

가이드가 외쳤다.

"저 까마귀들 좀 보세요. 저기도. 저기에 또 죽어 있네."

까마귀 떼가 하늘을 날고 있는 게 보였다. 그중 수백 마리는 길바닥이나 밭에 떨어져 죽어 있거나 날개를 푸드덕거리고 있었다. 나뭇가지에 앉은 까마귀들은 그들을 애도하고 누군가를 원망하는 듯 귀 따가운 울음소리를 터뜨리고 있었다.

"누가 농사에 방해된다고 농약 항공 방제라도 했나? 무슨 일이죠?"

"저렇게 많은 까마귀를 무차별적으로 농약을 뿌려서 죽일 만한 이유나 돈이 있는 사람은 없어요."

가이드가 대답했다. 10여 킬로미터에 걸쳐 사체와 울부짖음, 하늘을 선회하는 까마귀로 세상이 종말을 맞은 듯했다. 차를 세우고 땅에 내려서서 까마귀들을 보자 머리카락이 올올이 곤두섰다.

"와, 고흐 그림 〈까마귀가 나는 밀밭〉보다 훨씬 더 낫네. 이런 그림을 여기 아니면 어디서 보겠어. 정말 오기를 잘했다. 요 몇 년간 본 것 중에 지금이 최고의 장면이에요."

어둑해질 무렵 카라콜에 도착했다. 숙소에 들어가니 와이파이 표시가 눈에 들어왔다. 거기까지 와서 아무런 대화 없이 스마트폰만 죽어라 들여다보고 있는 연인들이 두름으로 보였다.

"와이파이가 있으면 세상이 어디나 똑같은 거 같아."

까마귀를 본 기념으로 나는 스마트폰을 껐다. 그날만.

2부

오,

육체는 기뻐라

# 낙엽 두고 가버린 사람

대학에 입학해 1학년 1학기 동안 전국 대학 신입생 미팅 신기록을 깨뜨리겠다는 각오로 50여 회의 미팅에 나섰으나 결과는 깎아 먹을 수도 없는 무無. 허망한 기분으로 2학기를 맞은 참이었다. 더는 미팅 비용을 빌릴 염치도 없었고 알 것 다 알아버린 여학생들 앞에서 감언이설을 늘어놓아봐야 헛일이라는 게 내게도 자명했다.

"오! 육체는 슬퍼라, 그리고 나는 모든 책을 다 읽었노라. 떠나버리자, 저 멀리 떠나버리자!"는 스테판 말라르메의 시 〈바다의 미풍〉처럼 상심한 청춘은 그저 학교에서 집으로 낙도 없이 왔다 갔다 하는 나날을 반복했다. 그러던 어느 날 나는 동아리방에서

OK 형을 만났다.

그는 학번이 나보다 둘이나 빨랐지만 학년은 비슷했다. 한 번은 낙제, 한 번은 휴학을 했다던가. 늘 불그레한 얼굴에 며칠에 한 번 세수를 하는지 마는지 호랑이처럼 뻗친 수염을 하고 눈에는 등잔 같은 불을 켠 듯했다.

그는 자신과 같은 학번의 문학회 회장과 바둑을 두고 있었다. 내가 보기에 회장의 바둑은 계산이 빠르고 감각이 좋은 데 비해 그는 장고파에 쓸데없이 전투를 일삼았다. 그 바둑이 끝나고 난 뒤에 그는 마치 프로 기사처럼 진지하게 자신의 패인에 대해서는 짧게, 그 판 자체의 성격에 대해서는 길게, 이긴 상대의 경솔함에 대해서는 더 오래 평가했다. 마치 바둑을 이해하기 위해 바둑을 두는 철학자 같았다.

철학과에 다니고 있던 상대가 수업이 있다며 가버린 뒤 그가 내게 바둑을 둘 줄 아느냐, 몇 급이냐고 묻길래 1급이라고 대답했다.

"기원 1급이란 말인가? 그럼 나하고 비슷하네."

나는 기원 1급에도 하늘과 땅 차이가 있다는 말을 하려다 말았다. 어쨌든 그는 서로 호적수를 만났으니 대국을 하자고 했다.

"뭘 거는데요?"

"거는 기 뭐꼬?"

"바둑을 두면 승패가 있고 승패에 따라서 패자가 승자에게 뭔가를 자발적으로 제공하는 거래가 생겨나죠. 현금이 보통이고 담배, 버스 회수권, 아니면 알밤 때리기라도. 집 차이에 비례하는 것도 있고 판당

172

얼마로 하는 것도 있어요."

"뭔 말인지 모르겠다. 바둑을 뜨면 뜨지, 돈이 왜 왔다 갔다 하노 말이다."

바둑을 '둔다'고 하느냐, '놓는다'나 '뜬다'고 하느냐에 따라서도 실력 차이가 확실히 난다.

"그럼 이만 실례하겠습니다. 저는 내기가 아니면 바둑을 두지 않아서요."

"내 평생 뭘로도 내기를 해본 적이 없다. 가는 건 니 자유다만 오늘 내 주먹이 버르장머리 없는 후배를 기양 보낼지 모리겠다."

"그럼 이렇게 하죠. 오늘은 한판 두면서 내기를 할 건지 말 건지를 정하죠. 제가 이기면 하고, 지면 앞으로 내기를 안 하기로."

그렇게 바둑을 두기 시작한 이후 우리는 2년쯤 뒤 군대에 가기까지 최소한 200판의 바둑을 두었을 것이다. 결과는 거의 나의 전승이었다. 나는 그의 집에서 값나가는 건 웬만큼 다 땄다. 머핼리아 잭슨이나 해리 벨라폰테, 유시 비엘링의 음반 같은 것. 생계에 관련된 건 건드리지 않았다.

그는 지고 또 지면서도 치수를 바꾸려고 하지 않았다. 바둑 두면서 큰 소리로 휘파람을 불거나 노래를 부르는 것, 바둑이 끝나고 나면 되지도 않는 논평을 하는 것은 변함이 없었다. 군대에 가기 직전, 마지막 대국에서 기념으로 한판을 저줘야겠다고 생각하면서 나는 물어봤다.

"형, 바둑 지고 내기 지면 화가 안 나?"

"나지. 화를 일으키는 것도 공부요, 화를 가라앉히는 것도 다 공분기라."

"뭔 공부? 그 공부는 몇 학점짜린데? 형, 요번 학기 학사 경고 안 나오는 거 확실해? 이번에 경고 먹으면 완전히 제적될 것 같은데?"

"그까이 학점에 연연하지 않는 것, 학사 경고가 다 공부 아이냐. 천지 만물 삼라만상이 다 공부이니라."

"그럼 내가 이때까지 형 공부에 이용당한 거네. 지금까지 나한테 바둑 지고 나서 외상으로 한 거 언제 갚을 거야?"

"한판의 바둑이 끝나면 다시는 되돌릴 수 없듯이 지나간 외상을 받으려 하는 것도 부질없는 짓이라는 걸 왜 모르느뇨. 요놈아, 이번 판은 니가 확실히 졌다. 천하의 조남철이 와도."

한 사람에게라도 하루치 용돈이 있다는 걸 확인하면 우리 둘은 나란히 버스를 타고 동숭동에 있는 학림다방으로 갔다. 오전 11시쯤 학림에 도착해서 보면 매일 출근하다시피 해서 소설을 쓰고 있는 이름 모를 소설가밖에 없었다. 삐걱대는 계단 위 어둑한 실내, 낮은 탁자와 낡은 소파, 공기에 밴 커피와 담배와 시간의 냄새, 여름에도 넓은 자리를 차지하고 있던 난로가 경외스럽고도 편했다.

레코드플레이어에 자신이 좋아하는 음악이 든 음반을 얹고(나는 바그너의 〈탄호이저〉 서곡, 그는 리하르트 슈트라우스의 교향시 〈자라투스트라는 이렇게 말했다〉를 첫 번째로 듣곤 했다) 음악이 시작되기 전 앰프 옆에 세워진 칠판에 곡목, 작곡가, 작품 번호 등을 적었다. 손을 떨지 않고 연

속해서 쓰되 마지막 마침표를 딱, 소리 나게 찍는 것도 숙달된 사람이나 할 수 있었다.

점심을 굶은 채 커피 잔에 뜨거운 물을 몇 번이고 받아다 각설탕을 녹여 먹으며 기다리고 또 기다리다 보면 여학생들이 하나씩 둘씩 학림에 나타났다. 미팅 때는 초창기 몇 번 말고는 볼 수 없던 아름답고 지성적이고 클래식 음악을 애호하고 예술을 사랑하는 여학생들이었다. 우리, 아니 내가 학림에 간 건 바로 그 여학생들 때문이었다. 여학생들은 니체처럼 수염을 기르고 닐 다이아몬드처럼 서글서글한 눈매에 늘 산더미 같은 원고와 잉크 통을 앞에 두고 굵은 만년필로 소설을 쓰고 또 쓰던 소설가를 보러 온 것이었고. 언감생심 그를 질투할 수는 없었다. 무궁토록 그대로 있어주기를 바랐다. 그런 장소, 시간을 제공하는 학림다방 또한 영원하기를.

견딜 수 없이 배가 고파지면 밖으로 나왔다. 학림다방 뒤편 골목에는 나이 든 과부들이 운영하는 식당이 있었다. 그곳에서 우리는 남아 있는 돈을 모두 털어서 각각 라면 그릇과 물렁거리는 비닐통 속에 든 막걸리를 받았다. 먼저 막걸리를 그릇 가득 따라서 마시고 있다 보면 라면이 나왔다. 라면을 다 먹고 막걸리를 한 방울 남김없이 마시고 나면 배가 터질 듯 불러왔다.

버스 탈 돈이 없는 데다 배를 꺼지게 할 겸 걸어서 오전에 출발한 지점, 그러니까 우리가 재학 중인 대학까지 갔다. 창경궁, 창덕궁 돌담길을 따라가다 보면 나뭇잎이 뚝뚝 떨어져 내렸다. 날렵하고 군더더기 없는 몸을 허공에 던지며 낙엽을 발로 차올리던 게 OK 형의 공부였던가, 쿵후였던가. 나는 뒤를 따라가며 "무송의 원앙퇴!"라고 외치곤 했다. 진짜 공부는 그런 것 같았다.

고맙게도 학림다방은 아직 남아 있다. 고맙게도 그 시절에 대한 기억, 길의 일부도 그대로 남아 있다. 1년에 한두 번이긴 하지만 막걸리와 라면을 앞에 놓고 앉을 수 있다. OK 형은 지금 없다. 플라스틱 그릇에 담긴 한 잔의 술, 안주인 라면 한 그릇을 마주 들어 올릴 사람은 더 높은 차원으로 존재를 옮겨갔다. 그리움은 남겨두었다. 그러니 다시 그들의 다사로운 은혜를 찾아 떠나지 않을 수 있으랴. 오! 육체는 슬퍼라······.

# 영광과 굴욕의 생애

카자흐스탄의 최대 도시 알마티에서 동쪽으로 60킬로미터 쯤 되는 곳에 이시크라는 도시가 있다. 2013년 5월에 거기 간 건 2,500여 년 전 시베리아 스키타이의 철기 문화 유적과 박물관이 있다는 약간의 사전 정보가 있어서였다.

이시크로 가는 길 오른쪽에는 톈산 산맥이 만년설을 머리 꼭대기에 인 채 병풍처럼 서 있었다. 톈산이라는 말이 '하늘이 만든', '하늘 아래 제일 높은' 등등의 뜻을 함축하고 있을 것이니 톈산 산맥을 바라보며 살아가고 있는 민족은 하늘을 숭배하거나 자신들이 하늘을 다스리는 천제天帝, 절대자의 후손이라고 믿어왔을 것이다.

단군신화에 따르면 환인이 바로 천제로, 환웅의 아버지며 단군의 할아버지다. 세상으로 내려가기를 원하는 아들 환웅에게 천부인天符印 세 개를 주어 세상을 다스리게 했다고 한다. 환웅이 무리 3,000명을 거느리고 태백산으로 내려와 웅녀와 혼인해서 단군을 낳았다는 건 단군의 후손인 배달민족이면 거의 다 아는 이야기다.

그런데 환웅은 왜 하필 태백산을 골랐을까. 태백은 '높고 크며太 밝고 희다白'는 뜻이니 만년설을 머리에 이고 있는 크고 높은 천산이 태백산의 다른 이름이 될 수는 없을까. 배달민족의 영산인 '흰머리 산', 백두산白頭山이 조금 더 확실한 의미의 천산이라고 할 수 있겠다. 톈산을 옛날에는 백산白山 또는 설산雪山이라고 불렀다니 톈산 산맥은 아득한 옛날(대략 기원전 2333년)부터 배달민족에게 조상이 강림한 영산으로 인식되었을 개연성이 있다.

이시크에 다다랐을 때 내 눈앞에 펼쳐진 건 막막한 벌판이었다. 그중에서도 눈을 잡아끄는 건 화려한 빛깔의 개양귀비였다. 개양귀비는 울타리가 쳐진 밭에서 집중적으로 재배되는 경우도 있었고 그런 밭에서 씨가 날아가 아무 데서나 뿌리를 박고 꽃을 피운 것도 있었다. 어느 쪽이든 울긋불긋한 원색의 본질적이고 절대적인 아름다움이 있었다.

이어서 읍사무소 건물처럼 멋없이 세워진 황갈색 건물이 나타났다. 이시크 박물관이었다. 1969년에 이시크의 쿠르간(고분)에서 시베리아로부터 유래한 것으로 보이는 스키타이의 유물이 쏟아져 나왔다. 대표적인 것이 '황금 인간'으로 불리는 전사의 미라, 그 미라에 입혀진 황금 갑옷이다. 그 외에 모자, 의류, 청동 검, 금 고리 등 원형에 가까운 유물들이 박물관에 전시돼 있었다. 황금 갑옷은 지금까지도 모습과 빛을 잃지 않고 있어서 카자흐스탄의 국가 상징이 되었다.

마침 아이들이 버스를 타고 박물관 견학을 하러 와서는 문화 체험을 한답시고 왁자지껄하며 장난들을 치고 있었다. 남의 동네 아이 같지 않고 먼 친척 아이처럼 귀여웠다. 그때부터 나는 스키타이, 투르크와 우리 민족의 친연성을 찾기 시작했다.

박물관 뒤에는 높이 10여 미터쯤 되는 흙무덤이 있었고 꼭대기에 잎이 무성한 나무가 독야청청 서 있었다. 잎이 촘촘하게 달리고 뽕나무처럼 키가 크지 않은 나무에서 금방이라도 우주의 신성한 불꽃이 활활 타오를 수 있을 것 같았다. 단군을 상징하는 나무가 박달나무라면 무덤 주인의 나무가 그게 아니었을까.

내가 밟고 선 무덤의 양식이 어린 시절 국사 과목에서 배운 신라의 고분 양식과 거의 흡사하다는 데 놀랐다. 돌무지덧널무덤積石木槨墳으로 불리는 이 무덤이 신라에 본격적으로 유행하기 시작한 건 기원후 4, 5세기부터다. 하지만 1,000년의 시차가 있는 두 무덤은 닮아도 너무 닮았다. 화려한 황금 유물이 출토되는 것부터 사슴뿔, 나무, 새를 닮은 장식을 쓰는 것까지.

도대체 신라 또는 고대의 우리 문화와 이시크의 스키타이 무덤 사이에는 어떤 연관이 있으며 얼마만큼 교류가 있었던 것일까. 남의 나라(주로 중국) 역사서에 남의 문자로 소략하게 기록된 건 실제의 100만분의 1에도 미치지 못할 게 분명하다. 한번 시작된 의문은 머릿속에서 비문증飛蚊症처럼 떠나지 않았다.

아직 충분한 증거를 찾지는 못했지만 이시크의 '황금 인간'과 21세기의 '나' 사이의 거대한 시공간을 휘젓고 다녔을 법한 사나이를 하나 발견했다. 그의 이름은 이시바라Ishbara(한자로는 사발략沙鉢略). 이시크 칸의 맏아들이고 부민 칸의 손자이며 돌궐 제국의 다섯 번째 칸이다.

6세기 중반에 돌궐은 동북아시아로부터 페르시아에 이르는 대제국을 세웠다. 중국에서는 이른바 남북조 시대의 혼란과 분열이 이어지던 중이었다. 581년에 중국 북주北周의 외척 양견이 왕권을 찬탈해 수나라를 세우자 돌궐 제국은 이를 침공의 명분으로 삼아 40만 대군을 끌고 수의 영토로 들어갔다. 선두에 서 있던 다섯 칸 가운데 최강의 병력을 거느리고 있던 인물이 북주의 공주와 결혼한 바 있던 이시바라였다.

이시바라의 정예 기병들은 중국의 서북 지역 도시 곳곳을 함락하고 수나라의 수도권까지 위협했다. 그런데 갑자기 타르두가 지휘하는 서돌궐의 핵심 전력이 배후에 있는 사산조 페르시아와 에프탈 유목민들에 대응해야 한다며 철수하기 시작했다. 이시바라 역시 본거지가 위험하다는 급보를 받고 철수를 단행하지 않을 수 없었다. 고구려가 대싱안링大興安嶺 산맥을 넘어서 동돌궐의 기병을 격파했고 산악 지역의 키르기스 부족이 내습해왔던 것이다.

583년 초원에 대기근이 일어났고 이를 틈타 수 문제는 돌궐 정벌을

시작했다. 그사이 타르두가 스스로를 칸으로 칭하며 이시바라에게 결별을 선언했다. 이로부터 돌궐 제국은 동서로 완전히 분열됐다. 이시바라는 사촌과 몽골고원을 두고 전쟁을 벌여야 했고 가까스로 승리해 한숨을 돌리는가 했으나 곧바로 서돌궐과 거란의 협공을 받아 멸망의 위기에 처했다. 한때 이시바라와 원수지간이었던 수나라는 북방 여러 나라 사이의 분란을 지속하게 하려고 이시바라에게 지원을 보냈다. 이에 이시바라는 수나라에 매년 공물을 바치고 신하의 예를 갖추기로 했다.

이시바라는 그로부터 얼마 있지 않아 죽은 것 같다. 한평생 전투와 전쟁, 배신과 음모, 짧은 영광과 기나긴 굴욕을 겪으며 살았던 이시바라. 그는 죽어가며 지긋지긋한 원수들에게 가슴에 쌓인 욕설을 시원하게 퍼부어대지는 않았을까.

609년에 동돌궐의 계민啓民 칸이 죽고 아들 시필始畢이 그를 계승해 즉위하자 수 양제는 정략결혼을 할 공주를 선물과 함께 보냈다. 눈엣가시였던 고구려를 침공하려면 막강한 전투력과 기동력을 갖춘 돌궐의 기병이 절대적으로 필요했기 때문이다. 하지만 고구려는 돌궐 제국과 외교 및 교역을 지속함으로써 돌궐 기병이 수나라의 수중으로 들어가는 것을 막았다. 결국 수 양제는 고구려를 침공할 때 자국의 농민들을 병사로 동원할 수밖에 없었다. 훈련이 불충분하고 두고 온 농사일로 걱정이 많은 오합지졸 때문에 수 양제의 고구려 정벌은 수포로 돌아갔다.

조선 중기의 인물로 이시바라와 이름이 비슷한 사람이 있다. 임진왜
란과 정유재란, 이괄의 난 등 내우외환의 위기에 문신으로서는 드물
게 전장에서 많은 공로를 세워 감사와 판서를 두루 역임하고 사후 영
의정에 추증된 이시발이다. 그의 시호는 충익忠翼. 문신 출신에게는 으
레 '문文'으로 시작하는 시호가 붙는다는 걸 생각하면 상당히 이례적
이다.

이시발과 이름이 비슷한 사람이 또 있다. 인조반정 때의 공신 이귀
의 아들 시백과 시방이다. 추측건대 세 사람은 분명 한자리에서 만난
적이 있었을 것이다. 그들이 서로 이름을 불렀을 것 같지는 않다. 비록
각자 집으로 돌아가서 소매로 입을 가린 채 웃었을지언정.

그런데 과연 그들은 이시바라의 존재를 알았을까?

어리바리

당수 8단

중국의 녹차 가운데 으뜸으로 치는 것이 남쪽 도시 항저우 인근에서 나는 용정차다. 따듯한 아열대 지방에서 잘 자라는 소엽종 차나무의 잎을 따서 만드는 용정차는 맛이 우리 녹차와 비슷해 우리나라에서도 인기가 높다. 용정차는 서호 근처의 사자봉 기슭에서 생산되는 '사봉용정차'가 가장 유명하다. 바로 이 사자봉 기슭에 용정천이라는 샘물이 있고 용정사라는 절이 있다.

용정차는 찻물의 빛깔이 황록색이고 맑으며 맛이 쌉싸름하고 청신하다. 특히 차를 마시고 난 뒤 목 안에 향기가 맴도는 것이 매력적이다. 용정차는 청나라의 황제 건륭제가 좋아한 차이기도 하다. 그는 용정의 차밭까지 와서 직접 찻잎을 따 차로 만들어 마신 뒤 그중 18그루의 나무를 어차수御茶樹(황제의 차나무)로 지정했다고 한다.

고등학교 때 중국 영화 〈소림사 18동인〉을 보고 나와서 극장 앞에 선 채로 친구들과 왜 하필 동인의 숫자가 '18'인가를 가지고 치열한 토론을 벌인 적이 있었다. '18은 욕이다正', '우연한 숫자일 뿐 욕이라고 할 수 없다反', '욕 같은 느낌이 나지만 욕은 아닌 게 욕먹으러 돈 내고 영화 보러 올 관객이 없을 테니까合'로 논쟁은 이어졌다. 그 과정에서 고교생들의 입에서 '18'이 칼싸움의 불꽃처럼 난무하며 지나가는 사람들의 이목을 집중시켰으나 결론은 나지 않았다. 나중에 알게 됐지만 중국어로 18의 8八은 '돈을 번다'는 의미의 '파發'와 발음이 같아 중국 사람들이 가장 좋아하는 숫자라고 한다.

용정에 가서 건륭제의 어차수를 찾을 때는 한자로 써서 보여주거나 '쉬파커十八棵'가 어디에 있느냐고 물어야 쉽게 찾을 수 있다. '과棵'는 나무를 뜻하는데 항저우 사투리로는 '쓰빠커어'에 가깝게 발음이 되니 사전에 상당한 연습이 필요할 것 같다.

2007년 여름, 서호에는 제대로 걷기가 힘들 정도로 사람이 많았다. 연변 출신으로 함경도 사투리 억양이 남아 있던 조선족 안내인이 사람 많은 곳에 데리고 온 것이 미안하다는 듯 "중국 인민들은 지금 이 순간에도 2억 명 이상이 집을 떠나 한시도 쉬지 않고 여행을 하고 있슴메다"라고 했다. 2014년에 중국을 방문한 해외여행객이 연간 1억 명을 돌파했다는데 하루 2억, 연간 700억 명에 비하면 새 발의 피도 되지 않는다.

21세기로 접어든 지 얼마 안 되던 5월 중순 어느 날, 나는 용정 근처의 다관에 앉아 있었다. 항저우는 이미 한여름처럼 더웠는데 마침 비라도 올 듯 하늘이 잔뜩 흐려서 다닐 만은 했다. 편식의 거장으로 꼽히던 나는 몇 가지 음식은 남보다 더 잘 알고 있다고 자부하곤 했다. 그중 하나가 차였다. 차는 좋은 차와 나쁜 차, 비싼 차와 싼 차를 눈 감고도 쉽게 구별했다.

고풍스러운 다관에서 용정차를 마시며 한국의 작설과 우전, 색과 향에 관해 동행인 친구에게 열변을 토하던 중이었다. 묵은 소엽종 차나무처럼 키가 작고 뚱뚱한 농부가 사람 좋은 웃음을 지으며 다가왔다. 그는 우리에게 자신이 차를 직접 재배하는 사람인데 손수 잎을 따서 차를 만들었으니 집에 와서 맛을 보고 가라고 했다. 다관에 진열해두고 파는 차에 비하면 절반도 되지 않는 가격이고 집도 바로 근처에 있다. 차를 만드는 과정을 시현해 보일 수 있다고도 했다. 차를 그리 좋아하지 않는 친구는 그의 말에 전혀 관심이 없었고 나 또한 중국어를 몰랐다. 하지만 차밭이나 차를 만드는 집이 어떻게 생겼는지 알고 싶어서 친구에게, 농부를 따라가려는데 혼자서는 바가지 쓸까 봐 무서우니 같이 가달라고 부탁했다.

바로 곁에 있다던 농부의 집은 길가에 드넓게 펼쳐진 차밭을 지나고 차밭 사이의 농로와 꼬불거리는 언덕길을 한참 올라가서야 나타났다. 20분 넘게 걸어가면서 농부는 한시도 쉬지 않고 여기저기를 가리키며 자신이 가꾸는 차나무에 관해 이야기를 했다. 나는 알아듣지도 못한 채 좋은 차의 기준이 뭔지에 대해 친구에게 설명하느라 애를 썼다.

농부의 집은 내가 나서 자란 고향 마을, 중농이 살던 집처럼 아담했다. 마당에는 자그마한 닭들이 병아리를 데리고 돌아다니고 있었다. 농부의 아내도 아담하고 통통하면서 귀여운 인상이었다.

농부는 우리를 마당의 평상에 걸터앉게 한 뒤 뜨거운 물을 찻잎이 든 다기에 가득 따랐다. 얼마 지나지 않아 찻물이 우러났다. 농부는 차를 잔에 따르더니 하늘을 향해 두 손을 쳐들면서 어서 마셔보라고 권

했다. 친구는 마지못해 찻잔을 들었다가 잔 속에 찻잎이 너무 많아 마시기가 힘들다며 잔을 내려놓았다. 나는 고려 태조 왕건처럼 열심히 찻잎을 후후 불어가며 마셨다. 보기와 달리 아주 청신하고 고급스러운 맛이 났다.

농부의 아내는 다시 찻물을 따랐다. 두 번째로 우려낸 차는 더욱 맛이 좋았다. 여러 번 우려낼수록 맛이 옅어지는 법인데 그 차는 더 향기로워지는 것 같았다.

"차를 보통 아홉 번 덖고 아홉 번 비벼서 말린다고 하는데, 실제로는 찻잎이 여려서 그렇게 많이 덖고 비비면 부서져버리거든. 네댓 번이면 많이 덖는 거야. 이건 몇 번을 덖었는지 모르겠네."

내 말을 알아듣기라도 한 듯 농부는 차를 덖고 비비는 도구가 있는 방으로 우리를 데리고 갔다. 농부의 아내는 다기가 올려진 쟁반을 들고 뒤를 따라왔다. 농부는 통통한 손과 몸을 바쁘게 놀려가며 실제로 차를 덖는 과정에 대해 설명했다. 찻잎 하나하나를 따고 말리고 덖고 비비고 식히고 또 말리고 덖고 비비고 식히고 하는 일을 대여섯 차례 거듭해 겨우 몇 통의 차를 얻어내는 일이 얼마나 고단할지 짐작이 갔다.

"차가 밥도 아닌데, 안 먹어도 될 걸 굳이 먹자니까 힘든 거지. 빨리 가자고. 이 차 얼마예요?"

친구가 묻자 농부는 우리가 마신 일반 차가 한 통(120그램)에 2만 원쯤 한다 했다. 내가 너무 비싸다고 반의반으로 값을 후려치자 농부의 아내가 새로운 차를 내왔다. 그보다 상급인 차로 가격이 두 배쯤이라고. 확실히 맛의 차이가 났다. 그걸 또 절반으로 깎자 청명 전에 수확한 새 차明前茶가 나왔다. 마비되어가던 혀가 다시 깨어날 정도로 강력한 맛이었다. 내가 또 깎아야 하나 어쩌나 망설이고 있는데 결정타를 날리듯 농부는 손때가 탄 공책을 내밀었다. 그곳을 다녀간 손님 수백 명이 쓴 방명록이었는데 그중 절반은 한글로 적혀 있었다. "용정차 맛 따봉! 돈 많이 버세요! 서울 최고봉", "정직한 농부의 맛있는 용정차, 진짜 최고예요! 부산 김대길" 하는 식으로.

가장 뛰어난 광고 수단은 신뢰가 가는 사람의 네트워크에 의해 전파되는 입소문이라던가. 외국에서 만난 한글로 된 찬사 때문에 팔랑귀가 된 나는 용정차를 세 통이나 사 들고 농부의 집을 나왔다. 농부가 부른 값의 3분의 1 정도밖에 치르지 않았으므로 의기양양했다.

집에 와서 하품부터 차를 개봉했다. 처음부터 그 맛이 아니었다. 두 번째, 세 번째도 이상했다. 심지어 먼지와 흙이 섞여 있었고 작은 나뭇가지가 들어 있기까지 했다.

"어리바리한 게 당수 8단이란 말도 못 들어봤냐."

친구는 품평했다. 이런, 18과 18동인 2단 옆차기 같은 일이!

맛있고 크고도 아름다운 것

양羊의 해가 돌아오고 나서 '의기양양'이라든지 '전도양양' 같은 문자가 들어간 인사가 이메일과 문자메시지로 날아온다. 의기양양의 '양揚'은 위로 날아오르는 것처럼 뜻과 기운이 펼쳐지라는 덕담이고 전도양양의 '양洋'은 바다처럼 앞길이 넓게 펼쳐지라는 축원이다. 그런데 그게 양하고 무슨 상관이란 말인가. 나처럼 문자에 예민한 사람은 인사를 보내온 걸 고마워하기 전에 따지기부터 한다.

양과 관련이 깊으면서 뜻이 좋은 대표적인 글자를 꼽으라면 아름다움美, 착함善, 상서로움祥이 있다. 특히 희생의 '희犧'라는 글자는 소와 양이 일찍부터 사람을 대신해 제물이 되었음을 보여준다.

192

옛사람들에게 양이 크면人 아름답고(羊+大=美) 착하고 좋아 보였을 게 분명하다. 친구 여동생 미선美善의 이름을 지은 친구 아버지에게도.

어릴 때부터 집에서 염소를 키웠고 초등학생 시절의 황금기를 염소가 졸졸 따라다녔기 때문에 나는 염소라면 누구보다 잘 알고 있다고 생각해왔다. 항상 염주 같은 똥과 특유의 울음소리, 고린 냄새를 흘리며 남의 밭에 들어가 채소를 짓밟고 뜯어 먹는 바람에 내가 희생양이 되어 밭 주인의 욕을 대신 얻어먹는 경우도 많았다. 반항적인 노란 눈을 한 염소는 고집이 세고 말을 잘 안 듣는 대신에 잔병이 없고 아무 풀이나 잘 먹고 잘 자라고 빨리 번식하는 고마운 가축이었다.

염소 고기를 먹은 기억이 거의 없다. 고마워서가 아니라 내가 육식을 즐기지 않았기 때문이다. 정말로 사람 말을 지지리도 듣지 않다가 사고를 쳐서 죽은 염소가 있었는데, 그때 고기를 딱 한 점 먹었다. 그게 내가 나이 마흔이 넘어서 인도에 가기까지 염소(양과 염소를 구분하지도 못했다)를 먹어본 경험의 전부였다.

인도 남부 첸나이 시의 호텔에는 인도의 전통식 탄두르(화덕)가 있었다. 작은 짚가리 모양으로 만든 탄두르에 꼬치가 들어갈 만한 크기의 구멍을 여럿 내고 양고기, 닭고기 등을 끼운 꼬치를 그 구멍에 넣어서 돌려가며 구웠다. 꼬치의 기름이 화덕으로 떨어지고 불이 고루 먹으며 잘 구워져서 담백하고 고소했다. 커민, 후추, 정향, 고추, 마늘 등 인도 특유의 다양한 향신료와 양념을 곁들여 먹을 수 있었고 그게 또 풍미를 돋웠다.

처음 먹는 양고기는 예상했던 누린내가 그리 느껴지지 않았고 부드러운 육질에 소와 돼지의 중간쯤 되는 식감이었다. 왜 누린내가 많이 나지 않는지 물었더니 그게 염소와 양의 차이라고 했다. 숫염소가 발정기에 내는 지독한 냄새가 양들에게서도 날 거라고 착각한 것이었다.

양과 염소는 같은 솟과에 속하지만 양의 염색체 수가 54개인 데 비해 염소가 60개로 완전히 별종이다. 호랑이와 사자가 교배를 해서 새끼를 낳을 확률보다 양과 염소가 교잡한 새끼를 낳을 확률이 훨씬 낮다. 양은 몸집이 통통하고 염소는 날씬하며 양은 갈기가, 염소는 턱수염이 있다. 양은 꼬리가 아래로 처졌고 염소는 서 있다. 양은 윗입술의 가운데가 갈라져 있고 염소는 인중이 붙어 있다. 양은 온순하고 무리 지어 있는 걸 좋아하는 반면, 염소는 호기심이 많고 혼자서도 잘 지낸다. 그러고 보면 염소를 키워본 내가 염소의 성질을 좀 닮은 것 같다.

가축화가 되면서 양의 대다수에서 뿔이 나지 않게 된 반면, 염소 품종 대다수는 여전히 뿔이 난다. 양은 풀을 뜯어 먹고 염소는 나뭇잎을 따 먹는 걸 즐긴다. 양과 염소 모두 고기, 젖, 가죽, 털을 얻을 목적으로 사육한다. 앙고라나 캐시미어 같은 고급 모직물은 사실 양털이 아니라 염소 털에서 나온다고 한다.

한국에 돌아와서도 탄두르 양 꼬치구이에 대한 감동은 사라지지 않았다. 2000년대 초에는 양 꼬치가 지금처럼 흔하지 않았고 탄두르는 더더욱 귀했다. 어찌어찌 두 가지 조건이 맞는다 하더라도 인도에서 먹던 것과 달리 양념이 지나치게 강했다. 이미 한번 탄두르 양 꼬치구이 맛을 보고 난 나는 그 전의 나와는 다른 경험과 감각을 가진 존재였다. 그래서 모든 생명체의 반응은 비가역적이라는 걸 배웠다. 탄두르양 꼬치구이 덕분에. 꿩 대신 닭이라고 양 꼬치 대신 염소 꼬치는 없나했으나, 냄새가 많이 나는 염소 고기는 꼬치로 먹기 힘든 모양이었다.

유럽에 여행을 하거나 잠깐씩 머물게 되면서 양고기로 만든 음식을 접할 수 있는 기회가 많이 늘었다. 일반 식당에는 양고기 스테이크가 소고기 스테이크만큼이나 흔했다. 슈퍼마켓의 냉장육 칸에도 양고기가 소고기나 돼지고기, 닭고기와 나란히 진열되어 있었다. 하지만 양고기를 사다가 꼬치로 만들어서 구워 먹을 엄두는 내지 못했다.

제대로 된 양 꼬치를 다시 만날 기회를 얻은 게 2007년 중국에서였다. 신장 위구르 지역에서 들어온 양 꼬치 식문화가 대대적인 선풍을 일으키고 있었지만 그새 또 내게 무슨 '비가역성의 법칙'(쉽게 말해 변덕)이 작용했는지 입맛에 잘 맞지 않았다.

2010년 터키의 수도 앙카라(옛 이름이 앙고라Angora 며 앙고라토끼, 앙고라염소, 터키시 앙고라 고양이의 원산지다)에서 사나흘간의 다큐멘터리 촬영 일정이 끝나갈 무렵이었다. 함께 간 스태프들이 박물관 내부의 유물을 촬영하고 인터뷰를 하는 동안 자판기에서 터키식 커피를 뽑아서 국립박물관 학예사와 마셨다.

"여기 앙카라 사람들, 아니 개인적으로 가장 좋아하는 음식점이 있으면 소개해주세요. 터키의 서민들이 즐기는 맛을 볼 수 있게."

내 부탁에 학예사는 앙카라 북쪽 외곽에 있는 어떤 식당을 소개해주

었다. 허름한 시가지, 시장 한 귀퉁이에서 연기를 피워 올리고 있는 엉성하고 낡은 식당이었다. 대부분의 메뉴가 그리스 음식이었다. 그 직전에 두어 달 동안 독일 베를린에서 머물며 집 앞 그리스 식당의 단골이 되었던 나는 은근히 좋아했지만 이스탄불에서 유학을 하고 있던 가이드는 이해할 수 없다는 표정이었다. 차에서 내리지도 않고 터키 음식을 잘하는 곳으로 가자고 했다.

"이 동네 사람들이 좋다는데, 싸고 맛있다는데, 그냥 가줍시다. 한국에서 유명한 중국 음식점에서 짜장면, 짬뽕 파는 거랑 같은 거라고 생각하면 되죠."

내가 앞장서서 식당 안으로 들어갔고 서둘러 뷔페식으로 차려진 무사카, 수블라키 같은 음식을 접시에 담아다 먹었다. 그리스 음식점이었지만 한구석에서 눈 따갑게 연기를 피워 올리며 터키의 자존심인 케밥을 만들어 팔고 있었다. 되네르 케밥의 재료인 양고기 반죽을 돌려가며 구워 익은 부분을 자른 뒤에 화덕에서 구운 얇은 빵 피데에 싸서 먹었다. 양고기와 당근, 감자 등을 꼬치에 끼워 구운 시시 케밥도 있었다. 즉석에서 굽고 먹으니 맛이 있을 수밖에 없었다.

2013년 그리스의 아테네에 갔을 때 유학생인 가이드에게 비슷한 부탁을 했다. 싸고 맛있고 유명하고 그리스 사람들이 좋아하는 식당을 소개해달라고. 그가 우리를 데리고 간 곳은 터키 음식을 전문으로 하는 식당이었다. 140년 가까운 전통을 자랑하고 있었다. 그때까지 아테네에서 가본 어떤 그리스 식당보다 맛이 있었다. 물론 그곳의 케밥은 염소가 아닌 양고기로 만든 것이었다.

유혹하는 발신인

오늘도 어김없이 편지가 왔다. 어제처럼, 또 그제처럼, 일주일 전처럼. 밤낮없이, 시도 때도 없이, 공휴일도 국경일도 가리지 않는다.

이번에 편지를 보낸 사람은 아프리카 사하라 사막 근처에 있는 어느 나라 대통령의 딸이다. 얼마 전 그 나라에 군부 쿠데타가 일어났고 대통령이 타고 있던 비행기는 반란군의 지상 포격을 받아서 추락했으며 탑승자는 전원이 사망했다. 그의 후계자로 지목된 사람이 집권을 했음에도 전 대통령의 집안은 풍비박산이 났다. 가족들은 이웃에 있는 친지, 친구를 찾아 뿔뿔이 흩어졌고 대통령의 딸인 발신자 역시 유학을 했던 프랑스로 몸을 피한 상태다.

그녀는 아버지가 생전에 조성한 자금을 스위스의 은행에 예치해뒀는데 그 금액은 대략 960만 달러에 달한다고 했다. 내가 얼마간의 수수료를 부담할 수 있다면 그 돈을 찾아서 반씩 나눠 가지자는 것이다. 당장 그 수수료를 어떤 계좌로 보내라는 것도 아니다. 자신들에게 내 전화번호와 성을 포함한 이름 전체Full name를 알려주기만 하면 미심쩍은 점을 확인할 수 있도록 연락을 하겠다고 한다. 첨부한 파일에 구체적인 방법이 제시되어 있으니 '자비로운 마음'으로 열어봐달라고 한다.

편지가 왔다. 발신인은 시리아의 어떤 에너지 회사에 다니고 있는데 자신의 회사에서 이제까지 세상에 없던 혁명적인 에너지를 개발해내는 데 성공했다고 한다. 그 에너지는 초기에 드는 약간의 설비 비용만 감수하면 무한정 공짜로 전 세계 어디에나 청정한 에너지를 공급할 수 있으며 그렇게 되면 몇 년 안 있어 전 세계에 기아, 어둠, 추위가 사라질 것이고 장기적으로 질병, 불평등, 전쟁 또한 영원히 없어질 것이라고 선언한다. 그는 내가 동업자로 참여해서 초기 투자 비용 약간을 부담해준다면 스티브 잡스나 빌 게이츠처럼 엄청난 부를 가지게 될 것이라고 설득했다. 만에 하나, 내가 동업을 원치 않는다면 이런 내용이 다른 사람에게 알려지지 않도록 비밀을 지켜달라고 당부했다. 내가 왜 다른 사람이 빌 게이츠가 될 수 있는 기회를 놓치게 하겠는가. 나는 그의 편지를 천지 사방에 전달했다. 특히 평소 일확천금에 관심이 많은 사람들에게는 꼭 연락해보라는 의미에서 '긴급', '중요'라는 꼬리표를 달았다.

편지가 왔다. 지난번 편지에 대한 답이 늦는 것에 대해 자신은 안타깝다고, 빨리 결단을 내려달라고 하면서 가족에게 안부를 전해달라고도 한다.

이처럼 전 세계 이곳저곳에 내가 한몫 잡아서 평생 호의호식하며 잘 살기를 바라는 사람이 많다. 나에게만 그런지는 알 수 없지만. 어즈버, 인류 공영이 이런 것이런가.

도대체 나에게 왜 이런 편지가 날아드는지 따져보았다. 재작년 여름부터다. 그때 처음 만든 이메일 계정으로 편지가 날아들기 시작했다. 새 이메일 계정을 만든 곳은 프랑스 남부의 마르세유였다. 마르세유는 아프리카에서 온 보트피플, 중동의 원유 관련 사업자들, 지중해를 건너온 화물 운송업자들, 지네딘 지단 같은 프로 스포츠 스타, 나처럼 혼자 무턱대고 아무 데나 기약 없이 돌아다니는 인간들로 복잡했다. 기왕 마르세유까지 왔으니 그 유명한 부야베스나 먹고 가야지 싶었다. 막상 버스를 타고 바닷가 먹자골목에 가니 부야베스를 파는 곳은 눈에 들어오지 않고 중국, 일본, 타이, 인도, 터키, 미국, 스페인, 이탈리아 음식을 파는 음식점만 보였다. 몇 번을 왔다 갔다 하며 고른 끝에 내가 선택한 음식은 세계 어디서나 먹을 수 있는 파스타였다.

파스타를 먹고 난 뒤 반성을 겸해 지중해 바닷가에 붙어 있는 비스트로에서 생맥주와 감자튀김을 주문하고 앉았다. 공짜로 와이파이가 된다 해서 연결했고 이메일에 잔뜩 스팸이 들어와 있는 것에 짜증이 난 데다 시간도 많고 사이버 우주에서나마 새로운 인생을 시작해볼 겸

해서 새 계정을 만들었다. 새 계정으로 맨 먼저 한 일은 인근의 호텔을 예약한 것이었다. 걸어서 갈 수 있는 저렴한 곳이었다.

호텔 접수대의 종업원 세 사람의 피부색이 다 달랐다. 방 안 눈에 잘 띄는 곳에 와이파이 비밀번호가 적혀 있었다. 프랑스의 여행사 사이트에 접속해서 새 이메일 계정으로 회원에 가입했다. 눈부시게 흰 시트에 앉아 파란 하늘과 하얀 구름이 추상적인 풍경을 연출해내는 창밖을 내다보며 다음 행선지를 결정했다. 그곳은 알프스 산맥 아래에 있는 도시 안시<sup>Annecy</sup>였다.

안시는 스위스 제네바에서 35킬로미터 떨어져 있고 15세기에 사보이 공국의 영토가 되었던 적이 있으며 겨울에 눈이 많은 산악 도시다. 내가 그곳에 가려 했던 이유는 하나였다. 때맞춰 북아프리카에서 내습한 고온 기단의 영향으로 날씨가 너무 더운 탓에 알프스 산맥 아래에 가면 좀 시원할까 해서였다.

다음 날 마르세유에서 리옹까지 초고속 열차로 이동했고 리옹에서 안시까지는 버스를 탔다. 언제부터인가 알프스 산맥으로 보이는 산이 나타나서 가슴을 설레게 했다. 안시에 내리자 확실히 서늘하다는 느낌이 들었다. 알프스 산맥의 만년설이 녹아 흘러내린 호수를 끼고 있는 안시는 인형이 사는 도시처럼 작고 아름다웠다. 혼자 돌아다니는 여행객에게 고적하다는 느낌을 줄 만큼 깨끗하고 안전해 보였다.

1인용 호텔 방은 내가 외국에서 묵어본 어떤 호텔 방보다 작았다. 침대와 화장실 사이의 거리는 사람이 겨우 통과할 정도였다. 화장실

문은 사람이 안에 들어 있다면 열리지 않을 것 같았다.

해가 넘어갈 때가 된 듯해서 산책을 하러 밖으로 나섰다. 호텔에서 호수로 가기 위해 길모퉁이를 돌아서는데 자전거를 탄 무리가 번개처럼 휙 지나갔다. 얼핏 보기에도 헬멧과 고글에 복장까지 제대로 차려입은 것 같았다. 그 녀석들, 자전거 제법 탈 줄 아네. 나도 모르게 중얼거렸다. 그날 저녁 텔레비전 뉴스에서 '투르 드 프랑스' 자전거 경주 대회에 참가한 선수들이 안시를 지나갔다는 걸 알게 되었다.

다음 날 호텔 근처의 자전거 가게에서 한국 기준으로 보면 '유사 산악자전거'에 해당하는 중후하고 튼튼한 자전거를 빌렸다. 안시 호수를 한 바퀴 유유히 돌 작정이었다. 출발한 지 얼마 되지 않아 복장을 제대로 차려입은 젊은이들이 나를 가볍게 추월해갔다. 자전거가 좋고 엔진이 좋고 연애하느라 바쁠 테니 그러려니 했다. 4분의 1쯤 가고 있는데 이번에는 나보다 스무 살은 많을 남자들이 휘파람을 불며 지나쳐갔다. 마지막으로 중고생들이 죽어라 페달을 밟고 있는 나를 따라왔다. 금세 추월한 아이들은 자전거에 탄 채로 샌드위치를 먹고 문자메시지를 확인하고 답신을 보내고 음악을 듣고 이성과 사귀고 말다툼하고 헤어지고…… 공부, 취미, 생활을 자전거 위에서 다 했다. 그럼에도 나는 그들을 따라갈 수 없었다. 이게 다 자전거 탓이다. 나는 그렇게 생각했다.

그들도 매일 그렇게 하는 건 아니었을 것이다. 투르 드 프랑스 때문에 엄청난 자극을 받아서였을 것이다. 한 가지 교훈을 얻긴 했다. 어차피 이길 수 없다면 그 상대를 가장 센 사람으로 고르는 게 지고 나서도 덜 창피하다는 것. 호텔에서 줄곧 알프스 산맥 어디에 있는 투르 드 프랑스의 다음 코스를 찾다가, 프랑스어권에 속하는 북아프리카의 어떤 나라에서 보낸 이메일이 도착하는 바람에 제정신을 차렸다. 편지는 "긴급한 용건이 있어서 실례를 무릅쓰고 편지를 보냅니다"라는 문장으로 시작했다. 발신인은 전직 대통령이었다.

# 흑백사진의 선물

내게는 소풍 가서 찍은 빛바랜 흑백사진이 몇 장 있다. 그중에는 초등학교 4학년 봄 소풍 사진도 있다. 고향에서 가장 크고 유명한 절, 청기와가 딱 하나 지붕에 얹혀 있는 남장사 대웅전 계단에 선생님과 친구들 10여 명이 같이 앉아 찍은 사진이다. 나는 검정 고무신을 신고 화사한 봄 햇살 아래 잔뜩 얼굴을 찡그린 채 앉아 있다. 소풍에 따라온 프로 사진사가 찍은 단체 사진이다. 40여 년 전이니 사진기가 귀할 때였고 집에 사진기가 있는 아이라 할지라도 일일이 인화를 해서 친구들에게 나눠주기가 쉽지 않았을 것이다. 사진이 비쌀 때였으니까. 어쨌든 그 사진은 초등학교 시절, 소풍 가서 찍은 유일한 사진이 되고 말았다. 내 생애에서 4학년 때의 봄 소풍만 유일하게 인화되어 있는 셈이다.

고등학교 때의 소풍 사진도 있다. 1학년 때 짝과 함께 교련복을 입고 굵은 테의 안경을 나란히 쓴 채 길가에 서서 찍은 사진이다. 배경은 황막한 느낌의 들판이고 나무 전봇대가 띄엄띄엄 서 있는 것이 서울의 근교이지 싶다. 교련복을 입고 있었던 것은 당시 교육 방침에 따라 남녀 고등학생을 유사시 예비 전력으로 삼으려는 목적에서 교련(학생 군사교육이라고 부연하려니 지금은 상상하기도 힘든 개념 같은데 지금의 학생들이 고생은 그때보다 더 하고 있는 것 같다는 생각이 든다)이 강화되었기 때문이다. 소풍을 '행군'으로 칭하며 전투복 차림에 각반, 탄띠, 수통을 차고 군화까지 신은 채 길을 나서야 했는데 복장 검사가 또한 괴로운 일이었다. 준비가 제대로 갖춰지지 않은 아이들은 소풍, 아니 행군을 오리걸음으로 시작해야 했으니까. 진짜 오리처럼 꽥꽥 소리를 내는 대신 한 무리가 '복장 철저'를 외치면 짝을 맞춘 무리가 '정신 무장'을 구호로 외치긴 했지만. 그때는 웬만큼 잘사는 아이들 집에는 사진기가 있었다. 그 사진은 짝이 가져온 사진기로 찍었으며 며칠 뒤 짝이 매끈한 2차원의 세계로 인화해서 가져온 것으로 기억하고 있다.

내게 있어 정말 신비한 소풍 사진은 네댓 살 때쯤 고향의 동쪽에 있는 절 도림사에서 찍은 것이다. 그 사진은 두 장으로 각각 명함보다 약간 큰 정도다. 사진 뒷면에는 아무런 표시도 없다. 한 장의 사진 속에서 나는 검정 고무신을 신고 허리띠 대신 고무줄을 넣은 바지를 입었으며 바지 속에 티셔츠의 아랫단을 집어넣은 채 내 키만 한 파초 옆에서 있다. 눈망울이 어디를 보고 있는지 모르겠다. 양쪽 허벅지에 딱 붙인 주먹은 사진사가 그렇게 하라고 시킨 듯한데 어색하기만 하다.

또 한 장의 사진은 지금은 돌아가신 큰집 재당숙모, 셋째 할머니, 그리고 어머니가 나란히 장독대처럼 약간 높은 축대 위에 앉아 있고 그 옆에 내가 서 있는 사진이다. 여성들은 깜짝 놀랄 정도로 젊다. 나는 혼자서 찍은 사진과는 달리 어머니의 손에 허리를 내주고 그 여성들에게 '소속'되어 있는 것이 적이 안심되는 듯 미소를 짓고 있다. 두 장의 사진을 볼 때마다 나는 하염없는 상상에 빠져든다.

도림사는 우리 집에서 20리가 넘는 거리에 있었다. 소풍을 갈 만큼 풍광이 특별한 절은 아니었지만 동네 위쪽 호젓한 산 중턱에 있어 조용했다. 내가 알기로 세 여성은 모두 가톨릭 신자였으니 절에 기도를 하러 간 것은 아니다. 내가 가자고 졸랐을 리도 없다. 그리고 도대체 사진은 뭐란 말인가. 당시는 우리 집은 물론이고 온 동네를 통틀어 사진기가 하나도 없을 때였다. 네댓 사람 소풍 가는 데 몇 년 뒤 봄 소풍 때처럼 프로 사진사가 따라왔을 리 없다. 누가 사진을 찍었으며 누가 인화를 해서 나누어주었던 것일까.

세 여성은 엷게 화장을 한 것처럼 미소를 짓고 있다. 화려하지는 않지만 깨끗하고 단정한 옷차림은 나들이를 하려고 나선 것이 분명하다. 그때 그 봄나들이가, 층층시하의 힘든 시집살이와 귀찮은 남정네들로부터 떨어져 나와 그들끼리 보내는 정답고 오붓한 시간이었으리라. 자유를 누리고 있는 여성들은 아름답다. 그때가 그 여성들에게 생애 가장 아름답고 행복한 때 가운데 하나였을지도 모른다.

　기억조차 나지 않는 아득한 내 생의 어느 한때, 나는 소풍을 갔다. 아름답고 정다운 여성들의 손을 번갈아 잡아가며 20리 길을 타박타박 걸어 지상에서 가장 행복한 순간이 기다리고 있는 공간으로 걸어 들어갔다. 그 시간은 내 존재의 일부로 영원히 남아 있다.

　나 역시 어린 누군가에게 그런 순간을 선물하고 싶다. 그건 그들이 당연히 누려야 할 지상의 선물일 것이니. 사진을 함께 남겨준다면 상상의 날개라는 덤도 함께 가질 수 있을 것이다. 쉽게 사라져버릴 디지털카메라의 파일이 아니라, 인화해서 세월과 함께 천천히 빛이 바래 갈 사진으로.

슬프드 다방

내가 태어난 해는 1960년, 한국의 베이비붐 세대(1955~1963년 생)의 중간쯤이다. 성장기 내내 살인적인 경쟁과 줄서기에 시달리며 눈가리개를 한 경주마처럼 앞으로만 일로매진하다가 대학에 입학한 나 또는 우리에게 가장 절실하고 긴급한 선결 과제는 짝을 만나는 것이었다. 천만다행하게도 그것은 이미 '미팅'이라는 이름으로 제도화되어 있었다. 원시 부족의 성인식처럼 엄숙하고 무거운 의미가 깃든 나의 첫 미팅은 입학식 다음 날 오후 갑자기 이루어졌다. 고등학교 동창들끼리 하는 미팅에 결원이 생겨서 대타로 투입되었던 것이다. 첫 미팅이 이루어진 장소가 바로 대학 정문에서 가장 가까운 '독수리다방'이었다.

당시 신촌에서 미팅이 이뤄지는 다방의 대표 선수가 독수리다방이었다. 여기에는 미팅으로 첫사랑을 만날 수 있으리라는 희망을 가진 순진한 부류가 드나들곤 했다. 가벼운 로큰롤에서 경음악을 비롯한 '이지 리스닝' 음악이 흘러나왔고 장소가 넓고 사람이 많아서 남들의 시선을 의식하지 않아도 되었다. 나의 경우 미팅을 할 때 더러 경양식집을 갈 때도 있었으나 첫 미팅을 했다는 상징성, 독수리다방이 가진 지명도 때문에 절대다수의 미팅이 그곳에서 이루어졌다.

미팅과 상관없이 어쩌다 혼자 들르게 되었다가 마음에 들어서 다시 가게 되는 다방도 있었다. 대표적인 곳이 지금은 없어진 '캠퍼스다방'이었다. 내 마음에 들면 내 친구 마음에도 들게 되어 있으므로 결국 친구의 친구의 친구까지 단골로 출입하게 되었다. 주인은 30대 중반의 아름다운 여성이었다. 멀지 않은 이화여대에서 매년 5월 축제 때 뽑는 '미의 여왕May Queen'이었다는 소문이 있었다. 우리의 열렬한 흠모를 아는지 모르는지 그녀는 늘 계산대에 앉아서 뜨개질을 하거나 책을 읽곤 했다. 계산을 할 때나 그녀의 눈을 들게 만들 수 있었다. 당시 하루 용돈이 대략 1,000원이었다. 담뱃값이 300원, 밥값이 300원, 왕복 합쳐 100원 남짓했던 버스비를 빼고 나면 나머지가 찻값이었다.

삐걱거리는 나무 계단을 밟고 올라가면 왼편에는 바람과 햇빛이 들어오고 늘 물 새는 소리가 나는 화장실이 있었고 오른편으로 작은 거울만 한 유리를 단 문이 나왔다. 들어가자마자 작은 디제이 박스가 나왔으나 디제이는 없었고 흘러나오는 음악은 비지스나 나나 무스쿠리처럼 듣기 편하고 조용한 곡들이었다. 리어카에서 파는 한때의 인기 가수들, 가령 조르주 무스타키나 레너드 코헨이며 엔리코 마샤스의 테이프가 돌아가는 경우도 있었다. 남학생은 남학생끼리, 여학생은 여학생끼리 와서 각자 무슨 이야기를 하거나 낙서를 하거나 여주인의 초상을 그리면서 헛되이 시간을 흘려보냈다. 기껏해야 다른 테이블의 이성을 훔쳐보거나 그들의 이야기를 훔쳐 듣는 게 다였다. 그러니 청춘사업의 수확도 없고 다방 역시 곧 망할 것처럼 경쟁력이 없었으나 하루라도 가지 않으면 교양 필수과목 강의를 빼먹은 것 같았다. 그때 끄적거리던 낙서 중 일부는 시가 되었고 그 다방에서 열린 아마추어 시 낭송회에서 읽히기도 했다.

비가 와서 우연히 들어가게 된 지하 다방도 있었다. 클래식 음악다방이었다. 이름이 '징검다리'였던가. 거기서 베토벤의 첼로 소나타를 듣고는 클래식 음악이며 음반, 오디오, 커피 맛에까지 관심을 가지게 되었다. 어느 것도 제대로 알지 못한 채 '술과 장미의 나날' 단계로 넘어가게 되었지만.

2층에 있던 '미네르바'는 격조 있는 클래식 음악과 함께 '신촌에서 가장 오래된 원두커피'를 사이펀 커피로 내놓는 곳이었다. 하루 1,000원의 용돈으로는 감당하기가 부담스러운 곳이어서 아르바이트로 목돈이 생기거나 근처의 직장에 다니는 누나하고나 갈 수 있었다. 복학생과 직장인처럼 보이는 남녀가 소개팅을 하고 있기도 해서 예습을 하는 느낌이 들었다.

미네르바와 징검다리 중간쯤에 있던 '복지다방'은 넓고 싸고 사람 많고 시끌벅적하면서 별다른 부담이 없이 드나들 수 있는 곳의 대표 격이었다. 얼마나 부담이 없었느냐 하면, 축제 때 술에 취해 패싸움을 벌이다가 상대의 주먹에 맞아 이가 부러진 친구를 위해 각서를 쓰고 치료비가 오가고 하는 합의를 보는 데도(단지 내가 법학과에 다닌다는 이유로) 이용할 정도였다. 불붙은 담배로 소파에 구멍을 내는 이들의 악행이 아니더라도 싸구려 비닐 소파는 처음부터 고물이었고 나이가 좀 많은 남자들, '노땅'이나 '노털'로 불리던 사내들이 종일 뭉개는 바람에 가운데가 푹 꺼져 있었다.

다방에서 클래식 음악을 제대로 들으려면 역시 여자대학 앞으로 가야 할 필요가 있었다. 이화여대 정문 곁에 있던 '파리다방'은 미녀들이 많아도 너무 많아서 음악을 듣는 데 심대한 장애로 작용했다. 파리다방 길 건너편 2층에 있던 '미뇽다방'은 '미뇽Mignon'이라는 말뜻 그대로 작고 예뻤다. 골목 안쪽의 '올리브'는 신생 다방으로서 경쟁력을 높이기 위해서인지 당시에는 최고급으로 알려진 오디오 기기를 들여놓았다. 음반도 다른 곳에 없는 것이 많았다. 내가 들어본 음악 가운데 가장 지루하고 어려운 바흐의 〈푸가의 기법〉을 신청해 들은 곳도 그곳이었다. 같이 간 친구가 어떻게 그런 난해한 대곡을 다 아느냐며 깜짝 놀라는 것을 즐기기 위해.

미팅은 1학년 1학기 이후 거의 하지 않았지만 다방 출입은 계속되었다. 친구들과 만나 가장 저렴한 비용으로 편하게 시간을 보낼 수 있는 장소였기 때문이다. 좋아하는 음악을 신청해 듣기도 하고, 난데없이 습격해온 센티멘털리즘을 친구들의 자문을 받아 안전하게 처리하기도 하고, 인류사 전체를 통틀어 예술·사상·역사적으로 의미 있는 인물들의 명단을 대학 노트 뒷장에 작성하고 그것에 대해 몇 시간 동안 격하게 토론한 뒤 재떨이에 불태우기도 했다. 다방은 우리 스스로 배우고 가르치는 강의실이자 영혼의 쉼터였다.

청춘의 어느 순간, 공간은 솔푸드처럼 살아가는 내내 그때 그 시공으로 고개를 돌리게 만든다. 영혼이 무거운 짐을 내려놓던 곳, 내 인생의 한 장면이 만들어지던 신촌의 다방에 대한 추억은 첫사랑에 대한 그리움처럼 대뇌피질에 남아 있다. 내 말에 조용히 동조해줄 여학생, 지금쯤 어디서 누구의 목도리를 뜨개질하고 있을까.

앵두길 500리,
오디를 따라가다

2001년 5월, 거금 12만 원을 주고 자전거를 한 대 샀다. 원래는 말이 필요했는데 그때 막 태동하기 시작한 인터넷 쇼핑몰의 판매 품목에 살아 있는 말은 들어 있지 않았다.

그때 나는 조선 시대 선비가 주인공인 장편소설을 쓰려 하고 있었다. 내게는 외가 쪽으로 12대 할아버지쯤 되고 성이 채씨인 그 선비는 내 외가가 있는 경북 상주시 이안면에서 한양이며 강화, 남한산성까지 여러 번 말을 타고 오간 적이 있었다. 평소 운동을 하지 않던 평범한 선비가 조랑말을 타고 500리 길을 오가는 데 걸리는 시간이 얼마나 되는지를 대충 알아야 했고 그러려면 내가 직접 가보는 게 좋을 것 같았다. 그나마 말과 비슷한 속도로, 말과 비슷하게 생체 근육의 힘으로 길을 오갈 수 있는 가장 현실적인 교통 수단이 자전거였다.

자전거를 배달받고 나서 나는 동네의 자전거점에 가서 만 원을 주고 앞바퀴를 탈착하는 방식으로 바꾸었다. 중도에 길에서 잠을 잘 수밖에 없는데 그때 자전거를 숙소 안에 가지고 들어가려면 바퀴를 뺐다 붙였다 할 수 있는 편이 유리할 것 같았다. 숙박업소 주인한테 멋있게 보일 수도 있고.

1,000원 주고 딸랑이를 달고 1,000원 주고 비닐 비옷을 샀다. 막상 길을 떠나 보니 둘 다 아무짝에도 쓸모가 없었지만 내가 쓸데없는 것까지 치밀하게 생각하고 준비한다는 걸 보여주는 사례로 삼을 만했다. 망설임 끝에 만 원을 더 주고 자전거 뒤쪽에 짐받이를 달았다.

조선 시대의 말에 장군들이 타던 전마, 파발에 이용하던 역마, 선비에서 여종까지 타던 과하마 등 여러 종류가 있었던 것처럼 21세기의 자전거에도 사람들이 흔히 '사이클'이라고 부르는 로드 바이크, 산을 오르내리는 데 긴요한 기어와 충격 흡수 장치를 장착한 산악자전거 MTB, 산악자전거와 모양만 비슷할 뿐 실제로 산을 오르내리기에는 지나치게 무겁고 차체가 강하지 않으며 값이 싼 '유사 산악자전거', 생활 자전거, 아동용 자전거 등 다양한 종류가 있다. 명마와 그렇지 못한 말(경마장에서는 최악의 말을 '똥마'라고 부른다)을 가르는 기준에는 여러 가지가 있지만 말 등에 올라앉아 있는 사람을 보면 대충은 안다. 말에 달려 있는 안장이나 등자, 고삐, 재갈 등등으로도 판단할 수 있다. 혈통 또한 중요하다. 자전거에서 말의 혈통에 해당하는 것은 프레임의 소재, 휠과 구동계 등의 명성과 가격이다. 소재가 비싸고 고급일수록 부품도 비싸지게 마련이다.

당시에도 1,000만 원대의 티타늄 자전거가 나와 있었고 탄소섬유를 사용하는 카본 자전거가 선을 보였으며 가장 많이 쓰던 게 알루미늄합금 소재였다. 동네 아줌마, 아저씨들이 시장에 가거나 약수 뜨러 갈 때 타고 다니던 생활 자전거는 '쇠로 만든 바이크'라 해서 '철바'로 불렸다. 전체 무게는 20킬로그램 가까이 되며 짐받이와 받침이 설치되어 있었다.

예술이 그렇듯 자전거도 실생활의 쓸모와 멀면 멀수록 비싸게 친다. 대부분의 고급 자전거에는 짐받이나 받침이 없다. 타는 데 필요 불가결한 몸체와 부품만 갖춘 자전거를 타는 사람이 전문가처럼, 라이더처럼, 선수처럼, 자기 자신과 고독한 사투를 벌이는 순례자처럼 보인다. 나도 웬만하면 그렇게 보이고 싶었다. 비록 총 14만 2,000원을 들인 유사 산악자전거를 타고 200킬로미터, 500리가 넘는 길을 간다고 해도. 내 자전거 꽁무니에 매단 짐받이는 현실과 이상의 타협을 상징하는 가교架橋처럼 보였다.

천리마를 타기 전에 알아둬야 할 것은 정말로 하루에 1,000리를 갈 수 있는 말은 없다는 것이다. 자전거를 타기 전에 꼭 알아둘 필요는 없지만 자전거는 지구가 자전하듯 저절로 굴러가는 게 아니라 사람이 타고 페달을 밟아야 굴러간다. 자전自轉이 아니라 타전他轉이다. 그걸 체감하는 데는 그리 오랜 시간이 걸리지 않았다. 집을 나서서 기분 좋게 20분쯤을 달린 뒤부터 고갯길이 시작되었으니까.

왜 그런 이름이 붙었는지는 모르지만 '바늘고개'라는 곳에서였다. 정말 바늘로 내 약점 하나하나를 콕콕 찌르며 나를 시험하는 것 같았다. 가늘고 빈약한 근육, 현실을 도외시한 계획, 터무니없이 무거운 짐, 저질의 자전거, 맨날 앉아서 손과 눈만 놀린 덕에 부족해진 폐활량, 중력의 놀림감인 몸무게……. 어떤 난관을 만나든 자전거를 타고 돌파하리라던 다짐은 첫 번째로 만난 고개에서 물거품이 돼버렸다. 고갯마루에 올라서기 직전 나는 페달에서 발을 뗐다. 비포장도로 흙길 옆에 리기다소나무가 심긴 무덤이 있었다. 나는 뱀이 있을지도 모르는 무성한 풀숲에 자전거와 함께 쓰러져 누웠다.

조선 시대 선비라면 이렇게 힘이 들지는 않았으리라. 말馬이 힘들었겠지. 그렇다면 조선 시대의 선비가 겪었을 일을 느껴보려고 자전거로 가고 있는 이 길은 잘못된 게 아닐까. 자전거만 보낼까? 일단 누가 타서 굴러가야 가니 아무것도 모르는 바보 같은 녀석 하나 태워서, 뭔가 굉장히 매력이 있는 순례이자 편력이라고 유혹해서 보내고 나는 결과만 챙길까? 하늘을 올려다보며 숨을 고르고 있자니 꾀가 나기 시작했다. 그러다 숨이 완전히 가라앉자 반성이 찾아왔다.

누가 너보고 가라고 했나? 누가 5만분의 1 축척 지도 하나 믿고 옛날에 파발마나 다녔을 고갯길, 흙길을 자전거 타고 가보라, 그러면 돈벼락을 맞거나 영원히 늙지 않는 축복이 내리거나 성인의 경지에 오르도록 인격이 성숙해지리라고 했던가? 네가 필요하다고 생각해서, 네가 괜스레 바람이 들어서, 누가 스페인 내전에 달려간 헤밍웨이처럼 멋있다고 쳐다봐주기라도 할까 봐서, 직접 몸으로 겪지 않으면 한 문장도 나오지 않을 거라고 본능적으로 지각했기 때문에 떠난 게 아니냐. 인생에 별다른 모험도 없고 남다른 감성도 없이 작가로 나서서 몇 년을 더 버틸 것 같은가. 이젠 이런 식의 고행이라도 자청해서 최대한 효과적으로 한정된 원소, 시간을 에너지로 변환해보려고 나선 길이 아니던가.

한참 만에 자전거를 일으켜 세우고 몸을 얹었다. 그때부터는 내리막길이었다. 길가에 작은 개울이 흐르고 있었고 누군가 개울의 물을 끌어 들여 연못을 만들고 연못 옆에 원두막을 닮은 집을 지어놓았다. 그 누군가는 막 마당에 나와서 화단에 물을 주던 참이었다. 그가 자전거를 타고 굴러 내려와 우당탕퉁탕 소리를 내며 지나가는 나를 보면서 입을 떡 벌린 채 호스의 물이 엉뚱한 데로 흩어지는 것도 모르고 서 있었다. 자전거로 고개를 넘어오는 사람을 처음 본 것 같았다. 기분이 좋았다. 확실히 나는 세속인이었다.

대가 없고 무의미한 노동처럼 느껴지는 기나긴 오르막길을 오르고 또 올랐던 것에 비해 내리막길은 원고료가 빛의 속도로 입금되는 것처럼 아주 짧았지만 오르막길의 고통을 잊게 할 만큼 쾌감이 컸다. 떠나오기를 잘했다. 그런 생각을 하며 바람을 갈랐다. 이윽고 편도 1차선, 왕복 2차선의 아스팔트 포장도로가 나타났다.

자전거는 법, 그러니까 도로교통법으로는 차로 분류된다. 도로 위로 나서면 화물차나 승용차와 매한가지 자격을 갖는다. 자전거에는 차로서의 책임과 권리가 있는 것이다. 원칙적으로 인도로 갈 수 없다. 고장이 나서 끌고 가는 것 같은 특수한 경우를 빼고는 자전거를 타고 인도를 주행하는 것은 불법이다.

내가 만난 왕복 2차선 지방도에는 인도가 없었다. 갓길이라고 하는 게 형식적으로 있기는 했지만 제대로 포장되어 있지 않아서 울퉁불퉁한 데다 돌과 쓰레기 천지였고 그걸 피하려다가는 길 바깥의 논밭이나 도랑으로 나가떨어질 듯 아슬아슬했다. 선택의 여지가 없이 차도로 통행할 수밖에 없었다. 그러자 곧바로 고막이 터질 듯한 경적이 날아왔다. 통역을 하자면 '싸구려 고물 자전거 따위가 얻다 대고 감히 우리 어르신들이 다니는 신성한 도로 위로 올라온 거냐'는 것이었다. 공룡 같은 덤프트럭이 옆으로 바싹 다가와 바깥으로 밀어버릴 듯이 거대한 몸체를 움칫거렸다. 지나가는 차가 별로 없고 자전거가 통행에 방해가 되지 않는데도 그랬다. 차선을 많이 차지하는 트럭, 버스는 물론이고 승합차, 승용차도 관용이 없기는 마찬가지였다. 그때마다 나는 그들에게 경의를 표하기 위해 자전거에서 내려야 했다. 먼 산을 바라보며 서서 그들이 각자 시원해질 때까지 욕을 퍼부으며 지나가기를 기다렸다. 다시 후회가 시작됐다.

문제는 그뿐만이 아니었다. 차들이 뿜는 매연이 지독했다. 먼지는 내가 겪었던 가장 지독한 황사의 다섯 배쯤 되었다. 버프나 마스크로는 턱도 없었고 방독면이라도 써야 할 것 같았다. 차창 밖으로 불붙은 담배꽁초며 휴지를 버리는 것이 예사였고 방망이 수류탄 같은 병까지 굴러다녔다. 유리 조각이 도로 바닥에 깔려 있는 경우도 많았다. 그때마다 자전거에서 내려 쓰레기를 차창 밖으로 집어 던진 사람의 공중도덕 수준에 대해 경의를 표해야 했다. 그런 식으로 타다 섰다 걷다 하면서 두 시간 넘게 20~30킬로미터를 나아갔다. 바늘고개와는 비교가 안 될 만치 거대한 똬리처럼 생긴 고갯길이 나타날 때까지.

그 고갯길의 정상은 성이었다. 돈키호테가 비루먹은 말 로시난테를 타고 편력의 길을 떠나서 처음 만났던 여관 같은 게 아니라 진짜배기 성, 임진왜란 때 권율 장군이 진을 치고 전쟁을 벌였다는 산성이었다. 이름 하여 독산성禿山城. 독산은 흔히 '대머리 산'이나 '민둥산'으로 번역하지만 돌이나 바위가 많은 돌산을 한자로 소리 나는 대로 옮기다 보니 그렇게 되는 경우도 있다. 요점은 그게 바위산이라는 것이다.

결론부터 말하자면 그건 그리 험한 길이라고 할 수는 없었다. 잘 포장된 지방도였고 올라가는 데 무지막지하게 힘이 들지도 않았다. 실제로 해발 200미터를 좀 넘는 높이에 있는 성까지 간 게 아니라 우회해서 오산 방면으로 빠져나갔다. 그렇지만 이미 내 의지는 무참하게 꺾인 상태였다.

권율 장군이 왜장 가토 기요마사를 속이기 위해 산성 위에서 흰 쌀로 말을 목욕시킴으로써(성안에 물이 넘쳐나는 것처럼 보이기 위해) '세마대洗馬臺'라는 이름을 얻은 장소가 바라다보이는 가게 앞 파라솔 아래에 주저앉았다. 가게에서 산 생수를 단번에 반쯤 들이켜고 나머지는 머리에 부었다. 온몸이 땀과 먼지로 뒤덮였고 팔과 다리는 햇볕에 타서 화끈거렸으며 헬멧에 눌린 머리카락은 찐득거렸다. 다리가 부들부들 떨렸다. 어찌 갈 거나, 바람 부는데. 그 와중에 노래가 나왔다. 어찌 갈 거나, 길은 먼데. 불비 내리는 모래바람 속, 내 집에 어찌 갈 거나. 이럴 때 조선의 채 선비라면 어떻게 했을까. 못 간다. 쉬는 거다. 다시 가고 싶은 마음이 생길 때까지. 그렇게 길바닥에 퍼질러 앉은 채로 멍하니 있었다. 나도 자전거도.

10여 분이 지났다. 몸 상태는 좀 나아졌지만 여전히 아무런 의욕도 생기지 않았다. 6월 초라고 해도 햇빛의 뜨거움과 밝기는 한여름이나 매한가지였다. 동네 골목길을 따라 죽 늘어선 벚나무들이 위로처럼 얕은 그늘을 만들어주고 있을 뿐이었다. 어느 순간 내 눈에 가게 앞에 서 있는 떨기나무가 보였다. 내 키만 한 나뭇가지 사이에 빨간 열매가 조롱조롱 매달려 있었다. 보는 순간 이름이 떠올랐다. 앵두였다.

어릴 적 고향에서 성장기를 보낼 때 나는 앵두를 먹어본 적이 없었다. 우리 집은 물론이고 동네에도 앵두나무가 없었기 때문이다. 앵두는 살구나 자두처럼 흔해빠진 과일에 비해서도 더 낮게 쳤다. "앵두나무 우물가에 동네 처녀 바람났네"라는 노래처럼 앵두는 모양이나 빛깔이 경박하고 유치하다는 느낌을 주었다. 동네 어른들이 그래서 안 심은 건 아닐 것이다. 그냥 관심이 없어서, 있으나 마나 한 것이어서 심지 않았을 것이다.

그 앵두가 지칠 대로 지친 내 눈앞에 있었다. 나도 모르게 일어서서 앵두를 손에 쥐었다. 앵두는 잘 익어서 손바닥에 굴러떨어지다시피 했다. 몇 개를 입에 넣었다. 새콤했다. 달콤했다. 이러다 동네 처녀처럼 바람나지 싶게 사랑스러웠다. 오, 세상에 이런 맛이 있었다니. 나는 닥치는 대로 앵두를 따서 입에 집어넣었다. 그러다 눈을 들어보니 가게 주인이 파리채를 들고 막 가게를 나서는 참이었다. 앵두나무의 주인인 듯했다. 자전거를 잽싸게 일으켜서 타고 달렸다. 갑자기 웃음이 터졌다. 어린 시절 수박 서리를 하다가 들켜서 도망갈 때처럼 짜릿했다. 그 바람에 10리를 순식간에 갈 수 있었다. 다음 10리도, 그다음 10리도 수월했다. 지쳤다 싶을 때마다 앵두가 나타났다. 동네 우물가에, 후미진 길 끝에, 수줍지는 않고 약간은 되바라진 유혹으로. 먹지 않을 수 없었다. 그리고 주인이 쫓아오기 전에 내달렸다. 또 먹고 또 달렸다.

앵두나무에 알알이 달린 작은 보석 같은 열매를 입에 넣으면 세포 일부가 잠에서 깨는 듯했다. 마치 교대할 때가 되었다는 듯이 지친 세포들은 쉬기 시작하고 새로 깨어난 세포들은 힘차게 페달을 밟았다.

중부내륙고속도로가 개통하기 직전이어서 토목공사는 거의 끝나 있었다. 표지판을 달거나 바닥에 칠을 하고 있는 인부들이 띄엄띄엄 보일 뿐 깨끗이 포장된 왕복 4차선 도로는 비어 있었다. 전인미답의 새 도로 위에 자전거를 올려놓은 나는 환호를 지르며 내달렸다. 그렇게 상태가 좋고 안전하고 깨끗한 도로를 달려본 적은 그 전에도 그 후

에도 없었다. 앵두가 아니었다면 갈 수 없었을 것이다. 처녀지 같은 도로 덕분에 그다지 힘들이지 않고 하루에 100킬로미터 이상을 주파할 수 있었다.

출발하고 나서 이틀째 되는 날 오후, 나는 채 선비의 고향이자 내 외가 동네 앞을 흐르는 이안천 다리 위에 섰다. 조립되자마자 며칠 만에 500리 길을 내달린 자전거는 이미 관록이 붙은 라이더의 애마처럼 늠름하게 내 옆에 서 있었다. 그렇게 잘난 모습은 아니었으나 나름대로 봐줄 만했다. 지나가던 트럭이 경적을 울렸다. 뜻밖에도 고향에서 농사를 짓는 외사촌 형이었다.

"너 자전거 타고 서울서 여기까지 온 거냐?"

나는 고개를 뻣뻣하게 든 채 그렇다고 대답했다.

"나도 20대 때 서울에서 부산까지 자전거 타고 간 적이 있었지. 그땐 동해안으로 갔는데 영덕쯤 갔을 때 자전거가 고장이 나는 바람에 결국 부산까지는 다 못 갔더랬다."

외사촌 형은 대수롭지 않은 이야기를 하듯 그렇게 말하더니 나더러 자전거를 트럭에 실으라고 했다. 함께 트럭을 타고 가면서 형은 무슨 바람이 불어서 젊지도 않은 나이에 자전거를 타고 왔느냐고 물었다.

"바람이 든 건 아니고요. 포기할 뻔했는데 앵두 덕분에 겨우 오게 됐어요. 앵두 따 먹으면서요."

나는 그 길을 나름대로 '앵두길'이라고 이름 붙였다. 나 말고는 아무도 몰랐지만. 중부내륙고속도로가 개통되면서 자전거를 타고 그 길을 가는 것 자체가 불가능해졌지만. 제주도의 올레길을 비롯해서 전국에 수많은 무슨 무슨 길이 생기기 전 일이다.

그로부터 10여 년 뒤, 나는 다시 자전거를 타고 고향까지 가게 되었다. 이번에는 앵두길 편력 이후 깨달은 바가 있어서 꽤 거금을 들여 산 진짜배기 산악자전거를 타고서였다. 두 사람의 동행이 있었다. 한 사람은 내가 앵두길에서 탔던 것과 비슷한 유사 산악자전거를 탄 친구, 또 하나는 나 때문에 자전거 바람이 복어처럼 빵빵하게 든 후배였다. 우리가 자전거를 타고 갈 길에는 이미 이름이 붙어 있었다. '국토 종주 사대강 자전거 길'이라는 거창하고 인위적이고 억지스러운 이름이.

세금을 퍼부어 만들었지만 싸구려 공산품처럼 느껴지는 미끈한 길이었다. 편하긴 했지만 재미가 없었다. 가는 내내 내가 10여 년 전에 갔던 앵두길에 대해 자랑을 해댔다. 그 길이 얼마나 모험과 흥분으로 가득했는지, 환상과 아름다움과 희로애락이 꿀처럼 길마다 떨어져 있었는지에 대해. 반면 우리가 편하게 가고 있는 이 길이 얼마나 멋대가리 없는지에 대해서도 이야기했다. 피트니스센터에서 자전거를 타는 기분이라고.

충주를 지나면서 한강변을 따라가던 길은 끝이 나고 국도와 지방도 옆으로 자전거 길이 놓여 있었다. 그 길은 예전에 선비들이 괴나리봇짐을 지고 과거 시험을 보러 오가던 길을 넓히고 펴고 포장한 것이라서 마을과 농촌, 도시 곁을 지나갔다. 그런데 그 길에서마저 앵두가 보이지 않았다. 그사이에 앵두나무를 다 뽑아버리기라도 한 것 같았다.

일행은 내가 이야기한 앵두길이 과연 있기나 했는지 의심하기 시작했다. 있었다고, 있었노라고 큰소리를 쳤지만 점점 초조해졌다.

수안보를 좀 지나서 길은 마을을 옆에 끼고 들판을 지나갔다. 논밭 근처에 앵두를 심을 리는 없다. 별 기대 없이 지나가고 있는데 길에 무슨 열매들이 새카맣게 떨어져 있는 게 보였다. 오디였다. 농촌에서 더 이상 누에를 치지 않아 야생 상태로 살아가고 있는 뽕나무들마다 새까만 오디를 잔뜩 매달고 서 있었다. 농촌에 아이들이 별로 없고 그나마 공장에서 생산된 과자에 익숙해져 오디는 거들떠보지도 않는 것 같았다. 나는 자전거를 멈추었다. 홀린 듯 오디를 따서 먹었다. 달콤했다. 과자의 인공적인 맛과는 다른 천연의 맛이었다. 일행이 모두 멈추어 뽕나무에 달라붙었다. 오디를 몇 주먹씩 따서 입에 넣었다. 입가에 오디 물이 까맣게 들어서 열 살짜리 개구쟁이로 돌아간 것처럼 보였다. 서로를 손가락질하며 웃기 시작했다.

그 뒤부터 뽕나무 아래서는 자전거가 저절로 멈추었다. 기생 천관을 찾아간 김유신 장군의 말처럼. 한강과 낙동강을 따라 억지로 토목공사를 벌여서 만든 길이 아닌, 자연스럽게 마을과 들길을 따라 낸 자전거 길에는 뽕나무가 꼭 있었다. 오디는 한 시간에 몇 킬로미터, 하루에 얼마를 주파하느냐를 가지고 속도전을 벌이던 우리에게 길은 그렇게 가는 게 아니라는 가르침을 주었다. 기록을 세운다고 상을 받는 것도 아니고 목표를 달성해서 어디에 쓸 것도 아님을, 과정이 무엇보다 중요하고 즐거운 것임을 깨닫게 했다.

고향에 도착해 강변에 있는 모텔에 들어가자 주인이 물었다.

"출발해서 얼마 만에 여기까지 오신 거예요? 내일 해운대까지 가실 거죠?"

여기까지 오는 데만 이틀이 걸렸다. 부산은 안 가고 바로 여기가 종착점이라고 하자 그는 의아해했다.

"사대강 자전거 길 생기고 나서 여고생부터 70대 할아버지들까지 서울 — 부산 간을 자전거로 1박 2일이면 주파해요. 하루 열몇 시간씩 자전거를 타죠. 첫날 새벽에 서울서 출발해서 중간쯤에 있는 우리 여관에 와서 하루 자고 다음 날 저녁에 해운대에 도착하는 거죠. 다시 새벽 일찍 출발해서 어두워지기 전까지 밟아대요."

길은 만드는 사람의 성격을 반영하고 사람은 자신이 간 길을 닮는다. 나는 두 번째로 자전거를 타고 간 그 길의 이름을 '오디길'이라고 붙이지 않았다. 오로지 시간, 목표와 싸우느라 지친 우리를 위로해주던 초여름의 오디, 산골 소년의 눈망울처럼 검은 오디를 기억할 뿐이다.

# 길이 끝나는 곳에서 길은 시작된다

그해 겨울, 제주에는 왜 그렇게 많은 눈이 내렸는지. 길을 떠나온 걸 후회할 정도였다. 스물일곱 번째로 맞은 겨울이었고 대학을 졸업하고 처음 맞은 겨울, 첫 직장을 그만두고 떠돌기 시작하면서 맞은 겨울이었다. 나도 바보는 아니어서 단신으로 부요富饒도 사랑도 명예도 기약도 없이 추운 지방으로 갈 생각은 하지 않았다. 남쪽 나라 제주에서는 한겨울에 노숙을 하더라도 눈이 아니라 비를 맞을 것이라는 기대를 하고 갔던 것이다.

생애 처음 탄 비행기에서 내린 뒤 공항 앞의 야자수를 보면서 내 예상과 기대가 맞았다며 스스로를 기특해했다. 공항에서 가장 가까운 제주 시내, 값도 싸고 장기간 있을 만한 방을 찾아 나섰다.

이것저것 가릴 처지는 아니라, 그저 얼마 되지 않는 돈에 맞는다면 예루살렘의 외양간 같은 곳이라도 좋았다. 그런데 제주도의 풍습에 신구간新舊間(한 해의 인간사를 관장하는 신인 세관이 교대를 위해 지상에서 자리를 비우는 기간으로 대한 5일 후에서 입춘 3일 전의 약 일주일이며 이 시기에는 이사와 집수리처럼 평소에 금기시했던 일을 해도 된다)이 있는 게 문제였다. 연중 이사하는 기간에만 이사를 해야 한다는 관습은 지켜져야만 한다. 제주도에서 처음 방을 구하는 사람이라도 예외는 없었다.

물론 신구간을 따지지 않는 도심의 호텔이나 서울 부자들의 별장으로 가면 되겠으나 내게는 돈도 없고 아버지가 제주도에 별장을 가진 친구도 없었다. 그래도 혹시 불쌍한 청춘의 낯을 보아 방 하나 주려는 집이 없을까 싶어서 제주 특유의 강풍이 휘몰아치는 외곽의 마을을 다녀보았다. 그로부터 20여 년 뒤 엄청나게 유명해진 올레길을 걷고 또 헤매면서, 이렇게 많은 집과 방이 있는데 내 몸 하나 누일 곳이 없나 싶어 울고 싶은 심정이었다. 쉼 없이 불어오는 매정한 바람은 블리자드처럼 체감온도를 남극 수준으로 떨어뜨렸다. 돌담과 골목이 바람을 완화시켜준다고는 해도 뼛속까지 파고드는 시름을 어찌할 길 없었다.

결국 나는 제주대학교가 있는 산천단 아래의 하숙집에 찾아들었다. 겨울방학 때라 하숙집에 있던 학생 대부분이 집으로 돌아가서 빈방이 남아났고 신구간 같은 풍습을 따지지 않아서였다. 또한 하숙이라 잠자리뿐만 아니라 식사도 '원스톱'으로 해결할 수 있었다. 물론 하숙비에는 식대가 반영되어 내가 직접 끼니를 해결하는 것에 비해 약간이라도 더 비쌌다. 애초에 나는 내가 가진 문제가 풀릴 때까지 제주에 있기로 계획했으나 거기에는 식사를 자체적으로 해결한다는 전제가 있었다. 어떻게? 코펠과 버너, 쌀과 고추장이 내가 준비한 해결책의 전부였다. 그렇지만 하숙집에서는 그걸 써먹어볼 일이 없을 것 같았다. 하숙집에 들어온 이상 여기서 내가 가진 문제를 두 달 안에 해결하든지, 아니면 다른 방법을 찾아보든지 해야 했다.

큰 소나무가 두 그루 서 있는 마당에서 가장 가까운 방, 그러니까 주인집에서 가장 먼 곳에 있는 방에 들어갔다. 하숙집은 기숙사 식으로 가로로 길게 지어져 있었고 방이 열 개쯤 되었다. '낭하'라고 하면 너무 고상한 표현이고 슬레이트 지붕이 씌워져 있는 복도를 사이에 두고 주인집이 있었다. 주인집에는 큰방과 작은방, 부엌과 식당이 있어서 평소에는 식당에서 하숙생들이 식사를 하도록 되어 있었다. 싫든 좋든 매일 두세 번은 주인의 얼굴을 볼 수밖에 없었다. 문제는 주인이 쉽게 좋아할 수 없는 사람이라는 데 있었다.

주인 남자는 50대 초반, 여주인은 40대 중반이었다. 남자는 제주도 토박이였고 여자는 제주도 표현으로는 '육지', 곧 외지에서 온 사람이었다. 하숙집 음식이라는 게 주인이 타고난 요리 솜씨를 발휘할 만한 종류의 음식도 아니고 무슨 깊은 손맛을 바란 것도 아니지만 해도 너무하다 싶을 정도였다. 김장을 하지 않았다고 했다. 하숙생이 다 나가고 없는데 뭐하러 김장을 하겠느냐, 제주도는 날씨가 푹해서 김치가 빨리 쉰다고도 했다. 김치 대용으로는 겉절이가 나오다 말다 했는데 그나마 너무나 성의가 없었다. 재료가 제주에서 겨울에도 자라는 평지(유채) 종류였다. 평지라서 나쁘다는 게 아니다(가까운 곳에서 나온 재료를 가지고 요리를 하는 게 나 역시 좋다). 잘 손질을 하지 않아서 상한 부분이 그대로 나왔고 무치면서 손에 힘을 주어 양념을 고루 섞은 게 아니어서 고춧가루, 소금, 심지어 화학조미료의 알갱이까지 떡이 져 있었다. 그 외의 반찬은 전부(그래 봐야 두세 가지지만) 인스턴트식품, 혹은 시장에서 팔고 있는 싸구려 염장 식품이었다. 하숙생이라고는 나 하나밖에 없으니 자기들이 먹는 대로 같이 먹자는데 싫다고 할 수도 없었고 그들이 나보다 얼마나 잘 먹는지 확인해볼 도리도 없었다.

나는 매일 밖으로 나갔다. 그 일 외에는 할 일이 없었다. 길을 따라가다가 돌담을 넘어서 검은 숲 속을 헤맸다. 주인 모를 묘가 야트막한 돌담으로 둘러싸인 곳을 만나기도 했다. 찔레의 날카로운 가시에 얼굴을 찢기고도 모른 채 숨이 턱에 닿도록 이름 모를 오름을 걸어서 올랐다. 내가 도달한 곳은 대개 이름 모를 장소였다. 이름이 없는 골목이나 담과 담 사이의 공간이었다. 대체로 고요함이 고여 있는, 인적이 없는 무인지경이었다. 지치지도 않고 하루도 빠짐없이 길을 걸었다. 저녁이면 잠자리와 밥이 있는 하숙집으로 돌아와야 했다.

나는 그때 일생분의 걷기 여행을 경험했다고 여겼다. 다시는 혼자 걷지 않아도 되리라고, 혼자 걷는 일은 더 이상 없으리라고 생각했다. 고독한 방랑자에게 길은 속살을 열어 보여주었다. 집들은 덤덤하게 생활의 연기를 뿜어냈다. 그렇게 한 달을 걸어 다녔다. 제주도에서 가장 높은 오름, 한라산 정상에도 올랐다.

아득히 뻗은 눈길 위를 걷고 또 걷는 동안 머릿속에서 구름과 안개가 개었다. 열이 나고 땀이 났다. 그렇지, 이게 삶이라는 것이다. 아니, 이것이 삶이다. 앞뒤로 췌언이 왜 필요할까. 단 한 마디로 요약할 수 있다. '삶'이라고. 나는 내 문제가 풀린 것을 깨달았다. 앞으로 내게 다가올 삶이 이와 같을 것임을, 마주치는 존재들이 몸소 보여주었다. 삶 속에는 지옥도 극락도 있으리라. 비참함과 고상함은 인간 얼굴의 다른 표정일 뿐이다.

떠나는 날, 나는 하숙집에서 나와 평소처럼 걸었다. 평소와 다른 점은 등에 배낭을 지고 있다는 것뿐이었다. 늘 그랬듯 땀이 가볍게 이마에 맺힐 무렵 뒤를 돌아보았다. 납작한 하숙집은 나무에 가려 보이지 않았다. 나는 이미 아득히 멀어진 하숙집을 향해 손을 모은 채 잠시 서 있었다.

절그럭절그럭, 바퀴에서 체인 소리를 내며 버스가 다가왔다. 나는 버스를 향해 손을 들었다. 길이 끝나면 다른 길이 또 있으리라. 거기엔 내 진짜 삶이 있겠지. 누가 대신 살아주는 것도 아니고 가르쳐주는 것도 아닌 삶. 버스에는 운전기사 외에는 아무도 없었다.

# 천지가 물감을 푸는 강진

강진이다. 식당을 찾아 도심 뒷골목에 들어선다. 야트막한 산 아래 아파트촌이 바라다보인다. 바로 앞은 기와집과 단독주택, 연립주택과 주차장, 뜰과 밭이 뒤섞인 골목이다. 하늘과 땅 사이 공중에 연무가 약간 끼어 있다.

이름난 한정식 전문 식당에 들어섰다. 간판이 새로 바뀌었나 했더니 내부마저 새집 같다. 새로 지었다기보다는 옛집을 대폭 수리한 듯싶다. 마침 빈방이 있다. 앉는다. 금방 정식 한 상이 차려져 나온다. 반찬이 너무 많다. 계속 들어온다. 상이 비좁다. 이걸 어떻게 다 먹나 싶어 일행과 얼굴을 마주 보다가 옆방 손님의 언행을 참고하기로 했다. 귀를 기울이자 10여 명의 손님이 두 시간 넘게 식사 중이라는 걸 알겠다. 그렇게 해보려고 했지만 턱도 없다. 한 시간도 지나지 않아 무릎이 아프고 좀이 쑤신다. 할 수 없다. 밖으로 나온다.

한길에는 햇빛이 화사하다. 햇빛은 갖가지 빛깔을 살려놓는다. 존재마다 고유한 색을, 아주 제대로 약이 오른 색을 내고 있다. 길거리 어느 집 담장 아래 철쭉이 반갑다. 철쭉꽃은 연분홍과 자주색에 깨알처럼 점점이 박힌 검은색을 보석처럼 내장하고 있다. 철쭉의 한자 이름은 척촉 躑躅. 두 글자 다 머뭇거린다는 뜻인데 앞의 척은 뛰다가 멈칫하는 모양, 뒤의 촉은 걸어가다가 머뭇거리는 형상이다. 척촉, 척촉 하다가 철쭉이 되었을 것이다. 왜 철쭉은 머뭇머뭇했을까. 문제는 철쭉이 아니라 사람이다. 철쭉 앞을 토끼처럼 뛰어서 혹은 호랑이처럼 걸어서 지나가다 발길이 멈추었던 것이다. 철쭉이 색을 쓰고 있는 게 너무나 아름다워서!

'색을 쓴다'는 말은 통속적인 의미를 포함하여 다른 존재가 그 앞에서 걸음을 멈추고 머뭇머뭇하게 할 정도로 '제 존재를 한껏 피워낸다'는 뜻이다. 도처에 한껏 색색의 절창이 피어나고 있다.

철쭉 곁에서는 라일락이 가냘픈 가지를 뽑아 올리고 있다. 강렬한 향기가 바람에 날리며 내 코의 점막을 습격한다. '오렌지 향기는 바람에 날리고'라는 노래가 있다. 피에트로 마스카니의 오페라 〈카발레리아 루스티카나〉에 나오는 아리아다. 그렇지만 사람들이 바람에 날리는 꽃향기를 생각할 때 오렌지보다 라일락을 먼저 떠올리는 것은 우리 주변에 라일락이 훨씬 더 많고 라일락 특유의 정향丁香이 너무나 고혹적이어서 그럴 것이다. 라일락은 보라색을 쓰고 있다.

택시를 탄다. 내일 차분히, 그렇지, 뛰지 말고 느긋이 걷듯이 강진을 돌아보리라 생각한다. 그 생각을 택시 기사에게 말하니 하루나 이틀밖에 시간이 없다면 자신이 택시로 어디든 데려다주겠노라고 한다. 우리 사이에 약속이 성립되면 일찌감치 집에 들어갔다가 아침 일찍 나오겠다고도 한다. 그의 말투에는 진한 젓갈 같은 강진 특유의 사투리가 배어 있다.

택시에서 내리자 눈앞에 다산수련원이 들어온다. 유배를 온 불우한 몸이었으되 평탄한 환로를 걸었더라면 꿈도 꾸지 못할 학문, 저작을 완성하고 후학을 양성하여 강진의 아이콘이 된 다산 정약용을 기려 지은 연수 시설이다. 수련원 앞뜰은 새로 만들어진 듯한 명언림名言林이 차지하고 있다. 말씀의 숲이다. 내 눈에 들어오는 문장은 이런 것들이다. "재물을 숨겨두는 방법으로 남에게 베풀어주는 것만 한 것이 없다." 맞는 말씀. 또 하나 더. "학생들은 울퉁불퉁한 길이나 돌길을 가지 마라." 말씀의 색이다.

숙소는 대학생 태권도 선수들로 떠들썩하다. 젊음이 색을 쓰고 있다. 강진은 겨울에도 온난한 날씨로 겨울 스포츠의 메카가 된 지 오래다. 겨울에 축구, 럭비, 자전거 등 다른 지역에서는 열 수 없는 경기를 강진에서 개최해왔고 전지훈련을 하기 위해 전국 각지에서 밀려온다.

3층 방에 여장을 풀고 창문을 여니 저녁 어스름이 천천히 밀려들고 있다. 어스름, 어둠과 밝음의 중간 빛이 발목을 지나 무릎까지 차오르는 느낌에 스르르 졸음이 밀려든다. 정신없이 잠이 들었다. 꿈조차 꾸지 않고 잔 듯싶은데 어느새 새벽이다. 다시 창밖을 바라보자 여명의 빛이 연출하는 연극 무대가 펼쳐져 있다. 하늘이 7할인 광활한 천지에 옅은 색깔의 비단 띠 같은 안개가 공중에 걸렸다. 안개 뒤로는 산이, 산의 왼쪽에는 바다가 펼쳐져 있다. 바다는 강진만일 것이다. 산의 오른쪽에는 물론 산이 있다. 그런데 산의 앞쪽, 바다에 가까운 호수가 있고 그 호수에도 산이 들어 있다. 호수가 산을 그리고 있다. 산 그림자가 호수에 비친 것이지만 그건 세상에 다시 없을 풍경처럼 보인다.

아니, 비슷한 풍경을 많이 보았다. 라오스의 방비엥에서, 사냥터에서, 어린 시절 고향의 논과 웅덩이에서도 보았다. 미국 워싱턴 주의 레이니어 산 아래 산 그림자를 늘 담아두고 있는 호수는 이름 자체가 그림자 호수Shadow Lake이기도 하다. 새벽에 보는 다산수련원의 호수 속 산 그림자 역시 세상에 다시 없을 것이다. 마침 이 순간에 호수를 바라보고 있는 내가 세상에 둘이 아니듯, 우주에서 이 만남의 순간이 둘이 아니듯.

7시가 채 되기도 전에 방을 나섰다. 다산수련원 뒤로 소나무를 심어놓은 뜰이 있다. 소나무들은 아직 뿌리를 제대로 내리지 못한 듯 줄기가 갈색이다. 대목으로 받쳐놓고 끈으로 묶어두긴 했지만 나무 사이의 간격이 지나치게 밭아 보인다. 소나무는 식물이니 한 자리에 살면 움직일 수 없다고 우리는 생각한다. 그렇지만 이 소나무들은 어디에선가 옮겨 온 것들이다. 자의로 온 건 아니지만 어쨌든 움직여 왔다. 그뿐인가. 나무는 원래 늘 움직이는 법이다. 중력을 거슬러 수액을 끌어 올리고 바람에 가지가 흔들리고 눈에 가지가 휘고 태풍에 꺾이기까지 한다. 씨에서 싹이 트고 가지가 길어지고 봄이 되면 나뭇잎이 움을 틔운다. 피톤치드를 뿜고 꽃이 피고 꽃가루가 노랗게 색을 쓰며 사방을 물들인다. 이 모든 것이 움직인다는 증거이니 나무를 동물이라고 해도 되지 않을까. 이렇게 움직이는 나무와 나무 사이를 지나치게 좁게 하면 나무끼리 부딪치고 해치고 싸움을 하게 된다.

꽃이 몇몇 매달려 있는 동백나무도 대목으로 받쳐진 채 서 있다. 동백꽃은 붉다. 벗들을 먼저 떠나보내고 남아 있는 잔당, 빛이 바랜 동백꽃은 처연하다. 동백꽃이 뚝뚝 떨어져 있는 길을 언젠가, 누군가는 찬탄하며 걸었을 것이다.

그런저런 생각으로 걷다 보니 어느새 야트막한 언덕이 나오고 산과 산 사이로 길이 나 있는 곳에 접어든다. 다산을 기리는 모임에서 정돈한 듯한 야생 차밭이 보이고 수십 년생 소나무, 아까시나무가 황토 사이로 굵은 뿌리를 드러낸 채 서 있다. 뿌리가 드러난 나무를 보면 헐벗은 채 살던 어린 시절이 떠오르는 것은 왜일까. 여름에는 좀 사는 집 아이들까지 윗도리를 벗고 다녔고 심지어 여남은 살까지 홀딱 벗고 다니던 마을 친구의 동생도 있었다. 추위가 오면 방한에는 별 도움이 되지 않는 홑바지를 입고 바지에 난 작은 주머니에 얼어 터진 작은 손을 집어넣은 채 벌벌 떨며 서 있던 어린 시절, 헐벗음 그 자체가 어린 시절이었는지도 모른다. 하지만 키가 작은 야생 차나무의 잎은 진초록으로 푸르다. 솔잎 역시 강건한 푸른색을 쓰고 있다. 참나무의 신록은 광채처럼 찬연하다. 그늘 속에서 자체적으로 발광發光을 하는 것 같다.

다산초당으로 가는 길은 돌과 뿌리가 많은 산길이다. '뿌리의 길'이라고 누군가 명명했다고 한다. 명명, 그건 말과 문자를 사용하는 인간의 본성에서 나오는 행위일지도 모른다. 사람들이 바위와 나무에 이름을 새기고 싶어 하듯. 하지만 하나의 명명은 다른 사람의 자연스럽고 자유스러운 상상과 생각을 방해할 수 있다. 가는 길에 바람이 불었다. '바람의 길'이면 왜 안 되는가. 가는 중에 아들이 "아, 꿩이다"라고 외쳤다. '아, 꿩이다 숲'은 왜 안 되겠는가.

다산초당에 올라서는 길은 아직 어둑어둑하다. 대나무는 회청색을 쓰고 울울하게 서 있다. 대나무 밑에서 자란 차나무 잎으로 만든 차를 죽로竹露라 한다는 말을 오래전에 들은 것 같다. 상표가 되었을지도 모른다. 그 역시 명명이다. 초당 앞에 서 있는 나무줄기에 누가 자신의 이름 두문자를 칼로 깊게 새겨놓았다. 그러고 싶은 마음을 이해는 하겠다. 참지 못하는 아이 같은 그 마음도 이해하겠다. 다만 어른이 된 뒤 다시 와서 자신이 어떤 짓을 했는지 보라고 말해주고 싶다.

초당 마루에 젊은 부부가 네 아이를 데리고 앉아 있다. 두 아이씩 서로 닮았다. 젊은 아낙이 다조茶竈에 앉아 참외를 깎는다. "거기가 찻물 끓였던 자리래요." 일행이 설명하니 아낙은 미소 짓는다. 나는 연지석가산蓮池石假山에 놓인 대나무 수로에 마음이 쏠린다. 대나무를 쪼개 물을 끌어 들인 그 마음에 마음이 닿는다. 약천에서 물을 한 모금 마시고 동암을 지난다. 추사가 '보물이었던 정다산의 산방'이라는 의미로 쓴 '보정산방寶丁山房'이라는 글씨가 걸려 있다. '다산의 동쪽 암자'라는 의미로 다산이 직접 쓴 '다산동암茶山東菴'의 현판이 나란히 있다. 한 사람은 서예로 일대 경지를 이루었고 대학자인 한 사람의 취향은 고졸, 담백하다.

천일각에 오른다. 강진만이 보이고 그 너머의 섬과 구름과 떠오른 해에 가슴이 툭 터진다. 내 가슴이 봉숭아 씨방도 아닌데. 다산이 다녔다는 산길을 따라 백련사로 향한다. 해월루를 지나니 문득 차밭이 펼쳐진다. 녹색의 밥상이다. 정신의 밥, 차로 딸 수 있는 햇잎은 아직 여려 보인다. 잎을 따서 입에 넣어본다. 놀랍다. 백련사를 한 바퀴 도는 내내 목이 환하다.

백련사 앞에는 1,500그루의 동백나무가 숲을 이루고 있다. 꽃은 거의 다 떨어지고 없다. 내 마음에 들어오는 나무는 백련사 대웅전 들어가기 전 마당에 서 있는 배롱나무 고목이다. 아래쪽의 팽나무와 친구인 듯 외로워 보이지는 않는다. 울퉁불퉁한 줄기, 가녀린 가지 끝이 예민한 성벽을 드러내는 듯하여 왠지 안쓰럽다. 아직 잎 하나 내밀지 않은 것은 기질이 주변에서 이미 초록 잔치를 열고 있는 이웃과 달라서일까. 하지만 배롱나무는 고요한 여름 한낮, 홀로 연분홍 꽃을 피울 것이다. 연분홍의 황홀한 색을 쓸 것이다.

대웅보전에 들어가서 잠시 앉았다 나오니 새끼를 낳은 지 얼마 안 된 듯한 흰 어미 개가 와 있다. 천연스럽게 옆에 와서 앉는다. 일행이 치즈를 꺼내서 "젖 주느라 힘들겠다"며 주자 잘 받아먹는다. 그러나 결코 구걸을 하는 행색이 아니다. 치즈를 손에 들고 있으면 가만히 기다린다. 주면 그제야 먹기 시작한다. 법도가 있는 것이 스님들의 탁발 행각을 보고 배운 듯하다. 보시는 무작정 베푸는 호의가 아니라 내 나름의 선업을 쌓는 것이니 보시를 받아주는 어미 개에게 고마워해야 한다. 의젓한 개를 뒤로하고 택시에 올랐다. 잘 있거라, 반드시 또 오마.

강진은 흙이 그릇을 빚기에 적합했고 연료인 나무가 많았다. 바닷길을 통해 그릇을 대처로 실어가기에도 좋았다. 그릇에는 옹기처럼 생활에 밀접한 것도 있었고 왕실과 귀족들이 두고 완상하는 도기, 자기도 있었다. 고려 시대에 청자의 도요지가 대거 분포하고 있던 대구면, 칠량면은 도자기를 빚기에 최적의 조건을 갖춘 지역이었다.

먼저 옹기점에 갔다. 흙에서 옹기가 되는 데 1,200도 이상의 열이 필요하다고 한다. 전통 가마도 있지만 지금은 대부분 석유로 소성하는 가마에서 생산을 하고 있다. 장독, 항아리, 쟁반, 접시, 술코리(술 빚는 용기)에 이르는 갖가지 물품이 즐비하게 늘어서 있다. 문득 중국 시안 진시황릉의 병마용갱이 떠오른다. 백제의 옹관묘에 쓰던 항아리도.

중요한 건 옹기가 숨을 쉰다는 것이다. 된장 항아리, 장독, 술코리는 숨을 쉬어야 내용물의 발효가 제대로 진행된다. 옹기점 앞 갯벌은 마침 썰물 때라 훤히 드러나 있다. 게도 다니고 조개도 있을 것이다. 바다도 숨을 쉰다. 갯벌은 거름 빛이다. 생명의 빛이다.

청자박물관 넓은 마당에 녹나무가 잎을 한껏 피워냈다. 여기선 잎도 꽃처럼 피어난다. 청자는 하늘색을 쓴다. 하늘의 빛은 사시사철, 아침저녁이 다르다. 매일 매시 매 순간이 다르다. 장인은 청자를 빚을 때 자신의 머리 위 하늘빛을 담았던 것일까. 스스로의 일생에 단 한 번밖에 없고 우주에 단 한 번뿐인 그 순간, 빛깔을 담았는지도 모른다. 장인은 순간의 색을 쓴다.

마량항에서 점심을 먹는다. 바다에서 들여온 물고기, 바다에서 온 젓갈을 반찬으로 삼았다. 돔배기젓, 아구사리젓, 갈치속젓, 전어젓, 어리굴젓, 오징어젓, 그리고 옴천의 토하젓을 내놓았다. 젓갈 대부분은 생전 처음 먹어보는 것들이다.

옴천이 어디냐고 묻자 택시 기사는 "그거가 전라도에서 젤 작은 면"이라고 했다. 옴천이라. 한자로 어떻게 쓸지 궁금해졌다. 백과사전에서 찾아보았더니 옴천면의 한자는 '唵川面'이다. 옴 자의 원래 발음은 머금는다는 의미의 '암'이나 범어를 읽을 때는 '옴'으로 읽는다 한다. 백과사전에 의하면 옴천면은 전라도뿐만 아니라 우리나라 전체에서 가장 작은 면이다. 2010년 기준으로 16개 마을에 면적 29.68제곱킬로미터, 인구 2,222명. 하지만 작은 옴천에서 나는 토하젓은 전국적으로 유명세를 누리고 있다. 토하젓은 젓갈의 차라고 할 만했다. 먹고 나서 조금 있다가 목구멍 깊은 곳에서 느껴지는 향기가 오래갔다.

월출산 남동쪽에 있는 성전면 무위사는 국보 13호 극락전이 있는 절이다. 한창 공사 중이어서 극락에서 산출하는 고요함의 지복은 누릴 수 없었지만 극락전 앞 팽나무 두 그루, 느티나무 한 그루에서 거기까지 온 보람을 단번에 찾았다. 팽나무는 나무가 아니라 절과 극락을 수호하는 신장이었다. 그 꾸밈없는 태, 흰칠함이라니! 내게는 그게 국보요, 보물이나 다름없었다.

무위사를 넘어오자 넓은 차밭이 펼쳐졌다. 서리를 방지하기 위해 쓰고 있다는 팬이 바람개비처럼 돌고 있었다. 차밭은 녹색의 바다였다.

작천면을 지나가는 길가에 심긴 꽃들이 낯익었다. 그건 무위사의 해우소 옆 화단에도 심겨 있었고 북한 묘향산 보현사의 뒤뜰에도 있었으며 죽장리 5층 석탑(국보 130호)이 있던 경북 구미의 서황사 뜰에서도 자주색과 보랏빛이 섞인 아름다운 얼굴을 들고 있었다. 아는 사람이 거의 없는 이름, 플록스였다. 여기서는 길도 꽃으로 색을 쓰고 있구나!

병영면의 하멜기념관은 400여 년 전 하멜이 쌓았다던 돌담과 비슷한 방식으로 쌓은 돌담이 둘러싸고 있었다. 조선 시대에 신던 나막신과 네덜란드에서 신던 나막신이 나란히 전시되고 있는 것이 이채로웠다. 비가 오면 다들 나막신을 신었군, 예나 제나.

이제 사의재四宜齋와 영랑 생가를 볼 차례였다. 사의재 문 위에 핀 등꽃에 압도당했다. 보통 보랏빛인 일반 등꽃에 비해 사의재의 등꽃은 흰빛에 꽃망울도 훨씬 탐스럽게 컸다. 벌이 잉잉거리며 미친 듯이 달려들고 있었다. 벌의 눈에만 보이는 어마어마한 꿀의 금맥이리라. 그 앞에 있는 박태기나무도 봄꽃의 여왕이라 할 만큼 엄청난 양의 꽃을 매달았지만 사의재의 등나무와는 비교가 되지 않았다.

사의재는 다산 정약용이 1801년에 강진으로 유배 와서 처음 묵은 곳으로 '네 가지를 올바로 하는 이가 거처하는 집'이라는 뜻을 담고 있다. 그는 생각을 맑게 하되 더욱 맑게, 용모를 단정히 하되 더욱 단정히, 말(언어)을 적게 하되 더욱 적게, 행동을 무겁게 하되 더욱 무겁게 할 것을 스스로 다짐했다. 2007년에 동문매반가東門賣飯家, 동천정東泉亭과 함께 세 부분으로 복원되었다. 마루에 앉아 막걸리 한잔을 청해 마셨다. 안주는 공짜였다.

다산은 동문 앞에 있는 주막 할머니가 "어찌 그냥 헛되이 사시려 하오? 제자라도 가르쳐야 하지 않겠소?" 하고 얘기하자 스스로 편찬한 《아학편》을 주교재로 교육을 시작했고 《경세유표》와 《애절양》 등을 이곳에서 집필하였다고 한다.

애절양哀絶陽은 무슨 뜻인가. 과도한 군역과 지방 관리의 가렴주구로 살 수 없게 된 어느 남자가 제 생식기를 잘라버린다. 남자의 아낙은 관아에 들이닥쳐서 구슬피 울부짖는다. 당시 군적에 오른 사람은 병역을 대신하여 군포를 냈는데, 관리들이 세금을 많이 거둬들이기 위해 이미 죽은 사람(남자의 아버지)과 갓난아이(남자의 자식)의 이름까지 군적에 올렸다. 이 같은 군포를 감당할 수 없었던 남자가 더 이상 아이를 낳지 않겠다며 자신의 생식기를 잘라버렸던 것이다. 그 핍진함이 젊은 시절 내 눈시울을 뜨겁게 한 적이 있는 시다. 이런 시를 쓸 수 있게 해준 곳도 강진이다.

300미터쯤 떨어진 곳에 영랑 김윤식 시인의 생가가 있었다. 강진 부자 중에 '김○식'이라는 분이 있어 한때 강진에서 서울로 가려면 그 사람의 땅을 밟지 않으면 안 되었다는 전설이 있다고 택시 기사가 이야기했다. 영랑과 이름이 비슷하니 혹 영랑도 잘살았던 건 아닐까. 영랑 생가는 상상보다 훨씬 크고 잘 만들어져 있었다. 곳곳에 피어난 모란은 자줏빛 얼굴을 들거나 숙인 채 '찬란한 슬픔의 봄', 혹은 손님들을 맞고 또 보내고 있었다. 정갈한 뒤안, 따뜻한 햇빛이 노니는 뜰이 좋았다.

"다음에 집을 짓게 되면 저걸 본받아서 지어."

일행이 내게 이야기했다. 그럴 생각이었다. 본 이상 본받지 않을 도리가 있겠는가. 천지가 색을 마음껏 풀어내는 강진을. 그 속에 깃든 노래와 빛을.

# 삶은 외롭고 그리운 것

고등학교에 막 입학하고 나서 처음으로 맞은 수학 시간, 자그마한 몸에 비해 턱없이 커 보이는 출석부를 들고 온 선생님이 전체의 이름을 한번 불러보겠노라고 하더니 1번부터 부르기 시작했다. 나는 별생각 없이 친구들의 이름이 불리는 것을 듣고 있었는데 내 차례가 되자 선생님이 말을 더듬기 시작했다.

"성성제, 아니 석성제, 서석제…… 뭔 이름이 이렇게 발음하기가 어려우냐. 35번, 자리에서 일어나봐라."

어려워하는 수학 과목의 첫 시간, 이름 때문에 자리에서 일어나게 된 나는 당황스러웠다. 나는 내 이름이 발음하기 어렵다고 생각해본 적이 없었다. 성이 한 학년에 한 명 정도밖에 되지 않을 정도로 희성이어서 주목을 받은 적은 있었다. 그래 봐야 "야, 너 성춘향이가 할머니냐, 성룡이 형이냐?" 하는 대꾸할 가치조차 없는 무식한 질문을 받는 정도였지만.

"너 이름이 왜 이렇게 부르기 힘들어. 부모님한테 왜 이름을 이렇게 어렵게 지었느냐고 물어봤냐?"

"안 여쭤봤습니다. 그리고 제 이름은 부모님이 아니라 외할아버지가 지으셨답니다."

성의껏 대답했으나 선생님은 귀담아듣지 않은 게 틀림없었다. "어디 보자, 석은 보나 마나 돌 석石이겠고 제는 돌림자겠네"라고 말한 것을 보면. 불운하게도 그 시간 이후 내 별명은 '돌제'로 정해지고 말았다. 좀 머리를 쓴다는 녀석들이 '마제석기'니 '타제석기'니 하고 부르기도 했지만.

"그 석 자는 돌 석이 아니고 클 석碩 자입니다. 석사 할 때의 석 자인데요."

나는 항변했다.

"그래도 이름을 부르기가 어렵다는 건 변함이 없다. 차라리 석제 대신 동제, 철제로 지을 걸 그랬다."

생각해보면 선생님은 그날을 전후해 며칠 동안 수업 시간에 1학년 수백 명의 이름을 불렀거나 불러야 했을 테니 뭔가 언어유희 비슷한 것으로 스트레스를 풀고 싶어 했는지도 모른다. 하지만 그때 나는 그런 걸 헤아릴 정도로 아량이 있지도 않았고 지적 수준도 딱 고 1 평균 수준이었으며 하나밖에 없는 이름을 모욕당했다는 생각으로 기분이 좋지 않았다.

"선생님 성함도 부르기가 쉽지 않네요."

"나? 내 이름이 어때서?"

"제가 시옷 하고 어 모음이 연속돼서 부르기가 힘들면 선생님 성함 '이일석'도 이응 자음하고 이 모음이 겹치잖습니까. 선생님 이름 지어 주신 분이 발음하기 어려울 거라는 생각은 안 하셨나 보네요? 또 선생님 이름의 석 자는 확실히 돌 석일 것 같습니다. 왜냐하면 선생님 머리에 머리카락이 몇 개 없는 게……."

"너 당장 앞으로 나와."

일석一石. 그때 제2외국어로 배우던 독일어로 '아인슈타인Ein stein'이라는 별명을 가지고 있던 선생님은 그렇게 논쟁을 끝냈더랬다.

거제에 왔다. 크다는 거巨에 '나루', '건넌다', '구제한다'는 뜻의 제濟. '크다', '가득 찬다'는 뜻의 석碩과 같은 제 자를 쓰는 내가 바다를 건너왔다. 부산의 연안여객터미널에서 배를 타고 왔다. 거제와 부산 가덕도를 연결하는 거가대교가 개통되면 거제와 부산을 오가는 배편이 없어지지는 않더라도 중요성은 훨씬 덜해질 터. 지금은 너 아니면 안 된다는 식의 절박함을 제대로 경험해보기 위해 배를 타기로 했다.

정오에 출발해 장승포항에 닿는다던 배는 파도가 높아 결항했고 2시 배는 옥포터미널을 향해 정시에 출발했다. 파도 높이는 1.5~2.5 미터라고 했다. 배에 올라 바깥 풍경이 잘 보이는 창가 자리에 앉았다.

그날따라 손님은 많지 않아서 불과 30여 명이었는데 상당수가 텔레비전이 정면으로 바라다보이는 가운데 자리에 앉기에 50여 분의 항해 시간 동안이라도 텔레비전을 안 보면 입속에 가시가 돋는 사람들일 걸로 생각했다. 물론 그렇지 않았다. 배가 파도에 많이 흔들릴 때는 창가보다 가운데 자리에 앉는 게 멀미를 피할 수 있는 방법이라고, 그 배를 여러 번 타본 일행이 설명해주었다.

잔잔한 내해에서 넓은 바다로 나가자 파도가 치기 시작했다. 검푸른 빛깔의 바닷물에서 만들어졌다고는 믿기 힘든 하얀 눈보라 같은 물방울이 연신 유리창을 후려갈겼다. 배가 공중으로 솟구쳤다가 곤두박질칠 때마다 나는 어이쿠, 소리를 질러댔다. 처음에는 놀이공원의 롤러코스터 같은 유료 시설을 공짜로 이용하는 것 같은 느낌에 재미있었다. 하지만 놀이공원과 달리 배의 상승과 추락은 실제 상황이었다. 오르내릴 때의 충격으로 배가 두 쪽으로 갈라지지나 않을까, 파도에 유리창이 깨지지는 않을까. 걱정이 되기 시작했다. 유일한 위안은 가운데 자리의 승객들이 무심한 얼굴로 텔레비전 화면의 다큐멘터리에 집중하고 있다는 것이었다.

그제야 거제가 무슨 뜻인지 알 것 같았다. 건너가는 사람들이 땅과 바다가 뒤집혀도 꿈쩍하지 않는 거인처럼 된다는 뜻은 아닐까. 건너가는 일이 쉬운 일이 아니라는 뜻이거나 시련을 무릅쓰고 건너감으로써 하해와 같은 마음을 가진 큰 존재가 된다는 뜻이거나.

다행히 멀미가 나기 전에 배가 닿았다. 재미있는 두려움을 맛만 보고 힘은 들이지 않은 채 내렸다. 바람이 셌다. 찼다. 4월하고도 하순인데 바람막이 옷이라도 입지 않으면 곧 콧물이 흐를 것 같았다. 그 날씨에 갈매기들은 바닷물에 발을 담그고 있었다. 먹을 걸 구하자는 것도 아니었고 수영을 즐기는 것 같지도 않았으며 나를 구경하려고 그러는 것 같지도 않았다. 그냥 갈매기는 갈매기로 존재하고 있었다.

거제는 조선업의 왕국이다. 세계 2위 규모의 대우조선해양과 3위 규모의 삼성중공업이 해마다 100척 이상의 배와 해상 구조물을 건조하고 있다니 두 회사를 합치면 세계 1위 규모다. 대우조선해양에서는 한 척에 1조 원 하는 배도 건조한 적이 있다고 하는데 세계 최대 규모의 100만 톤급 독<sup>dock</sup>에서는 한꺼번에 1,000억 원짜리 배 네 척을 동시에 건조할 수 있다고 들었다. 3만 명이 근무하는 조선소에서 하루 먹는 쌀만 해도 80가마란다. 배 한 척 건조하는 데 걸리는 시간은 9개월인데 한 해에 67척을 건조했으며 98퍼센트가 수출용이란다.

거제도는 제주특별자치도를 제외하고는 한반도에서 가장 큰 섬이다. 가만히 보면 거제나 제주나 석제나 '건넌다'는 뜻의 '제'라는 글자로 인수분해가 된다. 섬으로 건너가려면 배가 있어야 할 것인데 거제는 세계 제일의 조선 산업 단지를 가지고 있으니 자체 조달의 태세가 갖춰진 셈이라고나 할까. 하지만 배 없이 건너온 것도 많다. 동백나무가 그렇고 곰솔, 후박나무, 담팔수가 그렇다. 민들레, 할미꽃이 다르랴.

지명은 지형이나 지리적 특성, 역사적 사건, 평화롭고 살기 좋은 곳이기를 바라는 마음이 모여서 지어지는 게 보통이다. 역사적으로 거인이 많아서 거제인가? 거제에는 고려 시대 정중부의 반란으로 쫓겨온 비운의 임금 의종의 유적, 폐왕성廢王城이 있다. 거제 출신의 대통령도 있다. 임금이나 대통령은 역사 속의 거물들이다.

거제의 역사에 관해 설명하던 거제문화예술회관 관장이 "역사는 성자(승자)가 써(쓰)는 것"이라고 하면서도 임진왜란 때 바다와 육지를 통틀어 "첫 성(승)"을 거둔 옥포해전의 현장을 가리켰다. 명장을 넘어 성웅, 역사의 거인으로 일컬어지는 이순신 장군을 기리는 옥포대첩비가 세워진 언덕바지에서 바라본 바다의 수평선에는 새것처럼 보이는 배가 서 있었다. 망망대해 한가운데 있는 것인데도 컸다.

거제의 '제'에는 건넌다는 의미 외에도 구제한다는 뜻이 있다. '가난 구제는 나라도 못 한다'고 할 때의 그 구제 말이다. 거제가 나라를 위난으로부터 구제한 것이 세 번이라고 했다. 첫 번째는 바로 임진왜란 때의 옥포해전. 두 번째는 6·25 때 흥남 부두에서 철수한 피난민 1만 4,000명을 실은 배가 거제로 왔을 때다. 거제는 피난민을 구제했다. 17만 명의 포로를 수용하던 수용소도 있었다. 마지막, 아니 가장 최근의 구제 사례는 1990년대 후반 아이엠에프IMF 관리 체제 때 거제의 조선 산업이 침몰해가던 한국 경제를 살린 것이라고 한다.

건조 중인 30만 톤 규모의 원유 운반선 한 척이 한꺼번에 200만 배럴의 원유를 실을 수 있다. 사람을 원유처럼 실을 수는 없지만 이론상 60킬로그램 정도의 성인 500만 명을 태울 수 있는 것이다. 6·25 와중의 흥남 철수 작전 때 미군 상륙함LST에 실려 거제로 온 사람들은 몇 명이었을까. 문득 전혀 상관없을 것 같은 두 배가 머릿속에서 조응한다.

거제도 포로수용소는 제주도의 제1훈련소와 조응한다. 스물두 살의 내가 입대했던 논산 훈련소는 제2훈련소였다. 제1훈련소는 당시에는 존재하지 않았지만 제2훈련소보다 먼저 생긴 곳이라고 했다.

옥포대첩은 내 고향 상주의 북천전투와 조응한다. 1592년(선조 25년) 5월 7일, 이순신이 지휘하는 조선 수군이 일본의 도도 다카토라의 함대를 옥포에서 무찔렀다. 옥포는 전라에서 충청 지방에 이르는 해로海路의 요충지였다. 경상 우수사 원균의 요청을 받은 전라 좌수사 이순신은 판옥선 24척, 협선 15척, 포작선 46척을 이끌고 당포 앞바다에 진출했다. 겨우 6척의 배를 이끌고 있던 원균과 합세한 조선 수군은 옥포 포구에 정박하고 있던 적선 50여 척을 동서로 포위해서 맹렬히 포격을 가했다. 이 싸움에서 조선군은 별 피해 없이 적선 26척을 격침하면서 최초의 해전을 대승으로 장식했다.

이보다 열흘쯤 전인 4월 25일, 한양으로 올라가는 내륙의 요충지 상주에서는 조선의 중앙군과 일본 주력군 사이에 최초의 전투가 벌어졌다. 당시 조선 최고의 맹장으로 알려진 이일 장군은 4월 17일, 순변사에 임명되었으나 이끌고 갈 병사들이 없어 사흘 뒤에나 출병할 수 있었다. 수하에 겨우 60여 명의 군사를 이끌고 4월 23일, 상주 읍성에 도착한 이일은 향군을 포함한 백성들을 끌어모았지만 대부분이 훈련 한 번 받지 못한 오합지졸이었다. 4월 25일, 상주 북쪽의 천변에 진을 친

이일 장군 휘하 800여 명의 장병과 고니시 유키나가가 이끄는 일본군의 주력 1만 5,000 병력 사이에 전투가 벌어졌다. 그 결과, 전투 와중에 도망친 이일 장군을 제외한 대부분이 전사 혹은 부상을 당하는 궤멸적 피해를 입었다.

거제의 갈도(칡섬)는 북한 금강산 아래의 해금강과 조응한다. 둘 다 아름다운 경치를 보여준다고 하여 '바다의 금강산', '거제 해금강'이라고 불린다. 중국 진시황 때 불로장생약을 구하러 동남동녀 3,000명과 함께 찾아왔다는 서불이 '서불이 이곳을 지나간다徐市過此'는 글씨를 새겼을 정도로 약초가 많다 하여 약초섬이라고도 한다.

금강산의 해금강에 간 적이 있다. 2002년 정초였다. 새벽이었고 말할 수 없이 추웠다. 거제 해금강에서 통영까지의 해역은 한려해상국립공원에 속한다. 금강산 해금강의 추위와 거제 해금강의 맑고 검푸른 바다 빛이 조응한다.

둔덕면 방하리 청마기념관에 이른다. 깨끗하고 넓은 들판 가운데 둔덕골 마을이 있다. 크고 정갈하고 꽃이 많은 뜰을 가진 초가집이 청마 집안이 8대째 살아온 곳이라고 한다. 문득 제주 서귀포시 이중섭 미술관 아래 있던 이중섭 거주지가 청마의 생가와 조응한다. 한 사람이 겨우 누울 만한 작은 셋방, 냄비만 한 솥이 걸려 있던 부엌, 바람벽에 걸려 있던 이중섭의 시 〈소의 말〉. 그중에서도 "삶은 외롭고 서글프고 그리운 것"이라는 한 구절이 어디서 많이 본 듯하면서도 가슴을 툭 쳤더랬다. 청마가 그 시를 보았다면 뭐라고 답했을까. 짐작하기로는 시 〈

행복〉의 "그리운 이여 그러면 안녕 // 설령 이것이 이 세상 마지막 인
사가 될지라도 / 사랑하였으므로 나는 진정 행복하였네라"가 될 것 같
다.

　차를 얻어 타고 폐왕성으로 향했다. 둔덕면 우두봉 밑에 있는 산성
이다. 성 둘레는 550미터이고 성안에는 천지못이라는 우물이 있단다.
고려 18대 임금 의종이 무신란으로 쫓겨나 3년 동안 살다 간 성이다.
성 주위의 마을에 둔전과 마장을 두어 농사를 짓고 군마를 키웠으며
둔전의 남산에는 대비장을 설치해서 주위를 감시했다고 한다.

　그들, 군신들은 얼마나 불안했을까. 그러니 성 서북쪽 아래에 오량
성을 쌓고 군영을 두어 견내량의 해상을 감시하게 했을 것이다. 지금
까지도 시종무관과 귀족들의 고분과 농막에서 유물이 출토된다고 한
다. 설명을 들으면서 나는 강진에 있는 다산초당을 생각했다. 남해 노
도에 있는 김만중의 유적지를 생각했다. 외롭고 쓸쓸하고 가난한 그
곳. 그리고 높은 곳.

　햇살이 눈부시게 환했다. 그건 어디에 조응하지 않아도 좋고, 천지
지간 만물지중 그 어느 삶과 조응하여도 무방하리라.

# 고향의 황홀한 맛

　내 본적은 상주시 낙양동이다. 한때 상주가 중국 고대 여러 나라의 수도였던 뤄양洛陽처럼 번성해서 그런 이름이 붙었다 한다. 내 고향 상주에는 우리나라 다른 지역에서는 좀체 보기 힘든 골곰짠지라는 게 있다. 얼핏 보면 생김새가 무말랭이 무침처럼 보이지만 김장 김치처럼 제대로 발효가 된 음식이다. 따라서 골곰짠지는 국물이 겉에만 밴 무말랭이보다 훨씬 촉촉하고 깊은 맛이 난다. 한겨울 새벽 눈 내린 마당을 건너가 김치움에서 골곰짠지를 한 보시기 꺼내오면 그것만으로 밥 한 그릇을 비울 수 있었다.

　골곰짠지를 씹으면 눈 밟을 때 나는 소리와 비슷한 '꼬드득(오도독)' 소리가 난다. 밭에서 뽑아온 무를 적당한 크기로 자르고 소금에 절였다가 씻어서 말린 뒤 발효하는 과정을 거친 까닭에 마른 무의 질깃한 부분에 이가 박히며 '꼬' 혹은 '오' 소리를 내고 상대적으로 수분이 많은 생짜 무의 실질實質이 '드득(도독)' 하는 소리를 내는 것이다. 그 실질의 소리는 가까이 있는 우리의 뇌리에 도달해서 또 다른 소리를 불러일으킨다. 골곰짠지와 우리 각자의 어린 시절이 한 손씩 내밀어 추억과 본연의 맛이라는 박수 소리를 만들어내는 셈이다.

내 고향은 곶감의 특산지다. 곶감은 예부터 상주를 쌀, 명주와 함께 세 가지 하얀색三白 명산물의 고장으로 일컫게 했다. 요즘은 먹기도 쉽고 보기도 좋게 반쯤 말려 내놓는 반건시 곶감도 나오지만 내가 어린 시절 본 곶감은 대부분 처마 밑에 매달려 있다가 본격적인 겨울 추위를 맞아 새색시 화장한 듯 분이 보얗게 난 것들이었다.

물론 그 어여쁜 곶감을 마음대로 먹을 수는 없었다. 어른들의 눈길을 피해 분이 나기 전 말랑말랑한 상태의 곶감이 매달린 줄에 어물전 고양이처럼 살금살금 다가가서 하나씩 빼 먹곤 했다. 단것이 귀하던 시절 그 다디단 맛에 들킬까 싶어 조마조마한 마음이 골곰짠지처럼 곁들여져 평생 잊을 수 없는 황홀한 맛이 되었다.

내 고향에는 조선 시대에 지은 서원과 고택, 정자가 많다. 선비 또한 전국 어느 고을 못지않게 많았던 것 같다. 선비들은 무엇을 먹었을까. '글로 스스로를 넓히고 예의로 검약하게 하는 가치博文約禮'를 숭상하고 권력자와 지배층을 '육식하는 인간肉食者'이라 칭하던 그들이 고기를 즐겨 먹었을 것 같지 않다. 밥과 나물, 김치처럼 매일 되풀이해서 먹어도 질리지 않는 것들이었을 터다. 그런 음식에 빠지지 않는 것이 장이다. 좋은 간장, 된장, 고추장만 있으면 다른 반찬 없이도 밥을 먹을 수 있다. 좋은 장은 좋은 메주에서 나오고 좋은 메주는 좋은 콩에서 나온다. 장이든 콩이든 숙성하는 데는 시간이 필요하다. 금방 심고 거둬들여 뚝딱 만들어 먹는 게 아니다. 묵을수록 맛이 나는 게 장맛이 아닌가.

　내 고향에는 연세가 많은 어르신을 방문할 때 식육 식당(정육점과 식당을 겸한 곳으로 즉석에서 주인이 조리한 고기를 먹어보고 솜씨에 따라 살 수 있다는 이점이 있다. 원재료와 결과물인 음식 사이의 거리 및 가격 차를 줄일 수 있다는 데서 기인한 형태인 듯하다)에 들러서 쇠고기를 한두 근 '끊어가는' 습속이 있다. 10여 년 전, 고향 역사상 최고最古의 저수지로 꼽히는 공갈못恭儉池의 후신인 오태저수지 주변에 사는 어르신에게 가서 인사를 드리고 나니 "밥을 먹고 가라"고 말씀하셨다. 좀 있다 그때까지도 새색시 때의 고운 태가 남아 있는 어르신의 부인이 내가 끊어간 고기로 끓인 쇠고기 장국과 막 지은 밥, 고추 장아찌, 김치 등이 얹힌 상을 들고 들어오셨다. 푹 익은 무와 대파가 듬뿍 든 그 장국에 뜨끈한 밥을 넣어 먹으니 땀과 함께 정신이 번쩍 났다. 옛날에 먹어보았으나 한동안 잊어버렸던 맛의 본질에 맞닥뜨렸다는 느낌이었다. 함께 간 일행들도 이렇게 마음을 움직이는 맛은 오랜만이라고 했다. 그 맛은 은자처럼 조용히 스스로의 인생을 발효시키며 살아온 분에게서 나왔지만 구체적으로 그 장국을 다른 곳, 다른 사람의 장국과 다르게 한

요소는 간장이 아닐까. 노을이 물든 저수지를 배경으로 동그마니 앉아 있는 여남은 개의 장독을 보며 우리는 고개를 끄덕거렸다.

상주에는 언제 어디서나 흔히 먹을 수 있는 칼국수가 있다. 밀가루 반죽에 콩가루를 뿌리면서 홍두깨로 밀어 넓게 펴고 칼로 툭툭 썰어 삶는 게 상주식 칼국수다. 사골이니 해물이니 하여 따로 육수를 내는 것이 아니라 샘에서 길어온 물에 밀의 담백하고 자연스러운 맛이 우러나는 국수를 넣고 그때그때 흔한 채소인 배추, 애호박, 얼갈이 등속을 함께 넣어서 끓여낸다. 파와 마늘을 잘게 썰어 넣은 양념간장으로 간을 해서 먹는데 음식점에서 파는 칼국수와 집에서 먹는 칼국수에 큰 차이가 없다.

이와 비슷하게 꾸밈이 없는 상주 해장국의 기본 재료는 된장과 시래기, 제철의 채소이며 이를 오래도록 끓인 뒤 뚝배기에 밥 한두 주걱을 넣어 내놓는다. 식탁에 놓인 간장이나 소금으로 스스로 간을 맞춰 먹게 되어 있는 게 실용적이다. 기름이나 고기, 피와 뼈의 자극적인 맛과는 거리가 멀다. 해장국 집이나 해장국의 맛이 손님에게 영합하거나 잡아끌거나 시끄럽게 부르지 않으면서 그대로 있는데 저절로 사람들이 찾아든다.

20대의 어느 추운 날 새벽, 낮은 처마에 달린 고드름에 이마를 부딪히며 읍내 길을 따라 걸어 해장국 집 유리문을 열고 들어갔다. 그곳에서 우시장과 저자에 드나드는 사람들과 나란히 앉아 그들이 두런두런 전해주는 사람 사는 이야기와 함께 해장국을 먹던 일이 생각난다. 그

뜨거움과 기꺼움, 특히 값이 쌌던 것이.

고향 사람들이 즐겨 먹는 음식에 배추전이라는 게 있다. 배추라는 싸고 흔한 채소를 최소한의 밀가루 옷을 입혀 솥뚜껑이나 냄비에 가볍게 기름을 두른 뒤 전으로 부쳐낸 것이 상주식 배추전이다. 배추전은 간장에 찍어 먹기도 하지만 초장에 찍어 먹는 게 제격이다. 술안주, 밥반찬으로 날배추를 된장과 고추장에 찍어 먹는 상주 사람들은 무도 고구마도 호박도 고추도 정구지(부추)도 전으로 부치는데 부치는 방법은 배추전과 비슷하다. 흔하고 많이 나는 원재료의 맛을 최대한 살린다는 것이다.

그러고 보면 막걸리라는 술 또한 그렇다. 허식이 없고 달지 않고 정신을 혼미하게 하기보다는 흥과 기운을 북돋는 게 상주의 막걸리다. 모내기 때나 가을 추수철에 함지 가득 겉절이와 밥을 넣어 썩썩 비벼서 둘러앉아 배부르게 먹고는 막걸리를 한 사발 쭉 들이키는 순간은 그 자체가 법열法悅이었다.

내 고향의 음식은 대부분 때에 따라 흔하고 좋은 재료를 최대한 재료의 맛을 살리는 방향으로 조리하고 거기에 발효의 과정을 거친 깊은 맛을 더해 조화를 이룬다는 특징이 있다. 본질과 실질 간의 거리가 짧으니 생활에서 멀어진 형식적이고 번드르르한 과정은 찾을 수 없다. 그렇다고 음식의 가짓수가 적은 것은 아니다. 다만 실생활과 멀고 특수한 일품요리가 따로 있지 않다. 안달복달 애써 눈에 띄게 자극적으로 꾸며내는 것은 그곳 사람들의 기질이 아니다.

상주의 면적은 1,254.82제곱킬로미터로 전국 230여 개 시군구에서 여섯 번째에 꼽힐 만큼 넓다. 1,000미터가 넘는 고봉을 비롯해서 숱한 산과 구릉이 있고 산골짜기마다 낙동강을 비롯한 수십 개 하천과 강의 시원이 있으며 하천과 강이 생명수를 공급하는 들판이 있다. 고령가야라는 국가가 있었던 삼한 시대부터 오늘에 이르기까지 그 안에 수많은 골과 마을, 길과 사람을 품은 채 존재해왔다. 한마디로 상주의 판도는 아득히 넓고도 깊다. 그 안의 삶과 역사는 기록되었건 기록되지 않았건 상주의 뿌리와 저변이 되었다.

돌이켜보면 상주에서 태어나 머물렀던 시간은 15년도 되지 않지만 내가 쓴 소설의 절반 가까이가 상주를 무대로 상정한 것들이었다. 자연, 마을, 사람, 사물, 관계마다 이야기가 없는 곳이 없었다. 그런 면에서 나는 복 받은 사람이다. 소설 쓰는 사람으로서 내 관심사의 가장 앞쪽에 있는 것이 바로 사람이 사람으로 사람답게 사는 풍경이고 앞으로도 그럴 것인데 거기에는 삼라만상 중에 사람이 귀하고 높고 소중하다는 것을 알게 해준 상주가 있었기 때문이다.

그런데 나는 언제나 낙양의 지가를 올려볼 수 있을까? 전생, 내생을 합치면 가능할까?

청주
가
짜
양
반
사
건

청주는 맑은 도시다. 한 도시의 분위기, 느낌을 좌우하는 것은 첫인상이다. 1992년, 생애 처음으로 산 중고차를 운전해서 청주에 들어섰을 때는 가을날 오후였고 날씨는 쾌청했다. 길 양쪽에 회랑 기둥처럼 서 있는 플라타너스들은 커다란 잎을 코끼리 귀처럼 펼치고 바람에 흔들리도록 내버려두고 있었다. 청주의 입구, 아니 가로는 묵은 생나무로 만들어진 터널처럼 보였다. 햇빛이 어찌나 환한지, 바람마저 보일 듯한 느낌이었다. 그게 청주의 첫인상이었다.

청주에는 원래 이름이 '심천沈川'이기도 했던 무심천無心川 맑은 물이 흐르고 있다. 무심한 마음 역시 맑을 것이다. 본 적은 없지만.

청주는 삼한 시대에 마한의 땅으로 백제 때 '낭자곡성', '(낭)비성', '(낭)자곡', '낭성', '상당현' 등으로 불렸고 신라 때 5소경 중 하나인 '서원경'으로 승격했다. 고려 태조 23년(940년)에 '청주'라고 개칭했다. 그 당시에는 왕이 개국공신을 비롯한 귀족들에게 성(姓)을 많이 내리던 시기기도 해서 수많은 성이 만들어지고 살던 지역에 따라 관향을 부여받았다. 청주를 관향으로 하는 성씨는 이, 정, 곽, 한, 좌, 사, 양, 경 등등이다.

조선 시대의 대표적인 권신 한명회는 자신의 딸을 둘이나 왕비로 들여보내 부원군이 되었는데(물론 딸 하나만 왕비가 되어도 부원군 칭호를 받고 둘이라고 부원군이 대원군이 되는 것은 아니다) 청주의 옛 이름인 상당현에서 이름을 취해 상당부원군이라는 칭호를 받았다.

청주는 충청도를 뜻하는 호서 지방의 대표적인 고을이다. 조선 말 대원군이 "나라의 병폐가 셋 있으니 하나가 호서의 양반이요, 둘이 관서의 기생이며 셋이 전주의 아전이다"라고 한 것처럼 호서는 양반의 본고장이었다.

조선 전체를 통틀어 최연소 과거 급제자인 이건창은 과거 급제를 하고도 너무 어려서(1866년. 열다섯 살) 4년을 기다린 뒤에야 벼슬을 제수받았다. 암행어사가 되어 부정한 관리를 적발하고 가차 없이 봉고파직하던 청렴하고 대쪽 같은 선비이자 사대부였던 그가 한번은 향시 감독관으로 청주에 파견되었다. 청주의 명문거족 양반들이 자제들을 합격시키려고 전에 해왔던 대로 감독관을 회유하려 들었던 것은 불문

가지였다. 이건창은 이들을 뿌리치고 명문가 자제들을 시험에서 대거 떨어뜨렸다. 그러고 나서 친구인 《매천야록》의 저자 황현에게 "그쪽 양반들 떼로 덤벼드니까 참 무섭기는 무섭습디다"라고 고백하기도 했다.

2000년 어느 날 청주에 있는 어떤 대학에 문학 강연을 하러 갔다. 소설을 쓰기 시작한 지 5, 6년쯤 되었고 그때까지 낸 소설책이 서너 권에 불과해서 문학에 목매고 있을 문창과 대학생들을 상대로 강연을 해 달라니 상당히 부담스러웠다.

차를 운전해 청주에 도착하니 역시 가을이었고 햇살은 그지없이 맑았으며 플라타너스들은 여전히 코끼리 귀를 슬슬 흔들어대고 있었다. 내가 혹시 만년에 자족적인 삶을 선택해 어느 곳에서 산다면 바로 이런 곳이 맞지 않을까 하는 생각이 들었다. 자연에 가깝되 너무 외진 곳은 성격상 외로워서 못 살 것이고 대도시의 아파트 단지나 번화한 뒷골목은 시끄러워서 견디지 못할 것이다. 하지만 청주처럼 자연의 쾌적함과 문명의 혜택을 갖춘 도시라면 쉽게 적응할 것이고 인적 관계망에도 스며들 수 있을 것 같았다.

강연은 그럭저럭 무사히 끝났다. 문학이란, 특히 소설이란 어차피 인간에 대해 이야기하는 것인데 창작을 하려면 자기만의 발화 방식을 만들어내는 것이 관건이라고 책임을 문학도들에게 돌리는 이야기를 했을 것이다. 나를 강연에 초청한 K 교수는 멀리까지 왔는데 강연료가 적어서 미안하다고, 대신 자신이 단골인 카페로 가서 한잔 살 테니 청주의 아름다운 가을밤 정취를 만끽해보자고 했다.

　가족을 서울에 두고 혼자 청주에서 기거하는 대학교수의 생활이 어떤 건지 알 수는 없지만 썩 나빠 보이지는 않았다. 석유램프와 황촉대 같은 아기자기한 소품 장식에 카라바조 같은 화가의 그림 복제품이 걸려 있는 단골 카페라는 곳의 분위기도 괜찮았다. 술값도 상대적으로 싸고 마른안주는 무한 공급되었으며 기품과 교양이 있어 보이는 여주인은 상냥했다. 그녀가 교수도 아닌 나를 자꾸 "교수님, 교수님" 하고 부르는 게 부담스럽긴 했으나 한 시간쯤 지나고 국산 위스키가 반병쯤 비자 바로 적응이 되었다. 갑자기 여주인이 내가 존경해 마지않는 작가 L의 이름을 거명하면서 잘 아느냐고 물었다.

　"작품은 많이 읽었지만 개인적으로는 잘 모르죠. 그분은 아마 내가 누구인지도 모르실 거예요. 저보다 나이는 한두 살 위지만 데뷔는 10년도 더 먼저 하신 분이고."

　그녀는 책을 한 권 가지고 왔다. 바로 L의 소설집이었다. 책날개에는 그의 약력과 사진이 인쇄돼 있었다.

　"이분이 맞죠?"

　"그렇겠죠. 그분 책에 왜 다른 사람 이름하고 사진을 쓰겠습니까?"

　"비슷하게 생긴 소설가나 동명이인 소설가가 없는 거죠?"

　"제가 알기로는 전 세계적으로, 문학사적으로 소설가 중에는 쌍둥이나 동명이인이 없는데요. 시인 중에는 몇 명 있었던 것 같은데 이름은 같아도 생긴 것까지 비슷한 경우는 절대 없어요."

"이분이 우리 가게에 와서 양주 세 병을 외상으로 마시고 가서는 안 나타나요. 그것도 우리 집에서 제일 비싼 싱글 몰트위스키만 드셨어요."

"그럴 리가요. 그분은 소설처럼 아주 성격이 맑고 깔끔하고 심지어 위생적이기까지 하십니다. 주변마저 맑고 깨끗하게 만드시니까. 저처럼 흐리멍덩하게 외상 같은 걸 하실 분이 절대 아닌데요."

"개인적으로 잘 모르신다면서요? 외상값이 100만 원도 넘어요."

듣고만 있던 K 교수가 끼어들었다.

"그럼 누가 그 양반 이름을 도용한 거군요. 지금 주인께서는 그 양반 흉내를 내는 사람하고 싱글 몰트위스키를 세 병이나 꾸준히 마셨다는 거네요? 나한테는 맥주 한 병 외상도 안 된다더니."

그녀는 아름다운 입술을 깨물어가면서 힘주어 말했다.

"이 사람이 100퍼센트 맞아요. 그 양주, 그 사람이 주문하는 바람에 수입 양주 파는 데 가서 내 돈 주고 사 왔다고요. 피해도 크지만 자존심 때문에라도 꼭 외상값을 받아야겠어요. 좀 한가해지면 날 잡아서 찾아가려고요."

나는 이름을 사칭당한 소설가들을 대변해 뭔가를 말해야 할 것 같은 의무감을 느꼈다.

"이분은 대단히 훌륭한 소설가지만 작품성에 비해 대중적으로 그렇게 알려지지는 않았어요. 내가 사기꾼이라면 이분보다는 더 유명한 사람을 팔 거예요. 또 양주 몇 병이 아니라 가게 하나는 들어먹고 관두

겠죠. 불행 중 다행이다 생각하시고 참으시죠."

　나중에 L을 만나게 되었을 때 나는 청주의 이러이러한 이름의 카페에 가서 싱글 몰트위스키를 마신 적이 있느냐고 물어봤다. 그는 평생 한 번도 청주에 가본 적이 없고 싱글 몰트위스키 또한 마신 적이 없다고 했다. 나는 그 카페에서 벌어진 사건의 전말을 이야기해주고 나서 누가 나를 사칭해서 공짜 술을 마셨다고 한다면 참 소설적이지 않겠느냐고, 기분이 좋았을 거라고 말했다. 맑은 눈을 한 그는 내 이야기에 아무런 관심도 보이지 않고 다른 데로 가버렸다.

# 오래된 국수

포항 구룡포에 다녀왔다. 10여 일간 체류하는 동안 가장 많이 먹은 것은 국수였다. 국수를 좋아하기도 하지만 파는 곳이 많았기 때문이다. 읍내에는 '분식집'이라는 추억 어린 명칭의 작고 오래된 식당이 10여 개가 넘었고 웬만한 한식집에서도 잔치국수를 식단에 끼워 넣고 있었다. 구룡포의 분식집은 과거 중·고등학교 앞에 있던 분식집의 최신 형태인 지금의 김밥 체인점처럼 수십 가지의 메뉴를 취급하지 않았다. 구룡포 초등학교 앞에 있는 '철규네분식'은 50년 전통을 자랑하는 곳인데 냄비에 담은 2,000원짜리 국수와 세 개에 1,000원 하는 찐빵이 식단의 전부였다. 분식집 말고도 '할매국수'처럼 가게 이름에 '국수'라는 이름을 단 곳이 몇 군데 더 있었다.

구룡포에서 국수라고 하면 일반적으로 소면素麵을 가리킨다. 19세기 초 발간된《규합총서》에 나오는 '왜면倭麵'이 지금 우리가 먹는 소면을 설명하고 있는 것으로 볼 때 소면은 일본에서 유입된 것 같다. 동해안의 대표적인 어항인 구룡포는 일제 강점기 때 1,000명에 달하는 일본인들이 거주하며 일본인 거리를 형성하기까지 한 곳이므로 이곳의 소면은 일본과 상당 부분 연관이 있어 보인다. 소면의 원래 의미는 '양념을 가하지 않는 국수'이며 채식을 소素라고도 하므로 '고기 양념을 넣지 않고 간단한 채소류만을 넣어 만든 국수'라는 뜻으로 쓰이고 있다. 멸치 국물에 삶아서 건진 국수를 넣어 먹는 식으로 쉽고 빠르게 만들어 먹을 수 있다.

구룡포에는 오래된 국수 공장이 있다. 소면과 우동면 등을 함께 만들고 있는데 50년 가까운 역사를 가지고 있다. 여기서 생산되는 소면은 밀가루와 물, 소금으로 반죽한 것을 길게 늘여서 벌린 막대기에 감아 당긴 후 말리고 적당한 크기로 잘라서 포장한 것이다. 재료는 특별할 게 없지만 건조 과정에 동해안의 바람과 맑고 강한 햇빛이 작용한다. 햇빛 세기가 어느 정도인가, 기온은 어떤가, 바람이 어디서 불어오는가, 어느 정도의 강도인가에 따라 국수를 말리는 시간이 달라진다. 국수 가닥은 너무 마르면 잘게 부서지기 쉽고 덜 마른 것을 삶으면 쉽게 퍼진다. 여기에는 사람의 직감과 오랜 경험, 손길이 결정적으로 작용한다.

대기업의 하청으로 대량 생산되는 공장에서는 이런 과정이 기계화 · 자동화되어 있고 미리 정해둔 수분함량이 될 때까지 열풍으로 건조한다. 대부분 유명 국수 브랜드도 자체 생산 시설이 아닌 하청 공장에서 생산한다.

구룡포 국수 공장의 국수는 쫄깃쫄깃 씹히는 차지고 고급스러운 맛이 특징이다. 지역산 국수지만 서울 등 대도시로 판매하는 비중이 높다. 한번 먹어본 사람은 다시 찾게 되어 있다고 한다.

국수 공장이나 국수를 파는 분식집의 주인은 70대 여성들이 많았다. 그들은 모두 국수의 맛처럼 어딘지 이지적이고 기품이 있다는 공통점이 있었는데 그건 자신의 일에 대해 가지고 있는 자부심에서 나오고 있었다. 가게는 작고 국수 값은 도시에 비해 훨씬 쌌지만 그 많은 분식집이 성업까지는 아니더라도 온전히 자식을 교육시키고 노후에도 지역사회의 일원으로 살아갈 수 있도록 해주고 있었다.

집으로 돌아오는 길에 도시의 고층 상가 앞을 지나자니 '폐업정리', '눈물의 땡처리'라는 종이 팻말을 써 붙이고 손님들을 불러 모으고 있는 가게들이 즐비했다. 2000년대 소자본 창업의 열풍으로 가게가 엄청나게 늘어나 지금은 식당 수만 70만 개에 달한다고 한다. 그런데 절대다수의 창업자들이 퇴직금을 날리고 불안한 노후를 맞고 있는 게 현실이다. 구룡포의 국수, 그와 연관된 오랜 가게들의 '지속 가능한' 성공 비결은 소규모, 수공, 개성, 그리고 사람이었다.

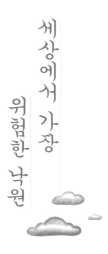

# 세상에서 가장 위험한 낙원

내가 살고 있는 수도권에서 판문점으로 가는 데는 수많은 길, 2차원적인 선이 있다. 판문점은 첩첩산중이 아니라 첩첩도중, 첩첩선중에 있는 셈이다.

자동차를 타고 간다면 자유로나 통일로라는 선을 타야 한다. 조선 시대에 연행 사신이 오가던 의주대로와 겹치는 통일로는 거주민이 많아지면서 속도를 내기가 어렵게 되어서 자동차전용도로인 자유로를 탄다.

기차로 가려면 경의선을 타야 한다. 20세기 초 건설되어 서울과 의주를 연결하던 경의선 철로는 전쟁 통에 끊어졌다가 2003년 6월, 남북 화해 국면에서 극적으로 다시 연결되었다. 정권이 바뀌고 남북 관계가 경색되자 또다시 온전한 선으로서의 기능을 잃고 각기 반쪽으로 끊어졌다.

자동차 혹은 기차로 온 일행은 임진강역에서 만나 예정된 또 다른 선들을 통과할 준비를 한다. 먼저 눈에 들어오는 선은 임진강역 서쪽으로 들판 너머 건너편 둑에 설치된 철책선이다. 철책선은 동쪽 한강변까지 연장되어 있고 곳곳에 초병들이 지키고 있다. 한강 맞은편에도 철책선이 있어서 그 안의 논밭을 드나들려면 허가를 받아야 한다는 것을 7, 8년 전 자전거를 타고 다니면서 알게 되었다. 이 선으로 민간인 출입을 통제하니 이것이 민간인 통제선, 줄여서 민통선이다.

임진강을 가로지르는 통일대교를 건넌다. 물론 강도 다리도 선이다. 1953년 포로들이 남한으로 돌아오면서 '자유 만세'라고 외쳐서 이름 붙은 '자유의 다리'는 1993년 통일대교가 건설되기 전 임진강의 양안을 연결해주던 유일한 선이었다. 통일대교를 지나 또 하나의 민통선을 넘었다.

민통선 안에서도 토지의 사유가 가능하다. '민통선 땅'을 취급한다는 통일촌의 부동산 중개 업소 간판을 보고 확실히 알게 됐다. 부동산 중개 업소 옆에는 그 유명한 장단콩으로 다양한 음식을 만들어 파는 식당이 있었다. 점심때 먹어본 음식 중 콩자반에서 특히 옛날 그대로의 맛이 났다. 예나 지금이나 산천경개가 같은 모양인 파주시 장단면에서 나온 콩 가운데서도 변화와 가공의 손길이 가장 적게 간 콩자반에서 옛날 맛이 나는 게 당연할지도 모른다.

마침내 남방한계선을 만난다. 군사분계선을 가운데 두고 남쪽 2킬로미터 선상에 위치한 선이다. 여기서부터 비무장지대가 시작된다. 남방한계선을 지나자 나타난 교회 첨탑에 적혀 있는 문자가 눈길을 잡아끌었다. JSA 교회. JSA라는 단어는 식당에도 부대 앞 팻말에도 붙어 있었다. JSA의 뜻에 관한 생각보다는 '공동경비구역 Joint Security Area'이라는 제목의 영화가 먼저 떠올랐다. 언제 봤던가? 영화 막판에 중립국 감시단의 장교가 꽤 긴 대사, 사실 하도 길어서 대사라기보다는 프롬프터를 보고 읽는 것 같은 연설을 마치고 파이프 담배를 입에 무는 장면이 있었던 것 같은데.

공동경비구역은 말 그대로 하면 남북이 공동으로 경비하는 구역이다. 남북 800미터, 동서 600미터의 구역을 남북 공히 오갈 수 있다는 뜻인데 1976년 8월 18일, 이른바 '8·18 도끼 만행 사건'이 일어난 후 군사분계선을 중심으로 나뉘어 각자 경비하게 되었다고 한다. 결론적으로 공동경비구역의 '공동'은 실제 의미를 잃었다. 수많은 선을 지나 영상으로만 보아왔던 판문점에 막상 서보니 초점이 맞지 않은 사진처럼 흐릿했다. 특별히 흐릴 이유는 없었다. 공기는 맑았고 약간의 더위까지 느껴지는 한낮이었으며 햇빛은 북쪽의 판문각 건물에서 군사분계선 위에 세워진 회담장, 남쪽 자유의 집에까지 골고루 비치고 있었으니까.

회담장 앞에는 외국인 관광객들이 30명쯤 서서 유엔군 장교가 영어로 진행하는 설명을 듣고 있었다. 반바지 차림에 선글라스를 끼고 이런저런 이야기를 해가며 남의 일이니 남의 일처럼 분단 현장을 지켜보고 있는 그들에게서 긴장감이라고는 찾아볼 수 없었다. 그러다가 회담장에 들어갈 때가 되자 미리 이야기를 들은 듯 재빨리 두 줄로 서는 모습이 흥미로웠다.

마침 맞은편의 북쪽 판문각 앞에도 두 사람의 내방객이 등장했다. 관광객이 오면 남북의 경비병이 공동경비구역 안에 배치된다. 남쪽 경비병 두 명이 회담장 처마 아래쪽에서 검고 큰 선글라스를 끼고 두 발을 벌리고 두 팔을 늘어뜨린 특유의 부동자세로 북쪽을 향해 서 있었다. 관광객이 돌아갈 때까지는 같은 자세를 하고 있을 것이라고 했다. 쉽지 않은 자세를 취하고 있자니 신체 말단부에 뻣뻣이 힘이 들어가 힘들어 보였다.

북쪽은 관람객이 둘뿐이었고 몇 명 되지 않는 경비 병력 역시 관람객과 사진을 찍느라 대부분의 시간을 보냈다. 천안함 사건 이후로 북쪽 경비 병력은 철모를 쓰고 등장했다는데 북쪽 경비병을 처음 보는 내게는 철모와 일반 군모의 차이가 별로 느껴지지 않았다.

비로소 나는 군사분계선이 관통하는 판문점 회담장 주변이 왜 흐릿하게 느껴지는지 깨달았다. 거기에는 내가 화면으로 느껴왔던 긴박감과 긴장, 그게 없었다. 불투명함, 불분명한 것은 안개처럼 많았다.

내가 아는 한 판문점이 신문 속의 사진으로, 또는 텔레비전 화면의 뉴스나 동영상으로 등장할 때는 남북 관계가 극도로 긴장된 상태였다. 정전회담은 말할 것도 없고 적십자 대표끼리의 회담에서조차 극적인 긴장을 뿜어내고 있었다. 분단 60년이 지난 초가을의 어느 하루, 이제는 개성이나 금강산 때문에 남북회담의 주요 장소에서도 제외되는 일이 많아진 판문점에 예전 같은 긴장이 있을 리 없었다. 아니, 긴장은 약간 낮아졌으나마 의구한데 내가 그동안 너무 높은 준위의 긴장에 중독되어 있었는지도 모른다.

회담장 안으로 들어갔다. 아무런 장식 없는 적갈색 책상과 멋없게 생긴 의자는 영상으로 익히 보던 것이었다. 가운데에 있는 책상이 주로 남북, 혹은 유엔 사령부와 북쪽의 대표가 마주 앉는 것인데 책상 위의 마이크 선이 군사분계선에 해당한다고 했다. 물론 관람객은 회담장 안에서만큼은 군사분계선에 구애받지 않아도 된다. 손으로 책상을 한번 쓸어보았다. 누가 늘 청소를 하는지 윤이 나고 매끄러웠다.

판문점은 한반도에 살고 있는 우리 각자의 삶, 생애의 지지물 중에서도 가장 강고한 것 가운데 하나다. 하지만 판문점 회담장은 기초랄 것도 없이 양철과 패널로 대충 지어진 것처럼 보였다. 지은 사람들이 쓸모가 오래가지 않을 것으로 여겼기 때문이다. 휴전협정 후 중립국 감시단인 스웨덴, 스위스, 체코슬로바키아, 폴란드의 요원들 역시 판문점에서 조인된 휴전협정이 몇 년 가지 않아 폐기되고 평화협정으로 대체될 것으로 판단했으며 자신들의 지위와 업무도 일시적인 것으로 간주했다고 한다. 일시적인 용도에 맞춰 지은 시설이 세세연년 자연의 풍상은 물론이고 인간끼리의 극한 대결을 견뎌내야 했으니 껍질은 계속 덧씌워지고 덧칠을 해야 했을 것이다. 사람은 또 얼마나 바뀌고 갈렸을 것인가.

판문점이 여느 고무줄, 용수철 같은 것이었다면 애저녁에 삭아서 끊어졌을 것이다. 하지만 인간이 만든 관계, 설정한 선은 얼마나 질긴가. 사랑과 청춘은 이만한 세월이면 뼛가루가 흙먼지가 되었을 터지만 증오와 불신, 핏물로 적은 기록은 쉽사리 변하지 않는다.

중립국 감독 위원회가 주재하고 있는 캠프는 판문점에서 그리 멀지 않았다. 중립국 감독 위원회 소속 스위스 대표인 요스 장군은 우리가 서 있는 곳이 바로 파라다이스 같은 곳이라고 했다. 그는 그날 '파라다이스'라는 단어를 열 번쯤 발음했다. 한반도에 남아 있는 스위스와 스웨덴 두 중립국 감독 위원회의 캠프로 들어가는 입구에는 '블루 브리지'가 있었다. 다리는 아름답고 주변은 고즈넉했다. 다리와 다리의 이름만 두고 본다면 파라다이스에 어울릴 법했다.

파라다이스. 천국 혹은 낙토. 하지만 요스 장군이 말한 그 파라다이스는 삼면이 철책선에 둘러싸여 있었다. 남쪽의 사람과 시설을 보호하기 위한 철책선에서 북쪽, 동쪽, 서쪽으로 3미터도 되지 않는 곳이 진짜 군사분계선이다. 보호? 어느 종교의 경전에 의하면 사람들이 '원죄'를 지어 쫓겨난 파라다이스를 보호하기 위해 불칼을 든 천사들이 지키는데 중립국 감독 위원회의 파라다이스 근처에는 초병조차 없었다. 물론 불칼도 총도 보이지 않았다. 철책선 주변을 감시하는 카메라는 있었다. 겨울이면 북한군 병사가 나무를 하러 철책선 너머에 나타나는 일도 있다고 한다. 철책선 너머는 지뢰밭인데 우리가 그렇듯 저들도 지뢰가 없는 길, 활로를 알고 있으니 그 길을 따라 나무를 하러 파라다이스 근처로 오는 것이다. 겨우 나무를 하러!

파라다이스에는 조경을 하고 관리를 한 흔적이 역력해서 전나무, 낙엽송 같은 침엽수에 회양목, 무궁화 같은 관상수 수백 그루가 보기 좋게 심겨 있었다. 가장 눈에 띄는 나무는 리기다소나무였다. 잎이 무성하고 장대한 키에 가지가 많았다. 파라다이스에 있을 법한 선악과, 사과나무는 보이지 않았다.

철책 너머 숲에는 활엽수, 그 가운데서도 참나무가 많아 보였다. 그곳에 평범한 철제 팻말이 하나 서 있었다. 노란 바탕에 검은 글자로 써진 '군사분계선'이라는 단어 아래에 'Military Demarcation Line'이라고 적혀 있었다. 그렇다면 이곳은 '세상에서 가장 위험한 파라다이스'라고 말할 수도 있겠다.

요스 장군의 숙소 역시 철책선 바로 옆에 있었다. 아침에 눈을 떠서 창문을 내다보면 철책 너머에 북한군 병사가 와 있을 수도 있는 상황. 거기서 잠이 올까. 중립국은 그렇게 단순히 중립적임으로써 편안할 수 있는 것일까. 요스 장군은 전날 잠을 잘 잤는지 편안해 보이는 인상이었다.

군사분계선(우리에게는 휴전선이라는 이름이 더 익숙하다)에서 남쪽으로 500여 미터, 남방한계선 위쪽, 곧 비무장지대에 조성된 단 하나의 마을이 있다. 대성동이다. 대성동을 판문점 인근 민통선 내 다른 마을과 구별하게 하는 것은 100미터 높이의 게양대에 걸려 있는 태극기였다. 태극기는 거기서 2킬로미터 정도 떨어진 북한의 기정동 마을에 있는 160미터 높이 게양대의 인공기와 대비되고 있었다. 인공기 크기는 가로 30미터, 세로 20미터라던가. 모르긴 해도 세계 최대의 깃발이 아닐까.

실상 '세계 최초', '세계 최고', '세계 최대', '세계 유일' 같은 형용어는 비무장지대 어디에서나 쉽게 볼 수 있다. 분단의 현장이라는 것부터가 이제 세계 유일로 남았다.

대성동에서는 가을 수확이 시작되고 있었다. 비닐하우스 안에서 고추가 붉게 마르고 있었고 탁탁 소리를 내며 참깨를 터는 농부가 있었다. 곳곳에 개복숭아나무가 보였고 개복숭아만 한 열매가 대추나무에 조롱조롱 매달려 있었다. 슬쩍 따서 입에 넣어보니 아직 맛이 다 들지 않았다. 조생종 벼를 수확해서 마당에 널어 말리는 농부도 있었다. 무장, 통제, 비무장, 한계 같은 살풍경한 단어를 매단 수많은 선 속에 자리 잡고 있지 않다면 평화롭고 조용한 낙토라고 할 만했다.

대성동의 비무장지대 청정 지역에서 생산되는 쌀은 '해토쌀'이라는 이름으로 판매되고 있는데 200여 주민의 생계에 벼농사가 차지하는 비중은 95퍼센트에 달한다니 가히 절대적이라고 할 수 있다. 그 외에 인삼과 콩, 고추 등의 농사가 다 잘되는 건 청정 지역이어서 병이 덜하기 때문이라고 했다. 세계에서 가장 위험한 지대인 비무장지대는 그 위험성 덕분에 동식물과 자연 생태계의 낙토가 되고 있기도 하다.

마을 옥상에서는 북녘땅이 손에 잡힐 듯 가까이 보였다. 개성공단이

들어서면서 비어 있던 기정 마을에도 사람이 들어와 살기 시작했다고 한다. 대성동의 주택은 대부분 1973년에 정부 지원으로 지었는데 북에서 보고 부러워할 수 있게끔 북쪽으로 문을 낸 집이 많다. 그러다 보니 겨울에 북풍이 불어올 때 난방이 잘 안 된다고 한다. 주민들이 추위를 잘 참아주어서는 아니겠지만 대성동에는 세금이 없다. 병역의 의무도 없다. 영화관은 있다. 마을 공동 식당도 있다. 휴대전화도 잘 연결된다. 가구당 평균 소득도 다른 농촌 지역보다 배 이상 높다.

대성동 마을은 '남북 비무장지대에 각각 한 곳씩 마을을 둔다'는 정전협정 규정에 따라 1953년 8월 3일, 북한의 기정동 마을과 함께 조성됐다. 군이 왜 마을을 두자는 규정을 두었을까. 비무장지대의 마을은 비무장이므로 낙토가 될 수 있다는 생각에서? 그것도 일시적으로?

대성동 자유의 마을에서 가장 가까운 북한 초소는 200여 미터 거리에 있고 소리치면 대화도 가능하다고 한다. 유엔군 사령부 내 공동경비구역 경비대대 1개 중대도 주둔해 있다. 마을 앞쪽에는 철책이 있지만 다른 곳은 철조망이 다 녹슬어 군사분계선을 잘 분별할 수 없다.

나오는 길에 보니파스 캠프에 들렀다. 몇 년 전 어느 잡지에서 '세계에서 가장 위험한 골프 코스'로 이름 붙인 1홀(파 3), 192야드의 골프 코스 철책 너머에는 지뢰밭이 있었다. 잘못 친 공은 곧장 지뢰밭으로 들어가버렸다고 한다. 그럼 공이 위험하지, 사람이 위험한가? 아니다. 공의 무게로는 지뢰를 폭발하게 할 수 없다. 사람이 공을 포기하기만 하면 그만이다. 지금은 그나마 지뢰를 제거하고 삼밭을 만들었다. 이곳을 위험하다고 하는 이유는 한반도에서 전쟁이 터질 경우 최전선이 되기 때문이다. 그만큼 아슬아슬하게 평화가 지탱되고 있는 곳, 그 한 가운데에 골프 코스를 만들고 여유 있게 골프채를 휘두르는 게 사람이다. 팻말을 만들어 세운 것도 사람이다. 기념사진을 찍는 사람들 뒤에서 꿀밤나무 잎이 바람에 흔들리고 있었다.

비무장지대는 비무장지대 바깥의 엄중한 무장을 상징한다. 신화와 전설 속의 파라다이스는 지금 우리가 사는 세계가 파라다이스가 아님을 역설적으로 상징한다. 우리가 사는 땅은 판문점이란 강철 대못으로 지탱되는 판문점의 연장이다. 우리 삶의 공간은 비무장지대의 연장이자 무기가 첩첩한 무장지대이기도 하다.

알겠다. 세계에서 가장 위험한 파라다이스라는 말이 만들어지는 과정을. 평화가 어떻게 지켜지는지를. 평화가 얼마나 귀한 것인지, 애틋한 것인지를.

# 고독이 주는 선물

독일의 베를린 곳곳에는 곰이 있다. 팔을 쳐든 곰, 물구나무선 곰, 유리로 된 곰, 도자기로 만든 곰, 철제 곰, 청동제 곰, 석제 곰(이건 이름 때문에 오해의 소지가 있지만)도 있고 세 녀석이 나란히 서 있는 경우도 있다. 원래 정통적인 베를린 곰의 형상은 검은 몸에 혓바닥을 내민 채 한쪽 다리를 들고 두 팔을 앞으로 내민 것이라고 한다. 기념품 가게에서는 베를린 곰을 인형으로, 배지로, 저금통으로도 만들어 팔고 있다.

이러니 처음 베를린에 가는 사람은 도대체 베를린과 곰이 무슨 관계인지 궁금해하게 되어 있다. 평원에 자리 잡은 베를린에 무슨 곰이 그리 많이 살았길래 곳곳에 세워둘 정도가 되었을까.

곰은 독일어로 'Bär'라고 쓰고 '베어'라고 읽는다. 베를린은 'Berlin'인데 독일 사람들의 발음으로 들었더니 '베얼린'으로 들린다. 그러니까 곰과 베를린은 '베어'가 겹친다.

베를린이란 지명이 역사에 등장한 것은 1244년 신성로마제국 시절이다. 베를린을 한낱 시골 마을에서 주목할 만한 도시로 탈바꿈하게 한 이는 작센 주의 선제후 알브레히트였다. 선제후란 황제 선출권을 가진 제후라는 뜻으로 당시에는 일곱 명의 선제후가 있었다. 알브레히트의 별칭이 바로 '곰 알브레히트Albrecht der Bär'였고 거기에서 나온 'Bär'에 '작다', '예쁘다'는 의미의 'Lein'이 붙어서 'Bärlein'(작은 곰)이 되었다고 한다. 그래서 베를린이 도시 이름으로 정해졌다는 것이다. 이것이 베를린의 어원에 대해 흔히 들을 수 있는 말이다.

그런데 고대 중동어를 연구하기 위해 베를린에 유학하고 있는 P 씨의 견해는 달랐다. 애초에 베를린 지역에 많이 거주하고 있던 사람들은 게르만 민족이 아닌 슬라브 계통의 부족이었다. 그들의 말로 '베어'는 습지를 의미했다. 곧 운하와 호수가 많은 지금의 베를린이 그렇듯 당시에도 그 일대는 물이 많은 땅이라서 '베어'에 어미 '-lin'이 결합되어 베를린이라는 이름이 붙여졌다는 것이다.

베를린에는 곰이 있는 편이 훨씬 더 득이 많을 것이다. 곰이 가진 여러 가지 속성이 도시와 결부되고 상상의 지평이 훨씬 더 구체화되면서 넓어지게 되니 재미도 생긴다.

자신들의 가게며 집 앞에 각자의 취향에 따라 갖가지 곰을 만들어 세운 사람들이 베를린의 어원이 습지로 확정되었다고 해서 곰을 갖다 버리고 연못을 파지는 않을 것이다. 관광객들이 습지보다는 곰과 관련된 기념품을 훨씬 선호하고 그 결과로 도시의 수입도 늘어난다. 수입이 느는데 어찌 득이 없으며 재미있지 않으랴. 어쨌든 베를린을 다녀가는 부모가 아이들에게 줄 곰 인형이라도 사 가지 않겠는가.

베를린에는 아기가 많았다. 유모차도 많았고 가슴에 아기를 안고 다니는 아빠도 많았으며 줄지어 선생님을 따라가는 유아원 아이들도 심심찮게 볼 수 있었다. 황금색 머리카락에 파란 눈, 흰 피부의 아기들을 보고 있노라면 인형이 따로 없다 싶었다.

그런데 가만히 보니 아기들보다 훨씬 많은 숫자의 개가 사람과 함께 다니고 있었다. 아기들과 달리 개는 몸 빛깔, 크기, 생김새, 내는 소리가 각양각색이었고 개를 데리고 다니는 사람들도 나이 든 남자에서 젊은 여성에 이르기까지 다양했다. 개와 고양이같이 오랜 세월 동안 인간과 함께 살아온 반려동물은 아기와 마찬가지로 또 하나의 가족이다. 하지만 반려동물은 사람처럼 표정이 풍부하게 드러날 수 있도록 얼굴 정면이 넓은 종 위주로 선택, 개량되어 온 것도 사실이다.

독일에서 개를 키우려는 사람은 인간의 주민등록처럼 개의 나이, 주소, 종 등을 등록해야 한다. 또 일정한 교육과정을 거쳤다는 증명서가 없으면 집 밖에 데리고 나갈 수 없다고 한다. 독일에서 개 교육을 담당하는 학교는 '훈데슐레Hundeschule'라고 하는데 말 그대로 '개 학교'다. 개 학교에서 주로 가르치는 내용은 밖에서 만나는 인간에게 위험한 행동이나 폐가 되는 짓을 하면 안 된다는 것이다. 또한 다른 개나 동물에게 위해를 가하거나 호기심 혹은 충동에 따라 괴롭히는 것도 곤란하다. 거리에서 교통신호를 준수하고 주인의 통제를 잘 따르도록 하는 것도 교육 내용에 포함된다.

이를 뒤집어 해석하면 훈련받지 않은 개들이 많은 문제를 일으켰다는 이야기가 된다. 주인 이외의 다른 사람들을 귀찮게 하고 다른 동물에게 지나친 관심을 표명하고 멋대로 뛰어다니거나 주인에게서 떨어져 다니는 개들이 많았기 때문에 개를 훈련시키는 교육이 발전했다고 할 수 있다.

버릇없는 개를 데려다 개 학교에 입학시키고 나서 울며 돌아서는 주인들이 많고, 개 학교에서 일정한 교육과정을 거치고 나서 교양 있고 예의 바른 개로 거듭난 자신의 개를 만나서 눈물바다를 이루는 광경이 꽤나 공감을 얻는 모양이다. 개 학교의 인터넷 홈페이지에 교육을 받기 전 개가 난동을 부리는 모습을 찍은 사진과('한때 이랬던 우리 아기가' 하는 식의 사진 설명이 붙는다) 교육을 이수하고 나서 교장 선생님 곁에 얌전하거나 점잖게, 혹은 늠름하게 앉아서 찍은 사진을 보여주는 것으로('이렇게 변했어요!' 하는 식의 설명이 붙는다) 교육생(?) 유치에 나서고 있다고도 한다.

그렇다면 과연 인간에 대한 교육은 어떨까. 한국에서 유학 와 독일에서 10여 년 넘게 살아온 부모와 서너 살 된 아기 사이의 언행을 잠시 관찰한 적이 있었다. 아기가 자신보다 어린 아기를 넘어지게 하자 아버지가 그 아기에게 "누가 너를 넘어뜨리면 네가 아프거나 힘들 듯이 네가 그 애를 그렇게 하면 그 애 역시 아프거나 힘들다"고 설명했다. 한국 같으면 "야!" 혹은 "너 일루 와!" 하며 한 대 쥐어박을 수도 있는 일을 아기가 알아들을 수 있을 때까지 논리적으로 차분하게 설득하는 게 인상적이었다. 그렇게 하는 이유를 묻자 아버지는 "다시는 같은 실수를 되풀이하지 않게 되니까 오히려 서로의 시간과 노력을 절약하게 해준다"고 대답했다.

곰이냐 습지냐, 그것은 문제가 아니다. 슬라브 어원설이 맞는다는 보장도 없다. 그게 정설이 되면 또 다른 가설이 어슬렁어슬렁 나와서 그럴싸한 논거로 정설을 뒤엎을 수도 있다. 그런 의미에서 건국신화에 곰에다 호랑이, 쑥과 마늘까지 들어 있는 우리가 베를린 사람들보다 더 큰 득을 볼 가능성이 높다. 한국에 오는 사람들에게 곰 인형뿐만 아니라 호랑이 발이 그려진 효자손, 사람을 환골탈태하게 하는 쑥 음료, 마늘 진액으로 수입을 올릴 기회는 정녕 없는 것일까. 언제나 그랬듯이 가능성이 높다는 데만 만족하고 말 것인가.

베를린에서 낭독회를 하던 중 수염이 희끗희끗한 한 청중으로부터 "고독의 나라 독일에는 도대체 왜 오신 겁니까?"라는 질문을 받았다. 물론 "낭독회를 하러 왔지요"라거나 "어느 날 공항에 나갔더니 안주머니에 독일행 비행기 표가 들어 있지 뭡니까"라고 답을 할 수도 있었지만 질문자는 뭔가 충격을 주는 선문답을 원하는 것처럼 보였다. 이런 경우에는 대답을 하지 않는 것도 훌륭한 대답이 될 수 있다. 그때는 그렇게 지나갔지만 그 질문은 한동안 기억에 남았다.

베를린에 3개월가량 체류하게 되면서 그가 말한 '고독'이 뭔지 뼈저리게 체감할 수 있었다. 말이 통하지 않으니 고독할 수밖에 없었고 독립된 자아로서 일상을 꾸려나가야 하니 바빴다. 바쁜 순간이 지나면 모래밭에 판 구덩이 속에 물이 차듯 고독이 밀려왔다. 애초에 '도이칠란트Deutchland'를 한자로 '독일獨逸'이라고 표기한 것도 워낙 고독이 일상화한 나라여서인가 싶을 정도였다.

고독은 원래 환과고독鰥寡孤獨, 곧 늙은 홀아비와 홀어미, 부모 없는 고아에 늙어서 의지할 데 없는 사람을 이르는 말에서 나왔다. 그중에서도 독獨은 늙었으나 의지할 사람이 없어 외로운 사람, 또는 그와 비슷하게 외로운 신세를 지칭한다. 일逸이 사람과 연관되면 숨어 산다는 뜻이 된다. 재능과 덕이 뛰어나면서 세속을 피해 숨어 사는 선비를 '은일隱逸'이라고 표현했고 조선 시대에는 이들 가운데 어진 사람을 관직에 등용하는 일이 관행이었다.

어쨌든 독일 사람들은 남에게 외로움을 호소하거나 모여서 떠들썩하게 파티를 즐긴다기보다는 제 나름으로 고독을 삭이는 일이 생활화된 것처럼 보였다. 혼자 있으면 저절로 생각이 많아진다. 시간이 지나며 생각은 뿌리와 가지를 뻗고 체계를 이룬다. 그런 것이 칸트, 헤겔, 니체, 하이데거 등등의 사상가를 배출한 독일 철학의 모태가 되었는지도 모른다.

독일 생활에서 가장 큰 불편을 느낀 것은 통신이었다. 독일에 도착하기 한 달 전쯤에 이미 초고속 인터넷을 신청했는데 개통하기까지 54일이 걸렸다. 거기 사는 교민들은 그것도 빠른 편이라고 위로인지 설명인지를 해주었다. 또한 초고속 인터넷이라는데 속도는 전화 모뎀보다 좀 빠른 정도였고 해지를 할 때는 한 달 전에 신청해야 했으며 해지일이 되자 단 하루도 어김없이 끊겼다. 모든 게 얄밉도록 정확했다.

통신이 원활하지 않으니 고독은 더욱 깊어졌다. 사색과 산책, 책을 읽는 데 들어가는 시간이 많아졌다. 독일에 가서 처음 한 달간은 평소 고독하게 살아온 독일 사람들의 평균 수준보다 훨씬 더 고독했을 것이다. 평균적인 독일 사람보다 더 많은 페이지의 책을 읽었을 것이고 마로니에 가로수 길을 더 많이 걸으며 그리운 사람을 그리워하고 지난 일에 대해 곱씹고 세계와 나에 대해 생각했을 것이다. 나쁘지 않았다. 아니, 좋았다. 그게 가장 큰 소득이었다고 할 수 있다.

자동차, 철강, 제약, 정밀 공학, 광학 등 여러 분야에서 세계 최고 수준의 기술을 자랑하는 선진국이자 완벽주의자의 나라인 독일이 어째서 초고속 인터넷이나 통신 분야에서 한국보다 훨씬 느린지 처음에는 이해할 수 없었다. 답은 하나였다. 그다지 필요하지 않으니 좋은 환경을 만들 이유도 없고 경쟁력 있는 제품을 만들 필요도 없는 것이다. 그들에게 휴대전화는 문자를 보낼 수 있는 집 전화 정도의 역할을 하고 있었다. 휴대전화가 꼭 필요한 사업가나 전문직 사람들은 최신 스마트폰을 가지고 있었으나 일반인들은 큰 관심이 없었다. 휴대전화로 수다를 떨고 스마트폰 화면을 들여다보고만 있을 시간에 그들은 영화를 보고 박물관에 가고 책을 읽었으며 동양의 한 나라에서 온 작가의 낭독회에 참석했다.

우리는 그들과 다르다. 다르다는 데서 참고할 건 분명히 있다. 그들이 우리처럼 되기 전에. 어쩌면 이미 그렇게 되었는지도 모르지만.

라오스의 국보

1인당 국민소득이 2,800여 달러 정도에 불과한 라오스는 가난한 나라 중 하나다. 라오스에서 나오는 농산물 대부분은 유기농으로 재배된다. 농약이나 화학비료를 생산하는 공장이 없기 때문이다. 라오스에는 볼만한 문화 유적이 그다지 없다. 1970년대에 베트남과 전쟁을 벌이던 미군이 인접한 라오스에 300만 톤의 티엔티 TNT에 해당하는 폭탄을 쏟아부었기 때문이다.

라오스의 대표적인 관광지 가운데 하나인 방비엥에서는 외국인 관광객 대부분이 체험하는 동굴 탐험과 카약킹을 할 수 있다. 물이 흘러나오는 동굴 속으로 때로는 배를 깔고 무릎으로 기어서 꼬불꼬불 들어가야 하는 경험은 재미있긴 하지만 세계의 다른 동굴 어디에서라도 하자면 못 할 게 없는 일이다. 구명조끼를 입고 튜브를 타거나 카약을 타고 노를 저어서 강 하류로 유유히 떠내려가는 일 역시 세계 어느 곳에선들 못 할 일은 아니다.

라오스에서 외국인 관광객이 가장 많이 모여드는 루앙프라방 서쪽에 있는 쾅시 폭포를 구경하는 것도 마찬가지다. 수도 비엔티안에서 방비엥까지 네 시간, 방비엥에서 루앙프라방까지 여덟 시간 동안 발을 제대로 뻗을 수도 없는 좁아터진 고물 버스를 타고 고행에 가까운 생고생을 감수하며 찾아갈 만큼 빼어난 풍광은 아니라는 말이다. 배를 타고 메콩 강의 노을을 구경하거나 야시장에서 수공 민예품을 사는 것도 즐겁기는 하지만 그렇게 압도적인 매력이 있는 것은 아니다.

루앙프라방은 1950년대에 유네스코 세계 문화유산으로 등록되었다. 당시 라오스를 식민지로 삼고 있던 프랑스의 관리와 이주해온 프랑스인 들이 제국주의 시대의 건축양식을 보여주는 거리와 집을 건설했다. 대부분의 건물이 2층 미만이고 지금도 재건축이나 개축에 제한을 받고 있다. 어떤 게스트하우스는 그 집이 '식민지풍 양식Colonial style' 임을 내세우기도 했다. 관광객들 중 상당수는 그 제국주의자들의 후손들이니 친근감을 느낄 수도 있을 것 같았다. 결론적으로 라오스 자체가 자랑하는 문화유산, 명승은 많지 않은 셈이다. 그런데도 외국인 관광객들이 라오스로 몰려든다. 왜 그럴까. 나는 왜 간 것일까.

라오스는 물가가 쌌다. 그래서 갔던가. 아니, 가기 전까지는 그런 줄 몰랐다. 돈이 돈값을 한다는 것을, 달러가 여전히 위력을 과시하고 있다는 것을 잘 몰랐다.

가난한 것처럼 보이는 라오스에는 엄청난 보물이 있었다. 첫 번째 보물은 사람이었다. 라오스에 사는 사람들이야말로 어떤 관광 상품보다 매력적이었다. 내가 탄 버스를 향해 손을 흔들던 여남은 살 먹은 아이들, 뒷골목을 걸어가던 내 앞에서 고무줄놀이를 하던 아이들, 티 없이 맑은 웃음과 선의……. 그런 것들을 우리는 잃어버렸다. 기억조차 잊어버렸다가 거기서 간신히 되살려낼 수 있었다. 내가 라오스 사람들에게서 찾아낸 소중한 가치는 한때 나 자신의 일부였던 것들이다. 가난하지만 행복했던 어린 시절의 선의와 호의, 무구함……. 그런 것을 찾아서 외국 사람들은 라오스로 모여든다. 거기서 내가 발견한 가장 위대한 가치는 그런 것이었다.

라오스에는 어미 닭이 병아리를 몰고 다니며 모이를 쪼는 광경을 비롯해서 '이발소 그림'의 소재가 도처에 널려 있었다. 그 닭들, 옛날 우리나라의 마당에서도 아장아장 걸어 다녔을 그 작고 예쁜 종자는 정말 맛있었다. 하루도 빠지지 않고 닭이나 달걀을 넣고 조리한 음식을 먹었다. 아장아장 걸어가는 닭들을 향해 "미안하다. 너무 맛있어서 너희를 안 먹을 수가 없어" 하고 사과한 것도 여러 번이다. 개인적으로는 그것도 라오스의 보물이라고 생각한다.

어떤 외국인이 라오스 사람에게 말했다.

"부지런히 일을 해서 돈을 벌어. 많이 벌라고."

라오스 사람이 반문했다.

"돈을 벌면 뭘 하지?"

"나처럼 여행도 하고 친구도 사귀고 마음이 맞는 사람들끼리 재미있게 놀고 맛있는 것도 먹고 할 수 있지."

"그거? 난 지금도 하고 있는데?"

이러한 낙천성도 라오스의 보물이다.

어린 시절에 어른들은 "기후가 따뜻하고 먹을 것이 많은 나라 사람들은 게을러서 발전이 없다"는 말을 자주 했다. 그때 "그럼 시베리아에는 부자들만 사나요?" 하고 묻지 못했던 건 내 지식과 주견이 빈곤해서였다. 언제 어디서나 사람들은 자신들에게 맞는 생활 방식대로 살아가게 마련이다. 남이 뭐라든 행복은 스스로가 결정하는 것이다. 라오스에는 행복한 사람들이 산다. 행복, 그것도 라오스의 보물이다. 수출하거나 수입할 수 없고 공장에서 대량 생산할 수도 없고 달러를 주먹 가득 쥔 사람들이 마음대로 살 수 없는.

루앙프라방의 쾅시 폭포에 갔을 때 숲 입구에서 곰이 들어 있는 우리를 보았다. 곰들이 놀 수 있게 미끄럼틀이며 타이어로 만든 그네가 매달려 있기도 했다. 우리 바깥에는 곰에게 마음대로 먹이를 주지 말라는 경고문과 함께 먹이를 사는 데 드는 돈을 기부하라는 안내문이 적혀 있었고 돈을 넣을 수 있는 통도 마련되어 있었다. 그 옆에 설치된 커다란 현수막에는 곰의 사진과 환경보호를 주창하는 표어처럼 보이는 영어 문장이 적혀 있었다. 별생각 없이 그 문장을 눈으로 훑었다. 이어 문장의 의미를 생각하며 숲길 안쪽으로 계속 들어갔다.

폭포는 아담하고 아름다웠다. 물은 차갑고 깨끗해 보였다. 화장실처럼 보이는 목조건물이 있어서 보았더니 옷을 갈아입는 탈의실이었다. 자신도 들어가게 해달라고 탈의실 나무 문을 두드리며 울고 있는 소녀가 있었고 수영복으로 갈아입고 나오는 처녀, 수영복 차림으로 아기를 안고 가는 여자도 있었다. 폭포에 들어가서 수영을 하거나 요란스레 환성을 질러가며 다이빙을 하고 있는 백인 젊은이들이 거슬리기는 했지만 못 견딜 정도는 아니었다.

고개를 들어 위를 보자 나뭇가지와 잎이 하늘을 캔버스 삼아 그려내는 현란한 추상화가 눈을 사로잡았다. 아직 건기여서 그런지 우리나라 가을 하늘처럼 맑았다. 우리와는 다른 거대한 크기의 나무들, 그 나뭇가지 끝에서 춤을 추고 있는 섬세한 이파리들이 자꾸 무슨 문장을 만들어 떠먹여주는 것 같았다. 가령 '생명의 힘은 가장 어둡고 뿌리 깊은 곳, 혹은 줄기에서 가장 먼 곳의 정밀함에서 나온다' 같은.

폭포 위로 올라가고 사진을 찍고 하느라 30여 분이 지났다. 슬슬 내려오는 중에 아까 현수막의 영어 문장을 다시 생각해냈다. 그새 얼마나 지났다고 잘 생각이 나지 않았다. 곰의 먹이를 기부하라는 표지판을 되새겨가며 간신히 복원한 문장은 이랬다.

If you want anything, you must buy it (만약 당신이 뭔가를 원한다면 그걸 사야 한다).

복원이 제대로 되었는지 확실하지 않았고 제대로 된 문장인지도 알 수 없었다. 어떻든 나는 새소리와 물소리의 합주를 들으며 내려오는 길에 그 문장을 이렇게 해석했다.

우리가 뭔가(소유)를 원한다면 반드시 그 대가를 치러야 한다. 야생에서 멀쩡하게 살아가고 있는 곰을 데려다가 사람들에게 보여주고 자연보호 의식을 고취하려 한다면 곰에게 놀이 시설과 먹이를 주어야 한다. 돈을 기부함으로써 곰에게 먹이를 줄 수 있게 하는 행동은 소유(혹은 소비)하려면 대가를 치러야 한다는 세상의 이치를 체험할 수 있게 하는 과정이다.

그러고 보니 곰 우리에는 여러 가지 목적이 있는 것 같았다. 곰을 억지로 잡아다가 재주를 부리게 하는 것도 아니고 애완동물로 길들이자는 것도 아니다. 자연에 가까운 곳에 두고 먹을 것을 줄 테니 미끄럼틀이나 그네를 타고 그냥 놀아라, 하는 것이다. 곰에게는 매일 먹을 것을 구하러 다니는 노고를 덜게 해주고 사람들에게는 자연과 더 친해지는 기회를 제공한다. 곰도 도시의 동물원에 갇혀 있는 것에 비해서는 스트레스를 훨씬 덜 받을 것이다. 이런 정도면 곰 우리를 만들어놓은 이유가 논리적으로 재구성된 것 같기도 했다. 그럼에도 뭔가 미진한 것이 있어서 결국 다시 현수막 앞으로 돌아갔다. 현수막에는 이런 글귀가 적혀 있었다.

If you buy, Nature pays (당신이 뭔가를 사면 자연이 대가를 지불한다).

어쩐지. 내 기억이 맞을 리가 없지. 일행이 이유를 궁금해할 것을 알면서도 자꾸 웃음이 새 나왔다.

이른바 G20 국가를 포함해서, 라오스보다 잘사는 나라들에서 오는 관광객과 여행자 들은 대부분 달러를 가지고 있다. 1달러당 라오스 화폐인 '킵kip'의 환율은 8,700이다. 두 사람이 2만 킵으로 저녁 한 상 받아서 배터지게 먹고 그 유명한 라오 맥주도 마실 수 있었다. 라오스 사람 입장에서 보면 외화를 벌기 위해 말도 안 되는 가격에 유기농 음식과 서비스를 제공하고 있는 셈이다. 그게 내가 뭘 사면 이 나라 사람들이 지불하는 전형적인 예다. 물론 이건 내 방식의 해석이고 세상 사람들 각자 그 문장을 자기 나름으로 해석하게 되겠지만.

현수막의 영어 문장은 라오스 사람들이 보라고 써 붙인 것 같지는 않았다. 라오스보다 잘사는 나라에서 온 사람들, 의식주에 소용되는 것들을 자연이 지불한 것으로 만들어 쓰고 안락한 생활을 누리다 그것에도 싫증이 나서 관광을 하러 온 사람들에게 보라고 적혀 있는 것이었다.

현수막, 곰 우리, 꽝시 폭포, 루앙프라방, 그리고 라오스. 이 동심원을 떠나고 나서도 그 문장의 의미를 되새기게 될까. 그건 몰라도 귀엽고 착하게 생긴 곰은 생각하게 될 것 같았다. 그게 곰을 거기에 데려다둔 가장 큰 이유리라.

# 그 많던 뽕과 오디는 어디로 갔을까

내가 나서 자란 마을은 누에의 고장이었다. 읍내에는 국내 최초로 세워진 국립 농업 전문학교가 있었는데 잠과蠶科, 곧 누에를 기르는 것에 관한 학과가 있을 정도였다. 한 해 두 번, 봄과 가을에 누에를 쳤다.

우리 집은 20여 호가 사는 마을에선 가장 부농으로 꼽혔지만 논밭이 그렇게 많은 편은 아니었다. 어림잡아 한 해 생산하는 벼가 100석쯤 되었을까. 천석지기, 만석꾼 집안은 전설로나 존재했다. 어쨌든 기본적으로 논농사에 밭일이 많은 데다 환금성이 높은 목화, 묘목 재배도 했고 가축을 많이 기르기까지 해서 열 명 넘는 식구들이 1년 사시사철 바빴다.

누에를 칠 때는 특히 여자들은 정신이 없을 정도였다. 실제로 넋이 나간 듯했다. 농사에 큰 보탬이 되지 않는 아이들도 한몫을 해야 했다. 나도 물론 예외일 수 없었다.

누에치기는 읍내 장에 간 할아버지가 내가 만들 수 있는 가오리연의 3분의 1쯤 되는 크기의 판때기 같은 것(누에채반)을 가져오는 것으로 시작됐다. 판때기에 붙은 게 누에의 알로 보이지 않을 정도로 작았는데 그걸 사랑방 아랫목, 쇠죽을 끓이느라 늘 아궁이에 불을 지펴서 따뜻한 자리에 며칠 놔두면 누에가 알을 깨고 나와서 꼬물거리기 시작했다. 할아버지는 작은 창칼로 부드럽고 여린 뽕잎을 썰어서 아주 작은 조각으로 나누어 판때기 위에 뿌려주었다. 그러면 그 작은 누에(워낙 작아서 개미누에라고 하는데 가장 작은 개미보다도 작다)들이 뽕을 남김없이 먹어치웠고 아주 작고 검은 똥을 쌌다. 누에와 똥을 잘 구별해서 똥만 버리고 누에를 남겨놓는 일은 눈이 침침해진 노인들이 아닌 아이들 몫이었다.

누에가 첫잠을 자고 나면 제법 꼴이 갖춰졌다. 누에의 머리인 잠두蠶頭는 몸에 비해 작은 편이다. 잠두의 작은 눈 위에 검은 띠 같은 점이 있어서 꼭 말 머리馬頭처럼 보였다. 누에는 그지없이 순해서 손바닥에 얹어놓아도 느리게 가장자리를 향해 기어갈 뿐 탈출할 엄두는 내지 못했다. 언젠가 할아버지는 누에에 관한 무섭고 슬픈 이야기를 해주었다.

아득한 옛날 옛적 어느 마을 어느 집안의 가장이 나라의 일로 부름을 받아 집을 떠나게 되었다. 성을 쌓으러 가는지 군대에 가는지 알 수는 없으나 어쨌든 몇 년 동안은 볼 수 없을 게 분명해 가족들은 눈물로 이별을 했다. 몇 년 뒤에 같이 일하러 갔던 사람들은 대부분 돌아왔으나 그 집안의 아버지만은 돌아오지 않았다. 몇 해를 더 기다리다 못해 어머니는 동네 사람들에게 "만일 내 지아비를 찾아다 주기만 한다면 혼기에 이른 딸을 주겠소"라고 약속했다. 그 집안의 아름다운 딸을 얻기 위해 남자들은 앞을 다투어 마을을 떠나갔고 기르던 말까지 집을 나가버렸다. 하지만 세월이 흐르고 흘러도 돌아오는 사람은 없었다. 딸은 매일 아침 동네 어귀에 나가 아버지를 기다리곤 했다. 아버지를 찾으러 간 사람들이 돌아와 "네 아버지를 찾으러 갔던 사람들 중에 일부는 죽거나 행방불명이 되었다. 네 아버지 또한 필시 죽었을 것이다"라고 했다. 딸과 가족들은 실망을 하긴 했으나 희망을 버리지 않고 여전히 아버지가 돌아오기를 기다렸다.

그러던 어느 날 기적처럼 아버지가 돌아왔다. 집을 나갔던 말을 타고서. 아버지는 다른 사람들보다 훨씬 먼 데로 끌려간 자신이 죽지 않고 돌아오게 된 것은 오로지 말의 덕이라고 했다. 말 또한 아버지의 말을 알아듣고 기분이 좋은 듯이 길게 울부짖었다. 어머니가 아버지를 찾아오는 사람에게 딸을 시집보내겠다는 약속을 했다고 이야기하자 아버지는 "동네 사람이 나를 찾아서 데리고 왔다면 그 사람이 젊으나 꼬부랑 늙은이거나 가리지 않고 내 딸을 주겠으나 말은 사람이 아니지 않은가. 어찌 내 예쁘고 소중한 딸을 한낱 짐승인 말에게 시집보내리오" 하고 무시해버렸다. 또한 혼기를 넘긴 딸의 배우자를 바삐 구하는 한편, 결혼 준비를 서둘렀다. 그러자 말은 매일 슬피 울다가 발을 구르고 여물도 잘 먹지 않았다. 사람을 태우려 하지도 않았고 사납게 날뛰는 일까지 있었다. 화가 난 아버지가 "온 집안을 소란케 할 뿐 아무짝에도 쓸모없는 이놈의 말을 둬서 무엇하리" 하고는 말을 죽이고 가죽을 벗겼다. 말가죽은 말려서 쓰려고 담벼락 위에 얹어놓았다.

하루는 딸이 밖으로 나가다 담벼락에 손을 얹었다. 그때 말가죽이 스르르 딸의 몸 위에 올라오더니 얼굴을 덮어버렸다. 아무리 해도 질기디질긴 말가죽을 딸의 얼굴에서 벗길 수 없었다. 사람들은 그게 말의 저주라고 일컬었고 딸은 말 머리 모양을 한 채로 시집도 못 가고 아버지를 원망하며 일생을 보냈다. 처녀가 죽고 난 뒤 그 집 근처 뽕나무에 말 머리 모양을 한 누에가 나타났다. 사람들은 그 벌레를 길들여서 실을 뽑아 옷을 해 입고 이불을 만들어 추위를 면했으니 그게 명주이며 비단이었다.

누에는 뽕을 먹고 자랄 때마다 한 번씩 일정 기간 잠을 잔다. 그걸 한잠, 두잠 하는 식으로 불렀는데 석잠(세 번째 잠)을 자게 될 때쯤에는 크기가 내 손가락보다 길고 엿가락처럼 통통해졌다. 누에가 커지면서 평소에 사람들이 거처하지 않는 방을 잠실蠶室로 정하고 나무로 시렁을 짜서 거기에 누에채반을 얹은 뒤 누에를 올려놓았다. 잠실에 가득한 누에들에게 뽕을 따다 주면 배고픈 누에들이 뽕잎을 갉아 먹는 소리가 빗소리처럼 요란하게 났다.

봄누에를 칠 때는 5, 6월에 걸친 때라 비가 잦았다. 비가 온다 해서

뽕을 안 딸 수는 없는 노릇이다. 광주리나 소쿠리 가득 뽕잎을 따가지
고 집으로 돌아오면 뽕잎에서 빗물을 훑쳐내는 것도 일이었다. 물기
가 있는 뽕잎을 주면 누에들이 병이 들어 몸뚱이가 누렇게 변하고 고
약한 냄새가 나는가 하면 죽어서 썩기도 한다. 그렇게 되면 누에농사
를 망치기 때문에 물 묻은 뽕은 절대로 금기시되었다.

　누에치기와 관련해서 즐거움도 있었다. 6월이면 오디가 익기 때문
이었다. 뽕 담을 소쿠리 말고도 주전자를 가지고 가서 오디를 가득 담
아 집으로 돌아오곤 했다. 뽕을 따면서 오디를 잔뜩 따 먹어서 입이 울
긋불긋하게 되는 건 물론이었다. '임도 보고 뽕도 딴다'는 속담의 '임'
은 아이들에게는 이성이 아니라 오디였다.

　아이들이 오디에 홀려 있는 동안 누에는 막잠(넉잠인데 경우에 따라
다섯 번을 자는 누에도 있다)을 잤다. 막잠을 자고 나면 누에는 최대한으
로 커지고 뽕도 많이 먹었다. 그러다가 일주일쯤 지나면 갑자기 뽕잎
을 그만 먹고 피부가 말개지는데 몸속에 가득 찬 실 때문에 하얗게 변
했다. 그러면 누에를 누에채반에서 꺼내고 새끼에 자른 볏짚을 끼워
서 만든 고치집을 누에채반 위에 놓은 뒤 누에를 다시 거기다 얹었다.
산신령 수염처럼 흰 누에가 왠지 위엄이 있고 지혜로워 보이기까지 했
다.

　잠실의 방문을 닫고 기다리면 누에는 입에서 실을 토해 고치를 짓기
시작한다. 이때 누에는 붉은 빛깔의 똥을 배설한다. 똥을 배설하지 않
고 고치를 지으면 그 안이 오염되므로 고치를 짓는 동안 누에가 정상

적으로 똥을 쌀 수 있도록 조용하고 어두운 환경을 유지하는 것이다. 고치는 수학의 무한대 기호(∞) 모양이었다. 마치 고치에 들어 있는 실이 무한하다는 것처럼. 누에는 이틀 정도 고치를 짓고 그 속으로 들어가 번데기가 된다. 누에고치는 고치를 지은 후 일주일째에 딴다. 그때가 되면 잠실 안은 누에가 만든 고치로 환하다. 잘 만들어진 고치는 하나씩 손으로 따서 소쿠리에 넣었다. 곧 있을 수매에 가져가려는 것이었다.

장날이 되면 생사生絲 공장 앞 수매장에는 누에를 수매하러 온 농부들이 인산인해를 이룬다. 그들은 각자 자루나 소쿠리 등속을 소가 끄는 수레며 지게에 싣고 지고 읍내로 온다. 등급을 매기는 감정사가 고치를 꺼내 만지고 살피고 냄새 맡고 하다가 '일등', '이등', '등외'를 외칠 때마다 희비가 엇갈리며 아우성이 뒤따른다. 조금 더 등급을 낮게 해달라는 부탁과 아쉬움의 탄성이다. 그러나 번복은 없다.

수매를 끝낸 농부들은 이번에는 생사 공장 안으로 몰려든다. 이미 수매가 끝난 누에고치들은 뜨거운 물에 한번 삶기고 물레에 끄트머리가 걸려 실을 뽑히며 마지막에는 번데기로 남는다. 번데기를 따로 수거해서 싼값에 장사치나 일반인들에게 군것질거리로 팔기도 한다. 농부들은 그 번데기를 자루에 담아 집으로 가지고 와서 자식들 앞에 내놓는다. 누에를 좋아했던 나는 번데기를 쳐다보지도 않았다. 누에라면 만 정이 다 떨어지도록 고생한 누나들, 고모들도 고개를 저었다. 번데기를 먹는 식구는 무엇이든 잘 먹는 아버지, 누에 키우는 데는 그다지 관심 없던 사람들, 읍내에 사는 학교 친구들이었다.

1960년대에 한국은 실크의 강국이었다. 내 고향은 물론 소백산맥 좌우로 커다란 생사 공장이 몇 개 있었고 거기서 나온 실로 많은 옷이 만들어졌다. 하지만 인조견과 화학섬유가 대량으로 생산되기 시작하고 일본과 중국에서 실크가 들어오면서 생사 산업, 누에농사는 크게 위축되었다. 이제는 당뇨며 성인병, 정력에 좋다는 동충하초를 생산하는 데나 쓰이는 누에를 먹이기 위해 소량의 뽕나무를 재배할 뿐 어린 시절 그 흔하던 뽕밭은 찾을 수가 없다. 오디도 마찬가지다.

어머니는 시집오기 전에 길쌈의 명수였음을 자랑하곤 했다. 남보다 두 배 이상의 길쌈을 했다는데 거기에는 실크, 곧 명주 길쌈도 포함된다. 지금도 어머니의 고향 상주시 이안면은 명주의 명산지로 꼽힌다.

맨 처음 누에를 키우고 뽕나무를 심은 사람은 누구였을까. 전설과 신화로는 뉘조嫘祖라 전해진다. 염제신농炎帝神農의 딸이며 황제헌원黃帝軒轅의 아내로서 최초로 양잠을 백성에게 가르쳤다는 것이다. 염제는 남방의 신이고 황제는 중앙을 관장하며 중국인들의 시조로 일컬어진다. 염제와 황제는 한때 천하를 놓고 하늘 아래 두 지배자는 없다는 식의 쟁투를 벌였다. 탁록涿鹿의 전투에서 황제가 승리함으로써 중원의 패권은 황제에게 돌아가고 염제는 산으로 가서 최후를 마쳤다고 전해진다. 사람에 따라서 뉘조는 우리말 '누이'의 연원이라고 한다. 어쨌든 내게 누에는 할머니, 어머니, 고모들, 많은 친척 아주머니, 누나들로 이어지는 여성성의 영역에 위치한 영물이었다.

"여자들이 누에를 치고 뽕을 따다 누에를 먹인다. 고치를 따고 길쌈을 하는데 누가 더 잘하나 편을 갈라 내기를 해서 지는 편이 떡을 내고 노래를 부르니 그 노래의 후렴에 '회소 회소'라고 한다 해서 회소곡會蘇曲이라고 한다."(《삼국사기》) 얼마나 명주를 많이, 잘 생산했는지 백성들이 모두 명주로 옷을 해 입고 이불을 하고도 남아돈다. 그 명주를 모아서 어디로 가지고 갈까. 회회아비(아라비아나 중앙아시아의 소그드인 등 이슬람권에서 온 상인)가 명주를 사러 왔을 것이다.

내 조상이 생산한 명주는 말에 실려 육로를 가로지르고 중국으로 가는 나루에 이르러 배에 실린다. 배는 황금빛 바다黃海를 건너서 중국에 이르니 거기서부터 길은 다시 말과 수레로 이어지다가 당나라의 수도이자 세계 최대 국제도시였던 장안에 이른다. 이제 대상들이 낙타와 말에 비단을 싣고 길을 떠난다. 별 탈 없이 간다 해도 유럽까지 가는 데 3년 이상 걸리는 대장정이다. 대상의 규모는 낙타가 500마리, 말이 5,000마리, 사람은 수천 명으로 웬만한 도시 하나가 떠나가는 셈이다. 가는 동안 사랑에 빠지고 아이를 낳기에도 충분한 시간이고 그 아이가 제힘, 제 발로 걸어서 제 아버지의 나라로 돌아올 수도 있다.

2013년 5월, 중앙아시아의 실크로드를 보러 갔을 때 우즈베키스탄의 실크로드 선상에 있는 유서 깊은 도시들, 타슈켄트와 사마르칸트, 부하라 곳곳에는 뽕나무가 서 있었다. 내가 나고 자란 마을에서 수륙 3만 리는 떨어져 있을 이 동네의 뽕나무들이 고향에서 어릴 때 본 것과 다름없이 검은 오디를 매달고 있었고 뽕나무 아래 바닥이 시커멓도록 오디가 떨어져 있었다. 그 오디를 보자마자 반사적으로 발이 움직여 바람처럼 뽕나무 곁으로 다가섰다. 고개를 들고 손을 뻗어서 딴 오디를 입에 넣고 고개를 수그려 주운 오디를 입에 넣었다. 내가 워낙 오디에 정신을 차리지 못하니 동행한 화가 최 선생과 통역 겸 가이드였던 김 선생이 많이 놀렸다. 그래도 나는 손을 멈출 수 없었다. 뽕나무와 누에, 오디는 이미 내 존재의 일부가 되어 있었던 것이다. 내 몸의 어느 한 부분은 오디가 만들었을 수 있고 내 기억의 깊숙한 곳에 있는 회로에는 분명히 뽕과 오디, 누에가 들어 있었다.

내 집에서 가장 멀었던 도시 부하라의 시내 한가운데에 있는 마드라사(이슬람 신학교) 앞에는 부하라에 온 사람이라면 누구나 반드시 들르는 연못이 있었다. 이름이 라비하우즈라고 하는데 '연못 주변'이라는 뜻이라고 했다. 실크를 비롯해 교역물을 잔뜩 실은 낙타를 몰고 수백 킬로미터의 사막을 지나온 대상들에게 라비하우즈의 물은 말 그대로 생명수나 다름없었을 것이다. 그들은 이곳에서 갈증을 달래고 밥을 먹고 쉬기도 하면서 낯익은 상인들과 인사를 나누었을 것이다. 거기에 나의 고향에서 온 사람들은 없었을까. 직접 오지는 않았다 해도 그들이 길쌈해서 만든 비단은 오지 않았을까.

라비하우즈를 빙 둘러 뽕나무 거목, 고목이 여러 그루 서 있었다. 가장 오래된 뽕나무가 무려 600년이나 되었다고 했다. 내가 본 뽕나무 가운데는 가장 나이가 많았다. 어른 네댓 아름은 될 듯 굵은 몸에 거친 무늬가 새겨져 있는 것이 선지자와 같은 위엄이 있었다. 툭툭 불거진

혹 같은 건 과잉된 영양을 저장하는 곳이었다. 그 뽕나무는 몇백 년간 해마다 잎을 내밀고 오디를 매달아 사람들에게 그늘과 단맛을 선사해왔다. 어떤 뽕나무는 곧 쓰러질 듯 45도 각도로 누워 있어서 소년들이 타고 올라가 앉아 있기도 했다.

나는 라비하우즈 근처의 소년들을 통해 어린 시절의 나를 보느라 넋을 빼앗겼다. 짧게 깎은 검은 머리에 짙은 눈썹, 흑백이 분명한 큰 눈, 햇빛에 검게 그을린 살갗은 어린 시절의 나를 빼닮았다. 옆에 앉아 있는 소녀는 누나인지 여동생인지, 혹은 여자 친구인지(어린 시절의 내게는 없던) 몰라도 부드러운 머리카락에 활 모양의 머리띠를 하고 금속제 귀고리를 한 게 이미 아름다움에 눈을 뜬 것 같았다. 어쩌면 생래적으로 아름다움에 민감한 유전자를 타고났는지도 모른다.

마드라사 주변은 부하라에서 가장 번화한 시장이 있는 곳이었다. 양탄자며 카펫 같은 천 제품을 만드는 처녀들이 수두룩하게 앉아 있는 가게가 눈에 들어왔다. 가장 나이가 들어 보이는 처녀는 목에 휴대전화를 걸고 통화를 하면서 카펫을 짜고 있었다. 카펫 짜는 데 도가 튼 처녀도 거실 바닥을 덮을 카펫 하나를 짜는 데 1년 반이 걸린단다. 노련한 상인인 가게 주인은 400만 원쯤 되는 가격을 제시했다. 살 생각은 없었지만 깎으면 절반 이하로 살 수 있을 듯했다. 그렇다면 도대체 거기에 하루의 절반 이상씩 쪼그리고 앉아서 손과 발에 굳은살이 박이도록 일하는 처녀들이 1년에 버는 임금은 얼마나 되는 것일까? 그들의 부모는, 동생들은 어디에서 무엇을 먹고 입고 바닥에 깔고 살아갈까. 애처로웠다. 그러니 사주어야 한다는 생각과 어린 여성들의 노동력을 착취하는 인간들, 자본, 제도에 대한 노여움 사이에서 갈등하다가 결국 발길을 돌리고 말았다.

시장 안쪽 깊숙이 들어가자 바깥쪽보다 값싸게 공예품과 옷을 파는 가게가 있었다. 거기에 실크가 있었다. 망설임 없이 셔츠와 손수건, 스카프를 샀다. 하늘의 옷인 양 가벼웠다. 즉시 그 옷으로 갈아입고 한 손에는 땀 냄새 나는 옷이 든 비닐봉지를 든 채 거리로 나왔다.

향기가 스쳤다. 새 옷에서 나는 것인지 어딘가에 피어 있을 꽃에서, 혹은 향신료 가게에서 나는 것인지 처음에는 알 수 없었다. 그건 여인들에게서 나는 사람의 향기였다. 어린 시절 어머니와 아주머니, 누나들에게서 나던 기분 좋은 냄새가 생각났다. 그들의 손에는 향내가 나는 손수건이 쥐어 있었고 그 손에 이끌려 읍내를 갔다 오면 내 손에서도 향내가 나곤 했다.

라비하우즈 안쪽 쿠칼데시 마드라사 안에서는 실크로드의 음악과 춤, 패션쇼가 어우러진 공연이 벌어졌다. 거기서 춤을 추고 노래하는 여성들은 내가 어릴 때 보고 사랑하던 나의 할머니, 어머니, 고모, 아주머니, 누이 들의 모습을 빼닮았다. 내게는 그 모습이 여성성의 원형이었다. 눈부시게 아름답고 애틋하기까지 했다. 동서양이 혼합된, 아니 동서양에 새로운 미적 기준을 제시하는 듯한 아름다움. 내 어린 시절과 현재, 클래식과 모더니즘을 합치고 거기서 공통되는 아름다움을 추출한 것 같기도 했다. 그러니 다정하고 현재적이었다. 천박하지 않고 기품이 있고 우미한 느낌.

나는 그들을 오래도록 잊지 못할 것임을 알았다. 아니, 나는 오래전부터 그들을 알고 있었다. 어린 시절 그들을 이미 만났기 때문이다. 그들의 얼굴은 내 뇌리에 인쇄된 것처럼 강렬하고 선명하게 남아 있다가 다시 만남으로써 환기된 것뿐이었다. 그들은 또한 영원히 길 위에 환상처럼 나타나고 또다시 사라짐으로써 내 그리움의 보를 막고 터뜨리며 그 속을 채울 것이다.

실크로드는 이미 어린 시절 내게 나 있었다. 어른이 된다는 것은 어린 시절의 꿈길이 뻗어 간 곳을 끝까지 가보고 상상한 것과 어떻게 다른지 확인해보는 게 아닐까. 나는 아직 채 어른이 되지 못했다. 세상에는 가보아야 할 길이 아주 많이 남았으니.

# 아침가리의 적막

  몇 해 전 봄철, 설악산 백담사 만해마을에 두 달가량 머물렀던 적이 있다. 문인 집필실이 있어 원고를 쓴다는 이유로 공짜 숙식을 제공받은 것이다. 공짜로 잠자고 공짜로 아침 먹고 공짜로 점심 먹고 공짜로 저녁까지 얻어먹다 보면 괜히 이렇다 할 대상도 없이 미안해지면서 일을 해야 한다는 강박에 시달리게 마련이었다. 특히 공짜 점심을 잘 얻어먹고는 그랬다. 세상 어디엔가 '공짜 점심은 없다'는 글귀가 걸려 있다는 걸 알고 있었기 때문에. 그럭저럭 밥값을 했다 싶은 마음이 들게 일을 하고 나서 내가 찾아간 곳은 설악산 인근의 아침가리朝耕洞였다.

  하루 종일 아침에나 반짝 햇빛이 들고 그때만 밭을 갈 수 있다는 뜻에서 '아침갈이'라는 이름이 되었고 뒤에 '아침가리'로 고정된 그 동네는 해발 1,000미터가 넘는 산봉우리가 사방으로 벽처럼 둘러쳐진 분지다. 처음 아침가리에 갔을 때는 눈 녹은 물로 길이 질척거리는 데 다 눈까지 조금 내렸다. 자칫 빠져나가지 못하면 눈이 녹고 땅이 말라 가파른 길을 자동차 바퀴가 제대로 굴러갈 수 있을 때까지 기다려야 할 판이었다.

그런 불안을 안고 아침가리에 들어서자 의외로 넓은 터전이 나타났 다. 귀틀집 몇 채가 띄엄띄엄 서 있었고 한때는 초등학교 분교였다는 교사와 운동장도 남아 있었다. 용도를 잃은 듯한 오토바이가 길가에 세워져 있는가 하면 고추 농사를 짓기 위해 가져다 놓은 양수기와 농 기구도 보였다.

휴대전화가 연결되지 않았고 전기도 들어오지 않았다. 아침가리를 압도적으로 채우고 있는 건 한적함, 세상으로부터의 격절감이었다. 아침가리의 특산품으로 가공, 포장이 가능하다면 대도시에서 큰 인기 를 끌 상품이 될 수 있을 것 같았다.

휴식이란 무엇인가. 쉬는 것休은 멈추는 것이다. 멈춘 장소에서 고 요히 숨 쉬는 것息이 쉬는 것이다.

만약 내가 일을 마치고 쉬러 간다면 그때까지 해오던 것과 전혀 다 른 무위와 무상의 시공 속에 나를 던질 것임을 그때 깨달았다. 차를 세 우고 컴퓨터를 끄고 휴대전화의 배터리를 빼고 앉거나 누워서 영원한 적멸을 닮은 이승의 적막함에 나를 동화시킬 것이다. 가능하다면 자연 속이 좋다. 거기에는 소음과 번잡과 매연이 없을 것이므로. 배고프면 먹을 걸 마련해서 먹고 잠이 오면 잔다. 읽고 싶어도 여유가 없어 못 읽던 책이 있으면 몇 권(만화책이라면 몇십 권) 들고 가서 읽고 베개로 쓴다.

"죄짓고 도망칠 때 이런 데로 오면 안 돼. 심심해서 죽을 거야. 심심함이 꼭 필요하거든 이런 데로 오면 돼."

같이 간 누군가가 말했다. 심심함, 그건 바쁘게 살아가는 사람들에게 필요한 영약이다. 만약 당신이 바쁘지 않고 안락하게 살아가고 있다면 휴가는 불편하고 바쁜 곳, 그러니까 바가지 상혼이 판을 치는 바닷가 해수욕장으로 가도 된다. 만약 당신의 일상이 고요하고 한적하여 충분히 고고하다면 도심 뒷골목에 성처럼 임립해 있는 호텔로 가라. 나는 아침가리로 가겠다.

# 굿바이, 황금의 나날들

  '죽기 전에 꼭 가봐야 할 곳', '나의 버킷 리스트 여행지' 하는 식의 여행 권유 프로그램에서 늘 상층권에 자리하고 있는 페루의 마추픽추는 잉카 제국의 옛 도시다. 마추픽추는 해발 2,400미터의 고지에 있고 구름에 가려 보이지 않는 경우가 많아서 공중에 떠 있는 도시로 알려져 있다. 나는 아직 가보지 못했다. 내 돈과 내 시간 들여서 하는 여행, '안 가면 후회할걸'이라는 협박에 굴해서 따라 하는 게 억울해서다. 남들이 돈다발을 지게로 져다 주면서 가달라고 한다면 가볼 용의가 있긴 하다.

  아랫마을에서 마추픽추로 가는 길은 워낙 가팔라서 지그재그로 뱅글뱅글 돌아가게 만들어놓았다고 한다. 버스를 타고 마추픽추에 올라갔다 내려오는 사람들은 한 소년을 만나게 된다. 마추픽추에서 출발할 때 관광객들에게 "굿바이!' 하며 손을 흔들던 소년이 버스가 한 굽이를 돌고 보면 어느새 길모퉁이에 서서 다시 "굿바이" 하고 손을 흔들고 있다. 그런 식으로 버스가 굽이를 돌 때마다 지름길로 뛰어 내려와 "굿바이" 하고 인사를 하니 처음에는 무슨 호객 행위를 하는 건지 의심하던 사람들도 소년이 나타나기를 기다리다 수십 굽이를 돌 때쯤 되면 탄성까지 지르게 된다. 마침내 버스가 아랫마을에 닿아 지칠 대로 지친 소년이 "굿바이"라고 마지막으로 말하면 너 나 할 것 없이 주머니에서 지갑을 꺼내 들고 소년에게 달려가게 된다는 것이다. 길이 너무 힘들어 이 '굿바이 인사 장사'는 하루 두 번 하는 게 고작이라고 한다.

소년에서 청년으로 접어들었을 때 나는 국내에서 가장 높은 곳에서 생활하는 내 또래의 청년을 만났다. 그는 설악산이나 지리산처럼 높고 험준한 산의 꼭대기에 있는 대피소며 산장에 등산객이 필요로 하는 여러 가지 물건을 지게로 실어다 주고 일당을 받는 사람 중의 하나였다.

내설악에서 대청봉으로 올라갔다가 외설악으로 하산하던 길이었다. 그 전까지는 1,000미터가 넘는 산에 한 번도 올라가본 적이 없던 백면서생이 새벽 4시부터 산행을 시작해서 해발 1,708미터의 대청봉 정상까지 갔다 왔으니 무릎 관절이 화끈거리다 못해 닳아 없어진 것 같아서 겨우겨우 나무 지팡이를 짚으며 내려가고 있었다. 호랑이처럼 껑충껑충 뛰어 내려오다 나를 보고 먹잇감을 본 듯 재빨리 멈춘 남자는 지게를 지고 있었다. 남자는 그 지게로 쌀 한 가마니 무게는 될 짐을 지고 산 아래에서부터 중청봉 대피소까지 올라가서 짐을 부려놓고 다시 내려가는 길이라고 했다. 그에게는 그게 그날의 두 번째 행로였다. 쇠파이프로 만들어진 지게와 그의 골격은 큰 차이가 없어 보였다.

나와 마찬가지로 군대에 가기 전이었던 그 남자는 하산 길에 굴러서 다치거나 보행이 원활치 않은 사람을 지게에 태워다 주기도 했다. 물론 돈을 받고. 그는 절뚝거리는 내가 지게에 태워달라고 요청하기를 기다리며 최대한 천천히 나를 따라 걸었다. 반면 돈이 없던 나는 어떻게 그의 동정을 사서 공짜로 지게에 얹혀가나 하는 궁리를 하고 있었다. 그렇게 팽팽한 긴장감 속에서 버티며 가다 보니 먼 길도 쉽게 줄어들었다. 마침내 그는 평소의 반값으로 '봉사'를 할 뜻까지 내비쳤으나 내게는 그 돈도 없었다. 고려장을 당하는 노인네도 아니고 비슷한 또래의 지게에 얹혀가는 게 자존심 상하는 일이기도 했다.

설악산의 맨 아래쪽 계곡, 야영하는 사람들의 불빛이 여기저기 보이는 곳까지 와서야 지게꾼은 가외 수입을 포기했다. 나 또한 한결 걷기가 쉬워져서 공짜 구조를 받으려던 생각을 깨끗이 버렸다. 그러면서 비슷한 또래로서 편하게 이런저런 이야기를 나눌 수 있었다.

그는 하루 평균 두 번, 1년에 500번 이상 짐을 실어 나르며 살아가고 있었다. 군대에 다녀와서도 같은 일을 할 것인데 10년을 작정하고 일하면 결혼도 하고 아이도 낳고 산 아래 상가에 작은 가게를 구할 수 있을 거라는 희망을, 아니 계획을 가지고 있었다. 나는 그가 노총각이 되기 전에 하루빨리 설악산에서 선녀 같은 여인과 만나기를 빌어주었다 (한때 선녀가 출몰했다는 전설이 있는 선녀탕이 설악산에 있지만 그곳으로는 일감이 없어 가지 않는다고 했다).

십수 년 전 백두대간 종주 산행을 계획하고 관련 자료를 챙기던 중에 흥미로운 기록을 발견했다. 한라산을 제외하고 남한에서는 가장 높은 봉우리인 지리산 천왕봉(1,917미터)에 무려 1,000번을 올라간, 곧 '천왕천등天王千登'의 전무후무한 기록을 세운 사람에 관한 것이었다. 전문 산악인도 아니고 아마추어로서 그저 지리산과 천왕봉을 좋아해서 그랬다니 경탄스러운 경지가 아닐 수 없었다. 그는 남들은 며칠씩 걸려서 올라가는 천왕봉을 하룻밤에 두 번 올라간 진기록도 가지고 있었다.

어느 해 연말, 그는 여느 때와 마찬가지로 새해맞이 일출을 보려고 천왕봉에 올라갔다가 조난을 당한 사람들을 구조하는 자원봉사를 하기 위해 자정 무렵 천왕봉 바로 아래에 도착했다. 비바크 채비를 하던 그는 갑자기 집에 무슨 일이 있다는 걸 깨닫게 되었다. 그 길로 하산해 전화가 되는 곳까지 와서 집에 연락을 취했는데 자신이 없어도 큰 문제는 없다는 답변을 들었다. 그는 다시 천왕봉까지 올라가서 다음 날 일출 후에 하산하다가 조난당하거나 다쳐서 구조를 요청할지도 모를 사람을 기다렸다고 한다. 그게 '하루 두 번 천왕봉을 오른 이야기一夜二登天王峰記'의 전말이다.

우즈베키스탄의 실크로드 거점 도시인 사마르칸트에서 샤흐리삽스로 가는 노정은 100킬로미터 정도지만 중간에 상당히 가파른 고갯길을 거쳐야 한다. 이 지방은 제대로 농사를 짓기에는 강수량이 태부족이라 목축과 밭농사를 겸해 근근이 살아가는 사람들이 대부분이다. 고개를 올라갈수록 길은 험준해지고 황량한 풀숲뿐이다. 그럼에도 집과 마을은 끈덕지게 길을 따라붙는다. 꼭대기에 넓은 개활지가 나오고 고개 양쪽을 조망할 수 있는 전망대에 와서야 사람들이 그곳에 흩어져 살 수 있는 이유를 알 것 같다. 전망 때문에? 아니다. 고개를 넘나드는 사람들을 상대로 물건을 파는 것이다.

말린 대추, 허브, 강황 같은 것을 좌판에 진열해서 파는 노점이 고개 꼭대기에 늘어서 있다. 대부분이 어른들이지만 소년들도 섞여 있다. 어린 시절 이웃집 소년을 연상케 하는 순진하고 해맑은 표정의 소년들은 멀리 떨어져 있는 화장실까지 따라오며 무슨 말인가를 속삭이듯 되풀이해서 건넨다. 좁은 화장실 안에서야 소년들이 무슨 말을 했는지 깨닫는다. "비아그라, 비아그라, 비아그라"였다. 그게 진품인지 복제품인지 가짜인지, 그 지역의 약초로 생산하는 것인지, 부작용은 없는 것인지 알 수 없었다. 사지 않았기 때문에. 좌판에서 굵은 대추 몇 알을 맛보기로 주워 먹었을 뿐이다.

돌아오는 길에서도 소년들을 만났다. 소년들은 고개 정상의 약간 아랫부분까지 내려와서 지나가는 차량을 향해 무엇인가를 흔들고 있었다. 가까이 가서 보니 그건 비아그라가 아니라 백합과에 속하는 붉은 산나리였다. 지리산 선비샘 근처에서 여름마다 대여섯 차례 본, 붉고 큰 꽃잎에 참깨 같은 점이 별처럼 뿌려져 있고 가늘고 긴 수술을 가지고 있던 그것을 보러, 그것 때문에, 때를 맞춰서 지리산에 몇 번이고 혼자 갔더랬다.

그때 문득 나는 그 소년들이 나일 수도 있다는 생각을 했다. 전생이거나 후생이거나 간에. 나리꽃의 전생은 무엇이었을까? 나는 소년들이 흔드는 나리꽃을 향해 손을 마주 흔들어주었다.

굿바이, 내 황금의 나날들이여.

죽기 전에
다시 가보고 싶은 곳

에필로그

"님, 여행 좀 다니셨나 보죠? 계속 어디를 갔더니 뭐가 좋았다고 염장 지르는 이야기만 하시네. 도대체 몇 나라나 가보셨어요?"

"뭐, 제가 어디 어디 좀 다녔다고 자랑하자는 건 아니고, 그렇게 많이 간 것도 아니고요. 한 스물댓 나라쯤 가봤나 모르겠네요. 어떤 나라는 대여섯 번도 갔으니까 그걸 한 나라라고 치면 마흔 개는 넘겠네요."

"팔자 좋으시네. 작가가 맨날 외국이나 다니고 그래도 돼요? 모국어 덕에 밥벌이하면서 말이지."

"뭐, 제가 가고 싶어서 제 돈 내고 간 건 몇 번밖에 안 돼요. 뭔가 일이 있어서 간 거고, 가기 싫은데 억지로 간 적도 있고. 일없이 먹고 놀자고 간 건 아닌데요."

"그래도 그렇지. 불황에 최저 시급도 안 되는 알바 구하기도 힘들고 단군 이래 최악의 취업난에 인턴이니 비정규직이니 실컷 부려먹은 사람을 정규직으로 안 쓰려고 잘라버리지를 않나, 정규직도 구조 조정이네 명퇴네 해서 날벼락을 맞는데 말이지."

"저, 제가 해야 할 일 안 하고 소설도 안 쓰고 엉뚱한 데 딴짓하면서 돌아다녀서 나비효과 같은 걸로 다른 사람들이 억울하게 날벼락 맞는 건 아니죠? 작가는 어차피 평생 비정규직이죠. 명퇴고 정년이고 없어요. 청탁이 끊기면 그냥 끝이에요. 나이 들면 눈도 침침해지고 단어도 까먹고 쓸 건 자꾸 줄어들고 오타까지 많이 나는데 원고료를 더 주는 것도 아니고요. 원고료 더럽게 안 올라요. 책값도."

"됐어요. 그런 하소연 들어주고 책까지 사줄 의무가 나한테 있는 건 아니니까. 그냥 그렇게 사세요, 쭉."

"그쪽에서 먼저 물어보셨잖아요. 몇 나라나 갔느냐고."

"말 나온 김에 그럼, 이때까지 가본 데 중에 딱 한 군데를 죽기 전에 꼭 한 번 더 가고 싶다, 그런 데 있으면 한번 얘기해보세요."

"공짜로요?"

"아니, 내가 내 시간 내서 님 얘기 들어주는데 그게 왜 공짜예요? 내가 그렇게 할 일 없는 사람처럼 보여요?"

"아, 예…… 감사합니다. 제가 아까 점심에 메밀국수를 먹었거든요.

저는 메밀국수를 먹으면 아예 아무것도 안 먹는 때보다 더 빨리 배가 고픈 것 같아요. 그럼 먹을수록 손해일까요? 메밀로 된 음식을 제가 워낙 좋아하니까, 뭐 할 수 없죠."

"죽기 전에 마지막으로 메밀국수 파는 식당에 가보고 싶어요?"

"죽기 전 꼭 한 군데 다시 가볼 수 있다고 한다면, 파타고니아예요. 칠레 파타고니아의 토레스델파이네 국립공원요. 처음에는 방송사 다큐멘터리 촬영 때문에 갔는데요. 서울에서 칠레 수도 산티아고까지 가는 데만 40시간쯤 걸리거든요. 거기서 비행기 타고 3,000킬로미터쯤 남쪽으로 가면 푼타아레나스가 있어요. 거기에서 버스로 네댓 시간 북쪽으로 올라가면 푸에르토나탈레스예요. 푸에르토나탈레스가 토레스델파이네 국립공원으로 가는 출발점이죠. 우리나라하고 대척점에 있는 아르헨티나를 통해서 들어가거나 빙산 둥둥 떠다니는 바다로 크루즈 배를 타고 가는 길도 있다네요. 하여튼 서울서 거기까지 가는 데 빨라도 사흘은 잡아야 할 거예요. 항공권 값만 해도 500~600만 원쯤? 2007년에 그랬으니까."

"좋겠수다. 그렇게 돈 많이 드는 데를 공짜로 가봐서."

"아니, 안 좋아요. 또 가보고 싶은데 시간과 비용이 너무 많이 들어서 쉽게 갈 수가 없으니까. 차라리 안 가봤으면 가보고 싶지 않겠죠. 막상 다시 가본다면 실망할지도 몰라요. 여행이라는 게 몇 살 때 어떤 계절에 누구와 왜 가느냐에 따라 엄청나게 달라지는 거니까요."

"암튼요, 왜 거길 죽기 전에 꼭 다시 가보고 싶은 건데요?"

"거긴 사실 사람이 살기에는 그렇게 좋은 데는 아니에요. 빙산이 남아 있을 정도로 1년 내내 춥거나 서늘하고 강수량이 적어서 건조해요. 그나마 잘 자라는 게 풀이나 키가 종아리 정도까지 오는 가시투성이 관목 정도예요. 양을 엄청나게 많이 키워요. 털도 얻고 양고기는 외국으로 거의 다 수출한다더군요. 목양업자가 자기 가족들과 일하는 사람들이 함께 사는 도시를 따로 만들어놨는데 소방서에 우체국에 학교에 없는 게 없어요. 목양 왕조로 대를 물려 통치하는 느낌이더라고요. 거길 지나가다 보니까 하늘에서는 콘도르가 솔개처럼 빙빙 돌고 있는데 푸른 언덕 위에 그림 같은 저택이 있는 거예요. 남미 최초로 노벨문학상을 받은 가브리엘라 미스트랄이 거기를 다녀갔대요. 그 양반, 푼타아레나스에서 여학교 교장을 지냈는데 목양업자가 방학 때면 그 집으로 초청을 해서 잘 대접받다 가고 그랬대요. 그런 집에 있으면 작품이 저절로 쏟아지겠더라고요. 나라도."

"그런 집에서 하인, 하녀들 시중을 받으면서 시를 쓰고 노벨상 받고 한 게 부러워서 다시 가보고 싶다? 그런 집에 초청해줄 부자 친구를 사귀어보려고?"

"아니, 난 거기에 아는 사람이 있는 건 원하지 않아요. 동행도 없이 혼자 가보고 싶어요. 내가 거기 간 걸 아는 사람이 아무도 없었으면 해요. 언젠가 거기에 헝가리인가 체코인가에서 배낭여행자가 혼자 왔더래요. 그 사람이 텐트 치고 뭘 해 먹었나 본데, 그때 몇 년 동안 가뭄이 든 풀밭으로 불이 옮겨붙어서 삽시간에 번졌대요. 진화할 새도 없이

그 지역이 거의 홀랑 타버렸다고 해요. 토레스델파이네 국립공원이나 푸에르토나탈레스는 관광으로 먹고사는 덴데 치명적인 타격을 입었죠. 그런데 칠레에는 외국인 여행자가 과실로 불을 내거나 했을 때 배상을 하게 할 법 규정이 없었다더라고요. 그 사람은 굉장히 미안해하긴 했지만 붙잡는 사람도 없고 하니 그냥 귀국해버렸죠. 그러고는 그 사람 나라에서 재난 구호품 지원이 좀 왔다나. 그 사람도 자기 전 재산이라면서 1,000만 원인가 하는 돈을 보냈다고 하더라고요."

"이번에는 님이 혼자 가서 거기다 불을 한 번 더 내고 싶은 거예요?"

"에이, 그새 법이 바뀌었겠죠. 내가 다시 가보고 싶은 건 거기가 이 세상이 아닌 것 같은 풍경을 보여줘서예요. 나는 지옥이나 천국이 있다고 믿지 않지만 그게 인간의 상상에서 나왔다는 건 알아요. 토레스델파이네 계곡 아래에 핑크와 옥색의 빙산이 떠 있는 호수가 있어요. 거기로, 불교에서 말하는 풍도지옥처럼 살을 에는 듯한 거센 바람이 불어와요. 서 있기가 힘들 정도로. 내가 이 바람 가지고 풍력발전 같은 거 하면 끝내주겠다고 하니까 가이드가 그 전기 만들어봐야 쓸 사람이 없대요. 인구가 2만 명인가밖에 안 된다고. 그 삭막함. 천애의 무덤 같고 세상의 끝처럼 아무런 꾸밈없고 가차 없고 무정한 느낌이 정말 좋았어요. 세상 안에 살면서 일생의 절반은 세상 바깥을 꿈꾸는 아이러니가 삶인가 하는 생각도 하게 해주고."

"그런 데 많이 가세요, 혼자서만. 괜히 같이 가자고 했던 사람한테 욕 바가지로 얻어먹지 말고."

"축복으로 받아들일게요. 그쪽 분도 기회가 닿는다면 꼭 가보시기를."

# 꾸들꾸들 물고기 씨, 어딜 가시나

© 성석제 2015

**초판 1쇄 발행** 2015년 11월 23일
**초판 2쇄 발행** 2015년 11월 27일

**지은이** 성석제
**그린이** 이민혜
**펴낸이** 이기섭
**편집인** 김수영
**기획편집** 김준섭
**마케팅** 조재성 정윤성 한성진 정영은 박신영
**경영지원** 김미란 장혜정
**디자인** 송윤형

**펴낸곳** 한겨레출판(주) www.hanibook.co.kr
**등록** 2006년 1월 4일 제313-2006-00003호
**주소** 121-750 서울시 마포구 효창목길 6 (공덕동) 한겨레신문사 4층
**전화** 02-6383-1602~3 **팩스** 02-6383-1610
**대표메일** munhak@hanibook.co.kr

ISBN 978-89-8431-942-4    03810